Unter pinken Sternen

von

Sabrina Schuh

frei nach einem Märchen
der Gebrüder Grimm

Für alle Sterne, deren Licht wir verloschen glauben

1. Kapitel

»Verschwinde und lass dich hier nie wieder blicken!«

Mit einem lauten Knall flog die Tür hinter mir ins Schloss. Geschockt sank ich in den Wust aus Taschen, der zu meinen Füßen auf dem Gehweg der breiten Hauptstraße stand. Alles ging so schnell, dass ich noch nicht realisiert hatte, was gerade geschehen war. Vor nicht einmal zwei Wochen war ich noch Maria Predos absoluter Liebling gewesen. Ihr sogenannter Geheimtipp und ihre Hoffnungsträgerin, die mit ihr als Mentorin Großes erreichen würde. Doch zwölf Tage konnten eine Ewigkeit sein. In der Modebranche entschieden sie oft über alles. Gedeih und Verderb, Sieg oder Niederlage, Triumph oder Fall. Und ich war gefallen. Warum? Diese Frage rotierte unaufhörlich durch meinen Kopf, verdrängte jeden klaren Gedanken, peitschte die Wogen der Verzweiflung höher und höher und schnürte mir die Kehle zu. Pinke Haarsträhnen schmiegten sich wirr an meinen Hals und verstärkten das Gefühl, erwürgt zu werden. Panisch schnappte ich nach Luft. Wie hatte alles nur so furchtbar schiefgehen können?

Monatelang hatte ich Entwürfe gezeichnet, Musterstücke genäht, verworfen, verbessert, erneut verworfen und abermals verbessert. Am Ende machten sich all meine Bemühungen bezahlt und Maria, die Modeikone dieses Jahrzehnts, entschied sich für mein Kleid. Eines meiner Werke durfte beim großen Finale der Berliner Fashion Week dabei sein. Ich konnte es kaum fassen. All meine Träume rückten auf einmal in greifbare Nähe.

Übersprudelnd vor Glück rief ich meine Eltern an und redete so lange auf sie ein, bis sie nachgaben und versprachen, für diesen einen Abend eine Ausnahme zu machen. Sie mussten unbedingt kommen, auch wenn diese Schickimicki-Events, wie sie es nannten, gegen all ihre Wertvorstellungen waren. Sie sollten sehen, dass ihre Tochter etwas erreicht hatte, trotz all der Entscheidungen, die sie nicht gutgeheißen hatten.

Vor Aufregung schlief ich bereits Tage vorher kaum, glich ständig die Maßtabelle des Models mit dem Kleid ab, fügte ununterbrochen neue, winzige

Details hinzu und verfeinerte alles. Als es am vorletzten Freitag daran ging, das Kleid zu verpacken, durfte mir niemand helfen. Leicht aggressiv vor Anspannung fauchte ich jeden an, der es auch nur wagte, mein Werk anzusehen. Erst als ich ein paar Stunden später mit Maria Predo und den Stylisten hinter der Bühne stand, beruhigten sich meine flatternden Nerven. Jeder Handgriff musste sitzen, alles war auf die Sekunde durchgetaktet. Wer den Zeitplan nicht einhielt, brachte die ganze Show in Gefahr.

Zum Glück ging alles gut und ich atmete erleichtert auf, als mein Model endlich auf dem Laufsteg war. Für mich blieb gerade so viel Zeit, dass ich vor dem Spiegel meine pinke Mähne mit zitternden Händen in Form zupfen und die Kleidung glatt streifen konnte. Schwarze Jeans mit Querschlitzen, die mit pinken Spitzen unterlegt waren, dazu ein pinkes Top mit einer schwarzen Rüschenbluse darüber. Sicher nicht das, was man auf so einem Event erwarten würde, zusammen mit den schwarz-pinken Smokey Eyes jedoch genau der Stil, den Marias Auftraggeber von mir kannten. Diese Show war das Highlight meiner bisherigen Laufbahn. Ich würde das erste Mal mit ihr gemeinsam auf die Bühne kommen und mich der Welt präsentieren. Eine unglaubliche Ehre und meine Eltern würden es sehen. Endlich würden sie begreifen, dass ich den richtigen Weg gegangen war.

Beschwingt drehte ich mich um – und erstarrte. Ich sah direkt in die Gesichter von zwei Polizeibeamten.

»Silke Hofmeister?«, fragte einer von ihnen sichtbar nervös.

Ängstlich nickte ich. Was wollten die beiden von mir?

»Sind Ihre Eltern Paula und Edwin Hofmeister?«

Wieder nickte ich. Ein drückendes Gefühl machte sich in meiner Brust breit und drohte, mein Herz zu zerquetschen.

»Es tut uns leid, aber wir müssen Ihnen bedauerlicherweise mitteilen, dass Ihre Eltern bei einem Verkehrsunfall ums Leben gekommen sind.«

Während die Umgebung vor meinen Augen verschwamm, sank ich auf den nächstbesten Stuhl. Worte rauschten an mir vorbei, lösten sich in ihre Bestandteile auf, setzten sich erneut zusammen und ergaben doch keinen Sinn. Die Beamten erzählten etwas von einem Verkehrsunfall, einem LKW, der Mama und Papa von der Straße gedrängt hatte, dass man alles versucht hätte, um sie zu retten, und dass sie noch an der Unfallstelle gestorben wären. Gestorben? Natürlich war mir dieses Wort ein Begriff, doch es war unmöglich, ihn mit meinen Eltern in Zusammenhang zu bringen. Wie paralysiert starrte ich vor mich hin und nahm nur am Rande wahr, dass heiße Tropfen auf meine Arme fielen. Tränen. Weinte ich?

Die Zeit danach bekam ich nur noch bruchstückhaft mit. Selbst Maria Predo, die sonst eiskalt erschien, hatte Verständnis, dass ich die Modeshow verlassen musste. Sie half mir auch bei der Organisation der Beerdigung am Montag und begleitete mich persönlich. Sogar die Zeit bis zur Beisetzung gab sie mir frei, damit ich trauern konnte, wie sie sagte. Die Tage und die Beerdigung erlebte ich durch dichte Watte. Ich hatte Hände geschüttelt, Beileidsbekundungen entgegengenommen und am Ende nicht einmal gewusst, wer überhaupt da gewesen war.

All diese Erinnerungen genügten gerade, dass mich erneut ein heftiger Heulkrampf überfiel. Mit dem Ärmel meiner Teddyjacke fuhr ich mir wie mechanisch durchs Gesicht. Diese Bewegung hatte ich in den letzten Tagen schier endlos wiederholt, doch meine Tränen schienen nicht zu versiegen. Schwarzer Plüsch mit pinken Sternen saugte geduldig jede davon auf, während meine Gedanken weiterrasten, die Ereignisse erbarmungslos abspielten, verstehen wollten, was passiert war.

Weinend zusammengerollt hatte ich Dienstagmorgen auf meinem Bett gelegen, völlig unfähig, die Geschehnisse der letzten Tage zu begreifen oder einen klaren Gedanken zu fassen, als es leise klopfte. Zaghaft, fast widerstrebend betrat eine andere Designerin mein Zimmer.

»Silke, entschuldige bitte, Maria schickt mich. Ich soll dich an deinen Abgabetermin heute Abend erinnern.« Ihre Stimme klang unsicher und voller Mitleid.

Wie ferngesteuert nickte ich, kroch aus dem Bett und folgte ihr ins Atelier. Eine Prominente hatte ein extravagantes Kleid für die anstehende Emmy-Verleihung bei uns bestellt. Der Entwurf musste fertig werden, die Kundin war bereits zwischen zwei Filmdrehs auf dem Weg zu uns und würde morgen Mittag bei Maria eintreffen. Obwohl ich normalerweise unter Druck besonders gute Ergebnisse ablieferte, gelang es mir nicht einmal, einen geraden Strich zu ziehen. Ich bemühte mich wirklich, versuchte mich damit abzulenken, aber stattdessen brach ich ständig in Tränen aus und alles, was ich aufs Papier bekam, hätte man bestenfalls auf einem Halloweenball tragen können.

Maria tobte. Genauer gesagt, sie flippte völlig aus. Beschimpfte mich als undankbares Geschöpf und widerlichen Parasiten, der sich nur an ihren Erfolg dranhängen wollte, und zu nichts nutze wäre. Zehn Tage Urlaub hätte sie mir gegeben, und statt mich ekenntlich zu zeigen, heulte ich nur weiter rum und brachte keine Leistung.

Als ich wagte einzuwenden, dass meine Eltern gerade ums Leben gekommen waren, lachte sie nur frostig. Wie lange ich mich darauf denn ausruhen wolle, verlangte sie, mit einer Stimme so kalt wie Eis von mir zu wissen. Generös wie sie nun einmal wäre, fügte sie hinzu, gäbe sie mir bis zum nächsten Morgen, um einen Entwurf auf ihren Schreibtisch zu legen, der alle meine bisherigen Arbeiten übertreffe.

Dieser Morgen war heute. Und heute saß ich hier. Ich hatte keinen Entwurf, den ich auf ihren Schreibtisch legen konnte, und sie hatte sich nicht die Mühe gemacht, mir ins Gesicht zu sagen, dass ich gefeuert war. Stattdessen kamen zwei der Sicherheitsleute in mein Zimmer, wiesen mich an, alles zu packen, schnappten sich meine Taschen und schafften sie vor das große Eingangsportal der Villa; und mich gleich dazu. Das Letzte, was ich von Maria Predo, die uns eigenhändig einen Türflügel aufhielt, sah und hörte, war, dass ich verschwinden und mich niemals wieder blicken lassen sollte.

Trotz meiner Tränen begann ich hysterisch zu lachen. Ich lachte und lachte und lachte. Sämtliche Passanten und die Paparazzi, die immer in Marias Nähe herumschwirrten, sahen mich entgeistert an. Auf sie musste es wirken, als verlöre ich den Verstand, und vielleicht tat ich das in diesem Moment.

Ich hatte bekommen, was ich verdiente. Da sollte noch einmal jemand behaupten, dass Gott die Sünden der Menschen nicht sofort bestrafte.

Alles hatte er mir genommen, meinen Traum, meinen Job, meine Wohnung. Nur meine Trauer und meine unendliche Schuld hatte er mir gelassen. Mir, die ich meine Eltern auf dem Gewissen hatte!

2. Kapitel

Waren es Minuten oder Stunden, die ich heulend vor der Tür der Villa zugebracht hatte, ich konnte es nicht sagen. Was ich allerdings sagen konnte, war, dass ich keine Lust auf den Medienzirkus hatte, der sich langsam auf der anderen Straßenseite versammelte. Sicher sahen die Presseleute meine Geschichte schon, zusammen mit einem mitleiderregenden Bild, in der nächsten Klatschzeitschrift. Diese Blöße wollte ich mir jedoch nicht geben.

Die Sonne stand bereits hoch am Himmel und brannte erbarmungslos auf meinen Kopf. In dem klimatisierten Atelier hatte ich wenig von dem Jahrhundertsommer mitbekommen, der die Wiesen verbrannte und selbst die Schifffahrt langsam zum Erliegen brachte. Das viele Weinen und die Hitze ließen mich schwindeln, schwarze Punkte tanzten durch mein Blickfeld. Unter meiner Kuscheljacke rann mir der Schweiß in Strömen den Rücken hinab. Trotzdem schlüpfte ich, kaum dass ich sie ausgezogen hatte, wieder hinein. Ohne sie fühlte ich mich nackt und hilflos. Lächerlich, wie sehr man sein Herz an eine Jacke hängte, die einem scheinbar Trost spendete, wenn man sonst nichts mehr hatte. Wacklig kam ich auf die Beine, lehnte mich gegen die Hauswand, um nicht hinzufallen.

Ich wollte einfach weg hier. Nur wohin? Unschlüssig blinzelte ich aus verquollenen Augen die Straße hinunter.

Meine Eltern waren meine einzige Verbindung in die Welt außerhalb der Modebranche gewesen. Wer für Maria Predo arbeitete, kannte weder Feierabend noch freie Wochenenden, nur Leistung, Deadlines und Arbeit. Schneller, besser, mehr. Man musste bereit sein, für seine Karriere alles andere aufzugeben, und das war ich gewesen. Zu meinen Freunden aus der Schulzeit hatte ich längst keinen Kontakt mehr und die Kommilitoninnen hatten mir den Erfolg bei der Designer-Castingshow *Mailand, Paris und du* nie gegönnt. Der Sieg bei diesem Format hatte mir die Anstellung bei Maria Predo eingebracht, ein Traumjob, den sich so ziemlich jedes Mädchen auf der Designhochschule wünschte. Jedenfalls brauchte ich, bei keiner von ihnen aufzutauchen. Sie würden es höchstens mit einem hämischen Grinsen quittieren und mich trotzdem draußen stehen lassen. Die Wohnung meiner Eltern kam ebenfalls nicht infrage. Auf Anraten von Marias Anwalt hatte ich das Erbe ausgeschlagen, da meine Eltern noch einige offene Kredite am Laufen hatten, die meine Möglichkeiten bei Weitem überstiegen. Damit war sie mit sofortiger Wirkung an den Staat gefallen und ich besaß keinen Schlüssel mehr.

»Zum Bahnhof«, murmelte ich und wunderte mich selbst über meine Worte. Obwohl ich mich nicht daran erinnerte, darüber nachgedacht zu haben, machten sie erstaunlich viel Sinn. Ich sah auf den Berg mit Taschen, der sich um mich herum stapelte. Es waren viel zu viele. Unmöglich, sie alle mit mir herumzutragen. Ein Schließfach war sicherlich die beste Alternative und dann würde ich eine Lösung finden. Wie schwer konnte es als unschuldig in Not Geratener schon sein, in einem Land Hilfe zu bekommen, von dem die Rechten immer behaupteten, dass es jedem Sozialschmarotzer das Geld hinterherwarf?

3. Kapitel

Es war bereits nach zweiundzwanzig Uhr, als ich mich zum zweiten Mal erschöpft gegen die Schließfachtür sinken ließ. Wie sollte es nun weitergehen? Ich war todmüde und vollkommen fertig. Noch heute Nachmittag hatte ich fest an das Konzept Sozialstaat geglaubt und daran, dass es bei den Behörden jemanden gab, der mir eine Lösung aus meiner derzeitigen Lage zeigte. Allerdings hatte ich mich da gründlich getäuscht. Es gab wohl ein ungeschriebenes Gesetz, welches besagte, dass man sich für solche Probleme auf keinen Fall einen Mittwoch aussuchen durfte.

Nachdem ich den Großteil meiner Taschen am Bahnhof deponiert hatte, war das Arbeitsamt geschlossen gewesen und auch bei der Stadtverwaltung hatte niemand mehr gearbeitet. Mittwoch eben, dachte ich bitter. Die Beamten brauchten eine Pause von der schweren ersten Hälfte der Woche. Wie könnte man da verlangen, dass sich irgendjemand um meine Problemchen kümmerte?

Mein anschließender Weg zur Bank hatte für die nächste Ernüchterung gesorgt. Ich war nie verschwenderisch mit meinem Verdienst umgegangen, hatte wenig benötigt, da Maria ihrem Team Kost und Logis ohnehin stellte, und daher erwartet, eine größere Summe auf meinem Konto zu finden, welche mir zumindest für die nächsten Tage ein billiges Zimmer finanzieren sollte. Doch genau das Gegenteil war der Fall. Dicke rote Zahlen leuchteten mir von meinem Kontoauszug entgegen, den ich nur ungläubig anstarrte. Hastig ging ich die Abbuchungen durch. Eine besonders hohe vierstellige Zahl von heute Morgen war mir ins Auge gefallen. Daneben hatte der Name des Empfängers geprangt: *Seelenruh Bestattungsunternehmen.*

Erneut zog ich das Stück Papier aus meiner Hosentasche und starrte es an. Irgendwie hoffte ich, dass alles nur ein langer, schrecklicher Albtraum war, aus dem ich jeden Moment aufwachen würde. Ein Zusammenbruch im Backstagebereich der Modeshow vor lauter Aufregung. Sicher hatte ich mir nur unglücklich den Kopf angeschlagen und lag bestens versorgt in einem Krankenhausbett, während mein gebeuteltes Hirn diesen Unfug verzapfte. So musste es sein. Ganz bestimmt!

»Au, verdammt«, entfuhr es mir. Für einen Traum tat der Fingernagel in meinem Handrücken verflucht weh. War das alles real? Nein, das durfte einfach nicht sein.

Vor lauter Funktionieren, Lösungen finden und durch die Stadt laufen, hatte ich den Tod meiner Eltern in den letzten Stunden das erste Mal seit Tagen verdrängt. Doch nun, da ich auf den kalten Fliesen des Bahnhofs saß, den Kopf erschöpft gegen das kühle Metall des Schließfachs gelehnt und, entgegen all meinen Bemühungen wachzubleiben, immer wieder kurz einnickte, holten mich die Erinnerungen ein. Jedes Mal, wenn mir die Augen zufielen, sah ich ihre Gesichter erneut vor mir. Bilder vom Videochat letzten Donnerstag, bei dem ich ihnen das Einlassprozedere erklärte, da ich es geschafft hatte, sie auf die Gästeliste zu setzen. Leider verblassten diese Gesichter stets viel zu schnell und wurden von totenblasser Haut mit tausend kleinen Schnitt- und größeren Platzwunden ersetzt.

Eure Körper waren unter weißen Tüchern verborgen, aber trotz allem sah ich, dass ihre Form irgendwie seltsam war. Mamas Brustkorb kam mir viel zu flach und breit vor und dort, wo Papas rechter Arm sein müsste, fiel das Laken direkt an der Schulter gerade auf den Metalltisch. Wie aus weiter Ferne hörte ich die leise Stimme des Gerichtsmediziners in einer Endlosschleife, die mich immer wieder bat zu bestätigen, dass ihr dort auf den Tischen liegt, Mama, Papa.

Dann schossen meine Augenlider nach oben. Obwohl ich so ausgelaugt war, dass ich mich am liebsten direkt auf die Fliesen gelegt hätte, kämpfte ich mit aller Macht gegen den Schlaf an. Ich wollte diese Bilder nicht mehr sehen, ich ertrug sie nicht mehr. Es konnte einfach nicht wahr sein. Ihr dürft nicht tot sein. Ihr dürft nicht. Niemals würde ich es ertragen, euch zu dieser Veranstaltung überredet zu haben und damit an eurem Tod schuld zu sein. Und ihr? Ihr wärt doch niemals auf so eine Veranstaltung gekommen. Niemals! Ihr habt alles gehasst, was mit der Modewelt zu tun hatte.

Bei diesem Gedanken lachte ich auf. Der Klang dieses viel zu grellen Lachens prallte an den Wänden des kleinen Schließfachraums neben der Bahnhofshalle ab und warf ein Echo zurück, das der Hauptdarsteller eines Horrorfilms nicht besser hinbekommen hätte.

»Ihr würdet niemals auf dem Weg zu einer Modeshow verunglücken, Mama, Papa. Ihr würdet ja nicht einmal zu einer fahren. Ganz bestimmt sitzt ihr gerade auf eurem Sofa und plant, wann ihr mich morgen im Krankenhaus besuchen kommt. Wenn ich aufwache, habt ihr mir sicher ein Buch und meine Lieblingspralinen mitgebracht und alles ist gut. Ich muss einfach nur aufwachen«, murmelte ich vor mich hin, ehe ich den Kampf gegen den Schlaf verlor.

4. Kapitel

»Aufwachen!«

Eine harsche männliche Stimme, die so gar nicht in das Szenario passen wollte, störte die Ruhe und Harmonie, welche in diesem herrlichen Garten voller Blumen herrschte. Ich versuchte sie zu ignorieren, ließ das Gras weiter meine Fußsohlen kitzeln und die Strahlen der Sonne meine Haut wärmen. Unverhofft rüttelte etwas an meiner Schulter. Im gleichen Moment begann die Blütenpracht zu flimmern und zu verblassen. Die Stimme wurde lauter.

Blinzelnd schlug ich die Augen auf und sah mich verwirrt um. Schlaftrunken starrte ich auf zwei Paar Sicherheitsstiefel und dunkelblaue Hosen. Wieso standen Leute in meinem Bett? Müde rieb ich mir übers Gesicht, während der Bariton immer weiter auf mich einredete. Zumindest das Rütteln hatte aufgehört.

»Sie können hier nicht schlafen. Campieren und Herumlungern im Bahnhof ist verboten. Stehen Sie endlich auf und verschwinden, oder müssen wir erst nachhelfen?«

Bahnhof? Seit wann war mein Bett so hart und befand sich in einem Bahnhof? Langsam legte ich den Kopf in den Nacken, der schmerzerfüllt gegen jede Bewegung protestierte, und sah die Beine hinauf, die jeweils in schwarzen Sicherheitswesten endeten, auf denen grimmig dreinschauende Männerköpfe saßen. Die Lippen des einen bewegten sich ununterbrochen.

»Packen Sie Ihre Sachen und gehen Sie!«

Nur mühsam kamen meine grauen Zellen in Gang und holten die Erinnerungen aus einem zähen Gedankensumpf hervor, um sie mir mit umso größerer Wucht um die Ohren zu hauen.

Rauswurf! Mama, Papa tot! Kein Zuhause! Bahnhof!

Die Erkenntnis schoss gemeinsam mit einer gehörigen Portion Adrenalin durch meine Adern. Schlagartig war ich wach und setzte mich auf.

»Wo soll ich denn hin?« Leise krochen die Worte über meine Lippen und ließen doch keinen Zweifel über meine Hilflosigkeit zu.

»Nach Hause! Nüchtern Sie sich gefälligst in Ihrem Bett aus«, antwortete mir die Stimme. Deutlich spürte ich, wie ungeduldig ihr Besitzer wurde.

»Stehen Sie auf und verlassen Sie das Gebäude. Sollten wir Sie noch einmal auffordern müssen, alarmieren wir die Polizei.«

Unendlich langsam drangen die Worte in meinen Verstand. Polizei? Weil ich in einem Bahnhof schlief?

»Sie scheinen es ja wirklich auf eine Anzeige anzulegen. Hausfriedensbruch ist kein Kavaliersdelikt!«, herrschte mich der Mann von der Bahnsicherheit an.

Anzeige? Hastig sprang ich auf die Beine. Sofort drückten mir die beiden die wenigen Sachen, die nicht mehr in den Spind gepasst hatten, in die Hände.

»Na also, geht ja!«, brummte der Kerl, der bislang nichts gesagt hatte, zufrieden. »Dann folgen Sie uns jetzt bitte unverzüglich zum Ausgang.«

Unfähig die Situation zu begreifen, lief ich hinter ihm her, während sein Kollege das Schlusslicht bildete und darauf achtete, dass ich nicht zurückfiel.

Wir verließen den kleinen Nebenraum, durchquerten die fast verlassene Bahnhofshalle und schließlich hielt mir einer der Männer eine große Flügeltür auf. Der andere schob mich hinaus auf den menschenleeren Vorplatz. Mit einem letzten »Machen Sie, dass Sie nach Hause kommen!«, fiel auch diese Tür hinter mir ins Schloss.

5. Kapitel

Bitterkeit stieg in mir auf, als die Schiebetür vor mir aufging. Wenn sich eine Tür schließt, öffnet sich eine andere, sagen sie doch immer alle, dachte ich frustriert. Dass es allerdings nur die Tür des Arbeitsamts sein würde, hatte man mir wohlweislich verschwiegen.

Fröstelnd zog ich die Plüschjacke enger um meinen Oberkörper. Seit meinem Rauswurf aus dem Bahnhof hatte ich Stunden damit zugebracht, durch die nächtlichen Straßen zu irren und den Weg zur Behörde zu suchen. Geld für einen Fahrschein oder ein Frühstück besaß ich längst nicht mehr und mein Magen knurrte inzwischen lautstark. Mein letztes Bares hatte ich bereits gestern für die sinnlosen Fahrten zu den Behörden ausgegeben, in dem guten Glauben, mein Konto sei gedeckt.

Erschöpft zog ich eine Nummer aus einem Automaten und steuerte auf den erstbesten freien Stuhl im Wartebereich zu. Nur schnell runter mit dem schweren Rucksack und der Umhängetasche.

Meine Schultern entwickelten unter dem Gewicht bereits Lähmungserscheinungen und selbst die wenigen Habseligkeiten, die ich darin verstaut hatte, schienen mittlerweile Tonnen zu wiegen.

Die Taschen landeten zwischen meinen Beinen, während ich vollkommen erledigt auf den Stuhl sank. Nur die Zeichenmappe mit meinen Entwürfen und Träumen legte ich nicht aus der Hand. Eng umklammerte ich sie, presste sie an meine Brust und achtete peinlich genau darauf, dass niemand ihr zu nahe kam. Mit diesen Bildern und meinen Erfahrungen musste es ja wohl ein Leichtes sein, einen anderen Job als Designerin zu bekommen. Immerhin hatte ich *Mailand, Paris und du* gewonnen. Welche bessere Referenz konnte es denn geben? Nach diesem Gespräch würde meine Welt sicher ganz anders aussehen.

Fast hätte ich meinen Aufruf verpasst, weil ich immer wieder einnickte. Der wenige Schlaf und die vielen Kilometer der letzten Nacht machten sich allmählich bemerkbar und so fühlte ich mich zunächst nicht angesprochen, als eine Leuchttafel »113 — 7« aufblendete. Erst als der junge Mann neben mir auf meinen Zettel wies, den ich achtlos auf meine Beine gelegt hatte, und fragte:

»Bist das nicht du?«, erwachte ich aus dem Halbschlaf, sprang auf und raffte meine Sachen zusammen. Mit einem »Danke« eilte ich in Richtung der Schalter und hielt Ausschau nach irgendeinem Schild mit einer Sieben darauf. Eine ältere Dame, der ich ganz offensichtlich im Weg stand und die sich gut auszukennen schien, schob mich ein Stück zur Seite und drückte sich an mir vorbei.

»Kindchen, steh doch nicht mitten im Weg 'rum, sondern geh endlich in das Zimmer. Die warten da nicht ewig auf dich und dann musst du eine neue Nummer ziehen!«

Die Alte bewegte sich zielsicher auf eine Wand zu, in die eine lange Reihe Türen eingelassen war, und tatsächlich stand auf einer von ihnen auch meine Zahl. Eilig hastete ich darauf zu, bevor ich Gefahr lief, wirklich noch einmal anzustehen. Drei Stunden Wartezeit hatte ich überstanden, wenn ich der Wanduhr trauen konnte, drei weitere hielt ich es hier allerdings nicht mehr aus.

Ehe mein Klopfen verklungen war, schallte ein dumpfes »Herein« durch die Tür.

Zögerlich drückte ich die Klinke und trat in den Raum. Ein älterer Herr mit Geheimratsecken, grauen Haaren und Dreitagebart sah mir von seinem Schreibtisch entgegen.

»Schließen Sie bitte die Tür und setzen Sie sich«, wies er mich mit einem Kopfnicken an.

Ich tat, wie mir geheißen, legte meine Taschen umständlich auf einem Stuhl ab und ließ mich auf den daneben sinken.

»Mein Name ist Ludwig Herz. Was kann ich für Sie tun?« Er streckte eine Hand über den Schreibtisch, die ich vorsichtig ergriff und schüttelte.

»Silke Hofmeister. Meine Chefin hat mir gestern gekündigt und ich dachte, Sie könnten mir helfen, eine neue Arbeit zu finden?«, antwortete ich ihm verunsichert.

Meine Worte mussten ein geheimes Signalwort enthalten haben, denn danach folgte eine wahre Flut von Fragen. Ab wann meine Kündigung wirksam wäre, warum ich den Job verloren hatte, wo sich das entsprechende Schriftstück befand, wie viel ich verdient hatte und wo die gefühlt tausend Unterlagen waren, die er für meine Antragsprüfung brauchte.

Ich gab mir größte Mühe, jede davon zu seiner Zufriedenheit zu beantworten, doch egal, was ich sagte, Herr Herz fand immer weitere Lücken, die ich mit Informationen füllen sollte. Da ich von Maria keine Unterlagen bekommen hatte, gab ich ihm die Nummer der Villa, die er auch gleich wählte.

Unruhig rutschte ich auf meinem Stuhl hin und her. Man konnte dem Sachbearbeiter zumindest kein mangelndes Engagement unterstellen. Er versuchte wirklich, etwas für mich zu tun, obwohl ich anscheinend so ziemlich jedes Dokument, das man für so einen Termin mitbringen musste, nicht dabei hatte oder nicht einmal besaß. Schließlich gab er seine Faxnummer durch und beendete sein Telefonat.

»Das Gespräch mit Ihrer Arbeitgeberin wirft leider kein gutes Licht auf Sie, Frau Hofmeister. Man teilte mir mit, dass der Grund für Ihre fristlose Kündigung Arbeitsverweigerung mit einer vorangegangenen Ermahnung am Vortag gewesen sei.« Er machte eine kleine Pause, in der er verlegen an seiner Nase herumrieb. »Ich sehe diese Begründung in Ihrem Fall tatsächlich sehr kritisch und denke nicht, dass sie vor einem Arbeitsgericht Bestand hätte. Allerdings sind mir die Hände gebunden und ich unterliege selbstverständlich den allgemeinen Vorschriften. Wenn Sie mir die Papiere für Ihre Arbeitslosmeldung jetzt unterschreiben, verhänge ich sofort die zwölfwöchige Sperre, welche ich grundsätzlich aussprechen muss, da Sie aus grobem Eigenverschulden wie Arbeitsverweigerung Ihre Stelle verloren haben. Nach

Ablauf der Sperrfrist erhalten Sie Ihren regulären Arbeitslosengeldbezug. Sollten Sie beim Arbeitsgericht Ihre Kündigung erfolgreich anfechten, melden Sie sich bitte unverzüglich bei uns, dann wird Ihr Fall erneut geprüft.«

Die Worte schienen sich auf dem Weg aus seinem Mund in mein Gehirn zu verknoten. Nur langsam lösten sich die chaotischen Verkettungen auf, ergaben ganze Sätze und trafen mich schließlich mit einer Wucht, die mich schier zu Boden drückte.

»Aber wo soll ich denn nun hin?«, stolperte eine Frage, existenziell und allumfassend, über meine Lippen.

»Ich weiß es nicht«, antwortete der Sachbearbeiter mit einem Anflug von Mitleid in der Stimme. »Vielleicht kann Ihnen hier jemand helfen oder Sie kommen noch einmal mit vollständigen Unterlagen wieder und melden sich bei meinen Kollegen von der Sozialhilfe«, fügte er nach einer winzigen Pause hinzu und nahm einen Flyer aus einer Ablage, den er mir zuschob. *Wärmestube* schrien mir die großen Letter darauf förmlich entgegen.

Unfähig einen klaren Gedanken zu fassen, erhob ich mich, stopfte den Flyer in meine Jackentasche, raffte meine Taschen an mich und taumelte zum Ausgang.

Nur wenige Augenblicke später stand ich erneut auf der Straße. Erneut schloss sich eine Tür hinter mir und erneut sank ich auf dem staubigen Boden zusammen. Ich konnte nicht mehr und inzwischen wollte ich auch nicht mehr. Welchen Sinn hatte es schon zu kämpfen, wenn man der Welt egal war?

6. Kapitel

Ich lief. Weiter und immer weiter. Wusste nicht wohin oder wozu, aber ich wollte weg. Weg von all den Menschen, die mir Türen nur aufhielten, um sie umso kräftiger hinter mir zuzuschlagen. Weg von falschen Versprechungen, zerplatzten Träumen und enttäuschten Hoffnungen. Doch am dringendsten weg von mir selbst. Weg von dem Menschen, der seine Eltern aus Selbstsucht auf dem Gewissen hatte. Fort von der Frau, die als Modedesignerin kaum weniger hochmütig als Maria geworden war. Einfach nur abhauen vor mir selbst oder besser gesagt vor dem, was ich geworden war.

Schritt für Schritt, Meter um Meter, Stunde um Stunde floh ich durch die Straßen der Stadt. Achtete weder darauf, wohin mich meine Beine trugen, noch was um mich herum geschah. Nur einmal griff ich in meine Umhängetasche und beförderte eine Wasserflasche heraus. Mehr als ein paar Schlucke befanden sich nicht darin. Gierig trank ich diese, während ich weiterlief. Diese letzten Tropfen waren alles, was mir zum Trinken geblieben war, aber darüber machte ich mir in diesem Moment keine Gedanken.

Erst als mich eine Männerstimme ansprach, die mir vage bekannt vorkam, blickte ich auf.

»Sie schon wieder? Haben Sie diesmal einen gültigen Fahrschein, oder wollen Sie wieder nur hier herumlungern?«

Verwirrt sah ich mich um. Unterbewusst hatte ich den Bahnhof angesteuert und stand in dem unterirdischen Zugang, von dem die Rolltreppen zu den Schließfächern im Erdgeschoss und zu den U-Bahnen abgingen.

»Haben Sie diesmal einen Fahrschein oder lungern Sie hier schon wieder nur herum? Ich dachte, wir hätten uns heute Nacht klar genug ausgedrückt«, ereiferte sich der Sicherheitsmann, während sein schweigsamer Kollege von heute Nacht sich auch diesmal im Hintergrund hielt.

»Ähm ... nein, aber ...«, stotterte ich los, kam jedoch nicht weit.

»Dann nehmen wir jetzt Ihre Personalien auf. Zeigen Sie mir bitte Ihren Ausweis.«

Während ich das gewünschte Dokument aus meinem Geldbeutel kramte, versuchte ich es erneut:

»Ich will doch nur …«

»Es ist mir ziemlich egal, was Sie nur wollen. Habe ich mich nicht klar genug ausgedrückt heute Nacht?«, unterbrach mich der Mann einmal mehr und nahm meinen Ausweis an sich. »Ich notiere mir Ihre Daten, dann verschwinden Sie und lassen sich hier nicht wieder blicken. Sie haben hiermit Hausverbot. Sollten meine Kollegen oder ich Sie hier noch einmal ohne gültigen Fahrschein antreffen, werden wir Anzeige gegen Sie erstatten.«

Sein Kollege hatte in der Zwischenzeit Bilder von meinem Perso gemacht und gab ihn mir nun zurück.

»Aber …«, startete ich einen letzten Versuch, der ebenfalls sofort abgewürgt wurde.

»Nichts aber. Sie brauchen sich nicht herauszureden. Heute Nacht hielten wir das für einen einmaligen Vorfall, doch sehen Sie sich an. Ihr ganzes Äußeres schreit förmlich heraus, dass Sie ein Problem haben. Verstehen Sie uns nicht falsch. Wir bedauern Ihre Lage, allerdings ist der Bahnhof kein Unterschlupf für Obdachlose. Jetzt folgen Sie uns bitte zum Ausgang und machen keine unnötige Szene, sonst sind wir gezwungen, die Polizei gleich zu alarmieren.«

Wie vom Donner gerührt sah ich ihn an und schluckte hart. Langsam sickerte die Erkenntnis ein. Obdachlos. Dieses Wort war mir mehrmals seit gestern Morgen durch den Kopf gehuscht wie ein diffuses Gespenst, das zwar allgegenwärtig war, sich aber nicht von mir fassen ließ. Erst in dem Augenblick, als dieser Fremde es mir entgegenschleuderte, verstand ich seine Bedeutung und seine Tragweite. Meine Füße folgten den beiden Sicherheitsmännern mechanisch, während in meinem Gehirn so viele Gedanken kreisten, dass ich nicht in der Lage war, einen einzigen davon zu greifen.

Mein Blick fiel auf die Schaufensterscheibe eines Kiosks, der sich hier unten gute Einnahmen versprach, wenn er den gehetzten Leuten Brezeln und Kaffee anbot. Die Frau, die mir aus dem Glas entgegenblickte, konnte unmöglich ich sein. Natürlich, sie trug meine Kleidung, ihre Schultern schleppten meine Taschen und sie klammerte sich an einer Mappe mit Zeichnungen fest, doch der Rest hatte nichts mit mir gemein. Die Haut schien unnatürlich blass, dunkle Ringe gruben tiefe Krater unter die Augen, pinke Haare hingen in unfrisierten Strähnen vom Kopf und auf den Wangen zeichneten sich schwache, aber erkennbare Spuren geweinter Tränen auf einem feinen Schmutzfilm ab. Das sollte ich sein? Wie in Trance schüttelte ich den Kopf noch, als das Schaufenster schon lange hinter mir lag.

Endlich hielten die Männer an. Vor uns endete der Tunnel des Untergeschosses mitten auf einem breiten Gehweg, der in die Innenstadt führte.

»Da wären wir. Das hier ist die Grenze, an die Sie sich von nun an zu halten haben. Wir geben Ihre Personalien sowie ein Foto unserer Überwachungskameras an alle unsere Kollegen weiter, also seien Sie gewarnt. Sie sehen so aus, als wüssten Sie, dass Sie keinen weiteren Ärger gebrauchen können.«

Mit diesen Worten wandte er sich ab und ließ mich stehen. Sein schweigsamer Kollege drehte sich ebenfalls um, jedoch nicht, ohne sich vorher kurz zu bücken und eine kleine Flasche aus der großen Seitentasche seiner Cargohose zu ziehen. Wortlos drückte er mir die halbvolle Apfelschorle in die Hand und verschwand in der Menge, welche um uns herum vorbeirauschte und keine Notiz von all dem nahm.

Stumm starrte ich auf die Flasche in meiner Hand. War es das mit mir? War ich so tief gesunken, dass ich auf die Almosen anderer angewiesen war?

Am liebsten hätte ich das Getränk einfach fallen lassen. Wie konnte er nur so dreist sein und mir das angebrauchte Zeug geben. Widerlich. Doch so sehr meine alten Wertvorstellungen auch rebellierten, ich klammerte mich an die Flasche wie ein Ertrinkender an einen Strohhalm und Tränen stahlen sich aus meinen Augen. Tränen voller Scham, Selbstmitleid, Verzweiflung und Abscheu vor mir selbst. Dieses angebrochene, angesabberte Getränk war eine milde Gabe. Die erste und, weil Gott einer Mörderin vermutlich keinen schnellen, gnädigen Tod schenkte, sicher nicht die letzte.

7. Kapitel

Als sich die Massen der Feierabendpendler etwas lichteten, saß ich noch immer in der Nähe der Unterführung. Den Rücken gegen eine Mauer gelehnt, die Beine im Schneidersitz überkreuzt, starrte ich auf die Flasche vor mir im Gras. Mein Magen knurrte lauter und lauter und langsam ließ sich das Hungergefühl nicht mehr ignorieren. Nachdem es durch den vielen Stress und die Trauer in letzter Zeit weitestgehend unterdrückt worden war, meldete es sich nun umso vehementer zurück. Erneut durchwühlte ich meine Umhängetasche in der Hoffnung, einen meiner heißgeliebten Müsliriegel darin zu finden. Seit ich bei Maria arbeitete – gearbeitet hatte, verbesserte ich mich automatisch –, waren sie zu einem meiner Hauptnahrungsmittel geworden und stets dabei. Das perfekte Essen, das man zwischen all den stressigen Anproben, Terminen und Shows überall nebenbei unkompliziert und vor allem schnell essen konnte. Leider verlief meine Suche erfolglos und irgendwo in meinem Hinterkopf tauchte eine dunkle Erinnerung auf, dass ich mir bei der Fashion Week vorgenommen hatte, sie nachzufüllen, als ich den letzten aus der Tasche genommen hatte.

»Wie passend«, entfuhr es mir bitter, »der letzte Riegel bei der letzten Show.«

Einige Passanten warfen mir einen kurzen, angewiderten Blick zu, ehe sie weitereilten, weg von mir. Ich musste auf sie wohl wie eine Irre wirken, doch wer sollte es ihnen verübeln. Wenn diese Frau im Spiegel wirklich ich war, dann würde ich auch vor mir selbst weglaufen, wenn ich könnte. Dass ich schon anfing, in aller Öffentlichkeit Selbstgespräche zu führen, machte es sicherlich nicht besser.

Essen, rief ich mich zur Ordnung. Darüber hatte ich nachdenken wollen. Man sollte annehmen, dass sich meine Gedanken vor Hunger um nichts anderes drehten, doch tatsächlich gelang es mir überhaupt nicht mehr, meine Gedanken sinnvoll beisammen zu halten. Die Hitze, die bereits den ganzen Tag auf meinen Kopf brannte, der wenige Schlaf und viel zu wenig Essen und Trinken zehrten meinen Körper schneller aus, als ich es für möglich gehalten hatte.

Ich musste unbedingt etwas ändern. Die angerissene und ziemlich zerknautschte Packung Kaugummi, welche ich schließlich aus den Tiefen meiner Tasche zog, würde mich nicht weit bringen. Dennoch riss ich gierig das Einwickelpapier vom ersten Streifen und schob mir die bröckelige Kaumasse in den Mund. Kaum trafen meine Backenzähne darauf, zerkrümelte sie. Reflexartig schluckte ich. Zurück blieben nur brennende Stellen, an denen die Pfefferminze meine ausgetrockneten Schleimhäute gereizt hatte.

Instinktiv griff ich nach der Flasche und nahm einen Schluck. Erst als ich sie absetzte, fiel mir ein, woher sie kam, und ich schüttelte mich. Igitt, wie ekelhaft. Schnell bemühte ich mich, ihre Herkunft zur Seite zu drängen und mich auf den positiven Effekt zu fokussieren. Mein Mund brannte nicht mehr und fühlte sich allgemein viel besser an, jetzt, wo er nicht mehr vollkommen ausgedörrt war. Auch meine Gedanken sprangen weniger wild durcheinander. Der perfekte Zeitpunkt zu überlegen, wie es weitergehen sollte. Es wurde langsam Abend und ich musste ja irgendwo schlafen.

Wenn ich nur irgendwie an meine Sachen käme, die noch im Schließfach lagen. In sauberen Kleidern und mit meinem Handy, das offensichtlich in den Untiefen meiner anderen Handtasche war, gelang es mir womöglich, wenigstens für eine Nacht irgendeine Unterkunft zu bekommen. Couchsurfen oder so. Wie genau das funktionierte, hatte ich in der Fernsehwerbung nicht mitbekommen, aber vielleicht gab es ein paar Angebote in der Nähe, mit denen ich die Zeit überbrücken konnte, bis mir etwas Besseres einfiel.

Ein kleines bisschen Zuversicht regte sich in mir. Endlich hatte ich wieder einen Plan, der allerdings sofort einen Dämpfer erfuhr, denn ohne Smartphone und mit nach Schweiß riechenden Kleidern ging er nicht auf. Wie kam ich bloß an meine Sachen?

Zögerlich stand ich auf und ging auf den Eingang der Unterführung zu. Sollte ich es riskieren? Konnte ich es wagen, wenn andere Sicherheitsmänner Dienst hatten? Irgendwann musste doch Schichtwechsel sein. Hatten die beiden meine Daten wirklich an ihre Kollegen weitergegeben? Einerseits machten mich die pinken Haare, die Sternchenjacke aus Teddyplüsch und meine selbstdesignte Umhängetasche, die ein Traum aus schwarzen und pinken Rüschen war, zu einem bunten Hund. Andererseits rannte mir die Zeit davon. Nicht nur, dass es mit jeder Minute unwahrscheinlicher wurde, einen Schlafplatz zu finden, gegen Mitternacht lief auch die Vorauszahlung ab, die ich für das Schließfach geleistet hatte. Wollte ich es danach öffnen, wurde eine Nachzahlung fällig – nur, wie sollte ich mir diese ohne Geld leisten?

Grübelnd lehnte ich mich neben dem Eingang an die Wand. Es musste irgendeine Möglichkeit geben.

8. Kapitel

Summend schaltete sich die Straßenlaterne ein paar Meter neben mir an. Ich hatte vor lauter Nachdenken gar nicht gemerkt, dass die Dämmerung hereingebrochen war. Erschrocken sah ich mich um. Wie spät war es denn? Schließlich fand mein Blick die Digitalanzeige einer Bushaltestelle. Verdammt, schon nach neun.

Für weiteres Zögern blieb mir keine Zeit. Wenn ich jetzt nicht handelte, war es zu spät. Nach zweiundsiebzig Stunden wurden die Schließfächer geleert und dann waren meine Sachen weg. Darauf, dass ich in nicht einmal zwei Tagen genügend Geld für eine Nachzahlung aufbringen konnte, wollte ich mich nicht verlassen.

Da mir keine bessere Lösung einfiel, stieß ich mich von der Wand ab, zog meine Jacke aus und stopfte sie in meinen Rucksack. Ich hoffte, dass mich die Sicherheitsleute auf diese Weise schwerer erkennen würden.

Vorsichtig spähte ich um die Ecke in den Tunnel. Kein Uniformierter in Sicht. Hastig suchte ich die Seitenwände ab, bis meine Augen am Eingang eines Ladens hängenblieben. Bis dorthin musste ich es schaffen. Die Tür lag ein kleines Stück zurückgesetzt und der Türrahmen bot etwas Schutz, um sich darin zu verstecken. Ohne lange nachzudenken, rannte ich los.

Meine Schritte, die unendlich laut durch den Gang hallten, dröhnten in meinen Ohren. Im vollen Lauf wich ich einigen Passanten aus, die mir daraufhin Flüche hinterherschickten.

Zuviel Aufmerksamkeit, aber nicht zu ändern. Die Ruhe, unauffällig durch den Tunnel zu schlendern, hatte ich definitiv nicht.

Lauf. Schneller, feuerte ich mich selbst an und ließ mich nach einer Ewigkeit, die höchstens eine halbe Minute gedauert hatte, gegen die Ladentür sinken. Gott sei Dank, das hatte schon einmal geklappt. Nur rasch weiter. Es war besser, Fortuna nicht unnötig herauszufordern.

In Zeitlupe schob ich meinen Kopf aus dem Türrahmen und linste um die Ecke. Soweit ich die Unterführung überblicken konnte, war kein Wachmann zu sehen. Wohin als Nächstes? Einen Bogen nach rechts machen und in den Eingang des Blumenladens, um nochmal die Lage zu prüfen, oder doch den kürzeren, direkten Weg zu den Rolltreppen?

Die Rolltreppen, beschloss ich, nachdem der Blumenladen so ungünstig lag, dass diese von dort aus nicht einsehbar waren.

Ich atmete noch einmal tief durch, sah ein letztes Mal in alle Richtungen und sprintete los. Obwohl die Unterführung an dieser Stelle höchstens zehn Meter breit war, erschien mir die Strecke endlos.

Einen Moment, bevor ich die Rolltreppen erreichte, bog ein Pärchen Händchen haltend von der Seite auf die Metallstufen ein. Beinahe wäre ich in sie hineingerannt. Nur eine Vollbremsung rettete mich, aber dabei kam ich ins Straucheln und krachte unsanft auf den Boden. Die Schmerzen in meinen Knien und Handflächen ließen kurz Sterne vor meinen Augen tanzen.

Steh auf, Silke, lauf endlich, ehe du erwischt wirst, feuerte ich mich selbst an, doch mein Körper gehorchte mir nicht länger. Nur millimeterweise gelang es mir, mich in eine sitzende Position zu stemmen und mich so zu drehen, dass ich den Rücken gegen die halbhohe Plastiktrennscheibe zwischen den Rolltreppen lehnen konnte. Ich zitterte heftig, Schweiß lief mir in Strömen übers Gesicht und etwas Warmes rann mein Bein hinunter. Allein bei dem Gedanken an Blut wurde mir speiübel. Es kostete mich einen schier übermenschlichen Kraftaufwand, meine Finger in Zeitlupe über den Boden zu schieben, und die Zeichenmappe, die mir bei dem Sturz aus der Hand gefallen war, auf meinen Schoss zu ziehen. Mein Herz raste, als müsste es ein Rennen gegen einen Formel-1-Wagen gewinnen, und mein Atem ging stoßweise. Das laute Wummern dröhnte in meinen Ohren und raubte mir mein Gehör fast vollständig. Die Geräusche um mich herum drangen nur noch dumpf zu mir durch und die wenigsten davon ergaben einen Sinn.

Beruhig dich, du kannst hier nicht bleiben, redete ich in Gedanken auf mich selbst ein und drückte den Mund in meine Armbeuge. Die kontrollierte Atmung half tatsächlich. Ich atmete etwas ruhiger und auch mein Herzschlag verlangsamte sich ein wenig. Höchste Zeit, mich zu verkrümeln, bevor ich weiteres Aufsehen erregte. Die ersten Menschen starrten mich schon an, während sie sich an mir vorbei auf die Rolltreppe zwängten. Obwohl am Bahnhof um diese Uhrzeit verhältnismäßig wenig los war, kam es mir vor, als befände ich mich in einem Ameisenhaufen, in dem sich alle Ameisen gegen mich verschworen hatten. Am liebsten hätte ich dieses verfluchte Versteckspiel aufgegeben, den Sicherheitsleuten die Situation erklärt und meine Sachen geholt, um auf Nimmerwiedersehen zu verschwinden. Leider hatten die Bahnbeamten bereits heute Morgen eindrucksvoll bewiesen, dass sie mich nicht zu Wort kommen ließen, geschweige denn mir zuhörten. Weiteren Ärger wollte ich auf keinen Fall riskieren, davon hatte ich für heute genug gehabt.

Ich musste es allein versuchen. Gemäß meinem vollkommen verrückten Plan und entgegen allen Regeln. Umständlich rappelte ich mich hoch und kam taumelnd auf die Beine. Während ich mich auf der Trennwand abstützte, sprang mein Blick durch die Unterführung wie ein gehetztes Reh, konnte jedoch keinerlei Gefahr ausmachen. Ich rutschte meine Taschen zurecht und presste die Zeichenmappe mit der rechten Hand fest an mich. Dann mal los.

Gerade tat ich den ersten Schritt in Richtung Rolltreppe, als sich eine Hand auf meine Schulter legte.

»Guten Tag, Frau Hofmeister, Ihren Fahrschein bitte!«

O nein. Mein Herz setzte einen Schlag aus und meine Hände wurden feucht und glitschig, als ich mich umdrehte. Zwei grimmig dreinschauende Männerköpfe auf schwarzen Westen sahen mich von oben herab an.

Ich war geliefert.

9. Kapitel

»Ihren Fahrschein bitte, Frau Hofmeister«, wiederholte der Bahnbeamte, der mich heute Nacht schon auf dem Kieker gehabt hatte, und seine Stimme verlor dabei selbst das letzte bisschen Freundlichkeit.

»Ich habe keinen, aber ich möchte doch nur ...«

»Sie wollen es nicht anders, oder? Dann rufen wir jetzt eben die Kollegen von der Polizei. Kommen Sie freiwillig mit in unser Büro? Wir können selbstverständlich auch hier warten und das in aller Öffentlichkeit klären.«

»Zu den Schließfächern«, führte ich meinen Satz zu Ende. Hastig kramte ich in den Hosentaschen und beförderte den Schlüssel daraus hervor, den ich demonstrativ den Sicherheitsmännern hinhielt. »Sehen Sie? Ich will einfach nur meine Sachen abholen!«

Bevor ich reagieren konnte, nahm mir der blonde Hüne, der die ganze Zeit geredet hatte, den Schlüssel aus der Hand. »Na, das überprüfen die Kollegen dann gleich mit. Wer weiß, vielleicht haben Sie ja Drogen in dem Schließfach oder der Schlüssel ist geklaut.«

Drogen? Geklaut? Was geschah hier eigentlich? Was auch immer die beiden versuchten, ich spürte, dass es böse ausgehen würde, wenn ich nicht anfing, mich zu wehren. »Geben Sie mir den sofort zurück. Der gehört Ihnen nicht. In dem Schließfach sind alle meine Sachen und mein Handy drin«, fauchte ich und hielt ihm die ausgestreckte Hand entgegen.

Mit einem höhnischen Grinsen antwortete stattdessen sein Kollege, der das Gesicht einer Bulldogge besaß. »Aber natürlich bekommen Sie Ihren Schlüssel wieder. Danach laden wir Sie noch auf einen Kaffee und einen Mitternachtssnack ein und helfen Ihnen beim Abtransport Ihrer Sachen. Selbstverständlich nur, weil Sie uns so eindringlich gebeten haben und die Glaubwürdigkeit in Person sind. Sie sehen absolut vertrauenserweckend aus, da müssen wir das natürlich nicht prüfen.«

Sein Spott traf mich wie ein Fausthieb und langsam musste ich mir eingestehen, dass ich verloren hatte. Es gab nichts, was mir das Treffen mit der Polizei ersparte. Vielleicht sollte ich ihnen in ihr Büro folgen und mich damit zumindest vor weiteren öffentlichen Demütigungen verschonen.

Ich öffnete bereits die Lippen, um den beiden meinen Entschluss mitzuteilen, als eine unbekannte Stimme plötzlich fragte: »Gibt es hier ein Problem?«

Eine fremde Hand packte mich am Arm und zog mich ein Stück an einen Körper heran.

»Macht meine Freundin Ihnen Ärger?«, ergänzte die junge Männerstimme.

Was geschah hier? Ich wollte mich schon aus dem Arm winden, den der Fremde gerade um meine Hüfte legte, und ihm sagen, dass er mich wohl verwechseln musste, als mir klar wurde, was hier vor sich ging. Wer auch immer er war, er versuchte mir zu helfen. Endlich ein Lichtblick an diesem Scheißtag.

»Stell dir vor, Schatz«, sprudelte es hoffentlich halbwegs überzeugend aus mir heraus. »Die Herren möchten die Polizei rufen, weil ich keinen gültigen Fahrschein habe, dabei wollte ich bloß meine Sachen aus dem Schließfach holen, bevor wir losfahren. Jetzt haben sie gerade meinen Schlüssel einkassiert und behauptet, ich hätte ihn geklaut oder sogar Drogen im Spind. Wie lächerlich.« Um meinen Worten Nachdruck zu verleihen, versuchte ich, ihnen ein amüsiertes Kichern hinterherzuschicken. In meinen Ohren jedoch klang es einfach nur erbärmlich falsch und gespielt.

»Eine schöne Scharade, junger Mann, aber erwarten Sie wirklich, dass wir Ihnen abkaufen, dass diese verdreckte Obdachlose Ihre Freundin ist? Bitte verschwinden Sie und hören auf, uns auf den Arm zu nehmen, bevor wir Ihre Personalien ebenfalls aufnehmen. Wenn Sie jemandem bei einer Straftat oder bei der Vertuschung einer Straftat helfen, bringt Sie das in große Schwierigkeiten.«

Klar, sie hatten unser schlechtes Improtheater sofort durchschaut. Wie hatte ich mir auch nur für einen Moment Hoffnungen machen können, dass ich aus der Sache rauskam. Stattdessen zog ich einen Fremden in meine Probleme hinein, der rein gar nichts mit mir zu tun hatte. Höchste Zeit, es zu beenden, damit er nicht am Ende ebenfalls Ärger bekam.

»Viel…«, setzte ich an, dem Mann zu danken und ihn fortzuschicken, als feuchte Lippen meine verschlossen. Gleichzeitig zogen mich Arme in dunkelgrauen Hemdsärmeln näher an einen Körper, der nach einer wilden Kombination aus Moschus und Kiefern roch. Meine Hände streiften schweren Jeansstoff an seinen Beinen.

Ich wollte schreien und mich wehren, doch seine Stimme flüsterte an meinem Mund: »Spiel einfach mit, dann lassen sie dich gehen.«

Weitere Küsse, die meine Lippen teilten, folgten und seine Zunge schob sich tief in meinen Hals, bewegte sich gierig, hastig und schien mir jede Luft zum Atmen zu rauben. Voller Ekel schloss ich die Augen. Ich war nicht in der Lage, diese widerlichen Küsse zu erwidern oder mich aus seiner Umarmung, die mich wie ein Schraubstock einquetschte, zu befreien. Nur die bloße Angst vor einer Anzeige ließ mich den Mund geöffnet halten und nicht zubeißen. Fremder Speichel floss in Strömen in meinen Rachen und drohte mich zu ersticken.

Endlich, als meine Beine jeden Augenblick versagen wollten, zog er sich aus meinem Mund zurück. Nach einem letzten, sabbernden Kuss wandte er sich wieder zu den Sicherheitsmännern um.

»Reicht Ihnen das als Beweis, dass es sich bei dieser jungen Dame um meine Freundin handelt? Natürlich entspricht es nicht Ihren Vorstellungen, dass ein durchschnittlicher Typ wie ich eine obdachlose Freundin hat, deshalb brauchen Sie uns aber trotzdem nicht zu schikanieren. Jetzt möchten wir jedenfalls sehr gerne weitergehen, bevor wir unseren Zug verpassen. Bevor Sie nach den Fahrscheinen fragen, die löse ich am Gleis. Hätte ich geahnt, dass es so einen Aufstand verursacht, wäre ich zuerst zum Automaten gegangen. Wollen Sie uns dorthin begleiten oder glauben Sie mir endlich?« Er setzte dabei ein übertriebenes Lächeln auf und fügte süffisant hinzu: »Falls Sie weiterhin Zweifel haben, dürfen Sie natürlich gerne ausprobieren, ob meine Freundin sich von Ihnen küssen lässt. Nur für den Fall, dass Sie denken, sie ließe sich von jedem abknutschen. Nicht wahr, Schatz?«

Ich nickte benommen. »Aber klar, Liebling.«

Die beiden Männer verzogen angewidert ihre Gesichter. »Da haben Sie ja noch einmal Glück gehabt, Frau Hofmeister. Warum sagen Sie denn das nicht gleich? Wir wünschen Ihnen einen schönen Abend. Und denken Sie daran. Das Hausverbot bleibt bestehen. Das nächste Mal führen Sie den Fahrschein bitte direkt mit sich. Auf Wiedersehen.«

Sie wollten sich schon umdrehen, da hielt der Fremde sie auf. »Haben Sie nicht etwas vergessen? Wir hätten den Schlüssel gerne zurück!«, forderte er bestimmt.

Es dauerte keine fünf Sekunden, bis er ihn kommentarlos in die Hand gedrückt bekam und die Sicherheitsleute davonrauschten. Wie einfach die Dinge doch waren, wenn man die richtige Kleidung trug, schoss es mir durch den Kopf. Ein Glück, dass dieser Mann mir geholfen hatte, obwohl der Kuss reichlich übertrieben und ekelhaft gewesen war.

Nachdem die Bahnleute endlich hinter der nächsten Ecke verschwunden waren, wischte ich mir schnell das Kinn ab, welches nur so von seinem Speichel triefte.

»Vielen Dank für Ihre Hilfe, Herr ...«, stammelte ich los und wusste nicht recht, wie ich mich verhalten sollte. Die ganze Situation überforderte mich total.

»Schon gut. Jetzt sieh zu, dass du verschwindest, bevor ich es mir anders überlege.« Die Härte seiner Stimme passte so gar nicht zu den weichen, glattrasierten Gesichtszügen und den blauen Augen des Mannes, der nicht viel älter sein konnte als ich.

»Sie haben noch meinen Schlüssel. Würden Sie ihn mir bitte zurückgeben?« Zögerlich streckte ich eine Hand danach aus.

»O Gott, hast du wirklich gedacht, dass ich das aus reiner Herzensgüte tue? Ich habe gehört, was du über das Schließfach gesagt hast. Den Schlüssel behalte ich als Gegenleistung. Ein bisschen Kohle lässt sich aus deinem Krempel bestimmt rausschlagen und die kommt mir gerade sehr gelegen. Glaubst du ernsthaft, ich würde vollkommen selbstlos eine widerliche, verdreckte Obdachlose küssen, die schlimmer aus dem Maul stinkt als eine Kloake? So naiv kann man doch gar nicht sein. Ich brauche das Geld, sonst wirft mich mein Vermieter aus der Bude, und so wie du will ich sicher nicht enden.« Lachend drehte er sich um. »Scher dich zu deinesgleichen und genieß die Freiheit, die ich dir verschafft habe.« Überheblich grinsend betrat er die Rolltreppe und fuhr aus meinem Blickfeld, während ich wie vom Donner gerührt dastand.

Erst allmählich erfasste ich die Lage und würgte. Mein Magen rebellierte und ich schaffte es gerade so, die vier Schritte zu einem Mülleimer zu hasten, ehe ich mich übergab. Nachdem ich das letzte bisschen Magensäure, das sich noch in mir befand, hervorgewürgt hatte, schlurfte ich Richtung Ausgang. Ich fühlte mich beschmutzt. So schrecklich beschmutzt und beschämt. Die bloße Erinnerung an seine Zunge in meinem Mund ließ mich erneut würgen. Ich wollte schreien und wüten, aber mir fehlte die Kraft. Wenn das Gottes Strafe für mich war, dann verfehlte sie ihren Zweck nicht.

10. Kapitel

Zitternd lag ich zusammengerollt auf dem Boden. Tränen hatte ich längst keine mehr und auch sonst nichts. Nicht einmal Hoffnung.

Obwohl die Tage unerträglich heiß und die Nächte kaum kühler waren, fror ich. Doch es war keine Kälte, die eine kuschlige Decke oder ein dicker Pullover vertrieben hätte. In mir drin gab es keine Wärme mehr, nur noch Schmerz, der mich nach und nach zerfraß. Wie viel Leid konnte ein Mensch wohl ertragen, bevor er daran starb? Wie viel konnte ich ertragen?

Ich wälzte mich auf die andere Seite, stöhnte und presste die Hände gegen meine Rippen. Ein ungeheurer Druck schien meinen Brustkorb sprengen zu wollen und meinen Seelenqualen wuchsen Finger, die drohten, mein Herz zu zerquetschen. Unfähig mich auf das Hier und Jetzt zu konzentrieren, zwang der Selbsthass meine Gedanken immer wieder von neuem in eine Spirale aus Leid und Höllenqualen.

Der widerliche Kerl, die Bahnleute, Maria, der Mann vom Arbeitsamt – sie alle wirbelten durcheinander, nur um sich jedes Mal in euch zu verwandeln. Eure Stimmen dröhnten durch meinen Kopf, eure Mahnungen, die ich so oft gehört und stets in den Wind geschlagen hatte, tanzten einen teuflischen Reigen und peitschten auf mich ein.

»Eine Castingshow ist nur schneller Ruhm, lass dich von dem Erfolg nicht blenden.«

»Die Modewelt ist wie ein tollwütiger Hund. Du denkst, sie wäre dein Freund, aber eines Tages wird sie dich zerreißen und nur Fetzen von dir übrig lassen.«

»Du hast alles aufgegeben für ein paar glamouröse Aufträge, doch eines Tages wirst du einen Auftrag nicht erfüllen und fallen. Dann wird dich niemand halten.«

»Mach dich nicht von Maria Predo abhängig, beende dein Studium und nutze die Optionen, die es dir öffnet. Sie braucht dich nur so lange, wie sie sich mit deinen Federn schmücken kann.«

»Setz nicht alles auf die Modekarte. Lern etwas Anständiges und danach hast du immer noch die Möglichkeit, dein Glück mit Design zu versuchen.«

»Sei nicht blind und schau dich einmal kritisch um. Deine Kollegen, die schon länger dabei sind, leben gar nicht mehr richtig. Sie funktionieren nur, nehmen Drogen, Tabletten und saufen, damit sie den Druck irgendwie ertragen. Willst du so enden? Als Maschine, die bloß für andere funktioniert, aber sich selbst verliert?«

Ihr hattet so recht. Mit allem, was ihr gesagt habt, aber ich wollte es nicht hören. Wie oft haben wir uns deswegen gestritten? Wie sehr habt ihr mich boykottiert und seid dabei doch erfolglos geblieben, weil mein Dickschädel größer war? Früher, als ich für die Band von Jörn genäht habe, konnte ich immer auf eure Unterstützung zählen. Wenn das Geld der Band nicht für die Outfits reichte, seid ihr stets in die Bresche gesprungen und habt uns die Stoffe gesponsert. Auch die neuen Nähmaschinen bekam ich zu Weihnachten oder zum Geburtstag, ohne dass ich lange betteln musste. Erst als ich beschloss, auf die Designhochschule zu gehen, änderte sich eure Meinung. Ein wundervolles Hobby nanntet ihr meine Arbeit, aber keinen ordentlichen Beruf. Von da an habt ihr mich nicht mehr unterstützt. Kein Geld fürs Studium, für Stoffe oder Maschinen. Stattdessen bestand der Großteil unserer Gespräche aus euren Versuchen, mich umzustimmen. So oft habt ihr behauptet, dass ihr es nur zu meinem Besten tut, weil ihr es nicht ertragen könntet, wenn ich eines Tages im Drogensumpf oder auf der Straße lande, aber ich habe es euch nicht geglaubt. Warum auch? Es erschien mir vollkommen absurd. Meine Lehrer und Maria hatten mir so lange erfolgreich eingeredet, dass ich ein Wunderkind sei, dass ich irgendwann an absoluter Selbstüberschätzung litt. Ständig schmierten sie mir Honig ums Maul und hofierten mich. Angeblich, um mich groß zu machen, doch die Wahrheit war wohl eher, dass sie sich selbst mit einem Ausnahmetalent als Schülerin schmücken wollten. Es ging nie um mich, sondern um ihren eigenen Ruhm, aber ich ließ mich von dieser Glitzerwelt viel zu sehr blenden, um das zu erkennen. Und jetzt seid ihr gestorben und ich bin schuld daran.

Die Schmerzen in meiner Brust steigerten sich bis ins Unerträgliche. Wimmernd wand ich mich auf dem Boden, stöhnte und trat mit den Beinen um mich. Es sollte aufhören. Endlich aufhören. Doch meine Gedanken rasten weiter, unbarmherzig, kalt und voller Hass.

Ich kannte eure Einstellung zu meiner Arbeit und trotzdem weigerte ich mich schlichtweg, sie zu akzeptieren. Wie oft hatte ich euch zu Ausstellungen oder Fashion Shows eingeladen und wie oft hattet ihr mir klar gemacht, dass ihr nicht kommen würdet.

Dass ihr es nicht ertragen könnt, eurer Tochter dabei zuzusehen, wie sie sehenden Auges in ihren Untergang rennt. Auch das Finale von *Mailand, Paris und du* habt ihr nicht besucht und für eure Zusage zur Fashion Week musste ich fast eine geschlagene Stunde bitten und betteln. Ihr habt am Ende nur nachgegeben, weil ich einen Tag vor der Show Geburtstag hatte und ihr mir meinen Wunsch nicht abschlagen konntet, euch wenigstens ein einziges Mal anzusehen, womit ich mein Geld verdiente. Vor allem da ich euch versprochen hatte, euch danach nie mehr mit diesem Thema zu nerven.

Das zumindest würde mir nun mit Leichtigkeit gelingen, dachte ich bitter, bevor mich die nächste Schmerzwelle erfasste und mit sich riss. Das Gefühl, dass mein Brustkorb von innen heraus aufgebrochen wurde, ließ mich stöhnen. Wie gerne hätte ich laut geschrien, aber meine Lunge weigerte sich, genügend Luft dafür herzugeben. Grelle Lichter blitzten hinter meinen zusammengekniffenen Augenlidern auf und in dem Moment, als mein Herz zu blutigem Schleim zerquetscht durch die Finger der imaginären Hand meiner Qualen floss, schwemmte Rabenschwärze mein Bewusstsein. Mein Körper ertrug die Schmerzen nicht länger und fiel in Ohnmacht.

11. Kapitel

Etwas Nasses, Raues fuhr durch mein Gesicht und ließ mich zusammenzucken. Was war das? Hastig richtete ich mich auf.

»Fido, komm her. Nimm die Zunge von diesem ekligen Weib. Wer weiß, was die alles für Krankheiten hat«, befahl eine aufgebrachte Frauenstimme irgendwo in der Nähe.

Traurige Mopsaugen blickten mich an, dann drehte sich der Hund um und lief gehorsam zu seiner Besitzerin, die mich mit gerümpfter Nase anstarrte.

»Eine Unverschämtheit ist das. Jetzt dürfen die Penner wirklich schon überall liegen. Ich werde mich bei der Stadt beschweren. Das ist ja eine Zumutung«, zeterte sie, bevor sie sich abwandte und davoneilte.

Penner? War es das, was die Leute in mir sahen?

Ich streckte vorsichtig meine verspannten Muskeln und drückte den Rücken durch. So bequem eine Wiese im Sommer erschien, wenn man picknickte oder zum Lesen darauf lag, so unbequem war es, sie als Bett zu benutzen.

Die Erinnerungen an gestern Abend tauchten langsam vor meinem inneren Auge auf und hastig griff ich zu den letzten Resten der angebrochenen Apfelschorle. Mehr als zwei Schlucke gab die Flasche nicht her, dennoch fühlte sich das angesabberte Getränk auf einmal wie ein Wundermittel an. Meine vertrockneten Schleimhäute nahmen ihre Arbeit wieder auf und ich hatte zumindest ein wenig das Gefühl, den Speichel und die beschämende Berührung des Zungenkusses loszuwerden. Viel lieber hätte ich stundenlang mit Mundwasser gespült und mich dabei unter eine heiße Dusche gestellt. Nur stand das leider aktuell nicht zur Wahl.

Mein Magen meldete sich erneut und die Übelkeit kam sicher nicht allein von den Erinnerungen. Ich kramte meinen Geldbeutel aus der Tasche und schüttelte das Kleingeld in meine Hand. Schnell machte ich Kassensturz, doch viel besaß ich nicht mehr. Einundsiebzig Cent zählte ich und auch beim zweiten und dritten Mal blieben es so wenig Münzen. Ich hatte außerdem noch die Flasche des Bahnbeamten und meine eigene Wasserflasche. Jeweils fünfundzwanzig Cent. Das ergab dann einen Euro und einundzwanzig Cent. Himmel, bekam man dafür überhaupt irgendetwas zu essen? Geld war bislang nie ein Problem für mich gewesen. Sogar während des Studiums brachte mein dämlicher Nebenjob als Barista so viel ein, dass ich mir wenig Sorgen machen musste. Klar, Partys oder teures Shoppen konnte ich mir nicht leisten, aber das störte mich wenig. Meine Kleider schneiderte ich selbst oder peppte billige Stücke einfach auf und zum Weggehen blieb mir ohnehin keine Zeit. Die ständige Lernerei hielt mich auf Trab, von den vielen Probestücken für meine Professoren ganz zu schweigen. Für Essen und Trinken reichte mein Geld dennoch ohne weiteres, selbst wenn ich oft irgendwo Fastfood mitnahm, weil ich zum Kochen zu erschöpft war oder schlichtweg die Zeit fehlte.

Wo war überhaupt der nächste Supermarkt? Normalerweise hätte ich mir die Route von meinem Smartphone ausgeben lassen, das allerdings hatte der beschissene Typ gestern Abend, zusammen mit fast allen Erinnerungsstücken an mein früheres Leben, geklaut. Schnell drängte ich den Gedanken an all die Fotos und Andenken an meine Familie zur Seite. Schon dieser kurze Moment des Erinnerns löste in mir erneut den Wunsch aus, mich einfach wieder zusammenzurollen, zu weinen und aufzugeben. Doch genau das durfte ich nicht tun. Wenn ich eines von Mama und Papa gelernt hatte, dann dass Aufgeben niemals eine Option war. Ohne mein Handy würde mir zwar nichts anderes übrigbleiben, als mich durchzufragen, aber immerhin herrschte auf den Straßen bereits reger Betrieb. Frustriert starrte ich noch einmal auf das Kleingeld in meiner Hand und überschlug ein paar Schätzwerte. Mit Glück reichte es für zwei Flaschen Wasser und ein paar trockene Brötchen, vermutlich aber nicht einmal das. Der Gestank, der mir aus Richtung meiner Achselhöhlen entgegenschlug, würde es mir garantiert nicht leichter machen, Hilfe zu finden. Mit diesem Problem durfte ich mich jetzt allerdings nicht aufhalten. Solange ich keine Ahnung hatte, wie es mit mir weiterging, musste ich einen Schritt nach dem anderen machen. Immer das Naheliegendste, immer das Dringendste, der Rest ergab sich bestimmt mit der Zeit.

»Du hast eine schöne Jacke«, meldete sich da ein dünnes Stimmchen und ein Paar pinkfarbene Kinderschuhe tauchte in meinem Sichtfeld auf. Verwirrt blickte ich nach oben. Dabei musste ich meinen Kopf in den Nacken legen, der entsetzlich protestierte. Automatisch presste ich meine freie Hand an die schmerzende Stelle. Vor mir stand ein kleines Mädchen. Es schleppte einen viel zu großen Schulranzen mit sich herum und musste ungefähr sechs oder sieben sein.

»Findest du?«, fragte ich.

Ernst nickte sie. »Ja, sie sieht weich aus und die Sterne haben die gleiche Farbe wie meine Schuhe«, sagte sie und wies dabei auf ihre Füße.

Ich lächelte. »Ja, das stimmt. Schöne Schuhe hast du.« Auch wenn mein Leben gerade vollkommen aus dem Ruder lief, dieses kleine Mädchen war so lieb und unschuldig, der netteste Mensch seit Tagen.

»Dankeschön!« Sie strahlte übers ganze Gesicht und erwärmte damit den Eisklotz, der sich um mein Herz gebildet hatte, ein wenig. »Was ich dich eigentlich fragen wollte ...«, druckste sie herum und ich lächelte ihr aufmunternd zu.

»Was wolltest du denn fragen?«

»Na ja ... warum ... warum schläfst du denn hier? Ist das nicht unbequem?«

Ich schluckte, als ich die Ernsthaftigkeit in ihrem Gesicht sah und riss mich gehörig zusammen, ehe ich ihr antwortete. Sie trug keinerlei Schuld an meiner Situation, also brauchte ich meinen Frust auch nicht an ihr auslassen. »Weißt du, ich habe kein Zuhause mehr. Solange ich nicht weiß, wohin ich soll, muss ich eben hier schlafen.«

Es fiel mir schwer, so sachlich zu bleiben, denn gerade sprach ich das erste Mal aus, was ich seit Tagen nicht wahrhaben wollte. Beschämt blickte ich zur Seite.

»Hast du denn keine Mama, bei der du wohnen kannst?«, ließ sie nicht locker und ich spürte, wie sich ein Kloß in meinem Hals bildete. Schnell senkte ich den Kopf, damit sie die Tränen in meinen Augenwinkeln nicht sah. Durfte ich diese Frage überhaupt ehrlich beantworten? Verkraftete die Kleine die Wahrheit? Vielleicht schmerzte eine Lüge weniger. Kurz zögerte ich, ehe ich beschloss, dass es falsch war, den einzigen Menschen zu belügen, der wirklich ernsthaft Interesse an mir zeigte. Die Welt tat manchmal weh und ließ sich schwer ertragen, doch man half niemandem, wenn man ihn in Watte packte und die Wahrheit vor ihm verbarg. Auch keinem kleinen Mädchen, das einen genau danach fragte.

»Nein, meine Eltern sind vor zwei Wochen gestorben«, flüsterte ich deshalb und wischte mir mit dem Ärmel über die Wangen.

»Das tut mir leid.« Plötzlich legten sich dünne Kinderärmchen um meinen Hals und drückten mich. Langsam taute mein Herz auf und ich ließ sie einen Augenblick gewähren. Es tat so gut, einfach mal in den Arm genommen zu werden. Nichts hatte ich mir nach dem Tod von Mama und Papa mehr gewünscht und nichts war weiter entfernt gewesen. Schließlich löste ich ihre Arme vorsichtig von meinem Hals.

»Musst du nicht in die Schule? Du kommst bestimmt noch zu spät wegen mir.«

Die Kleine starrte mich an, als hätte sie völlig vergessen, warum sie eigentlich unterwegs war. »O ja, die Schule. Frau Sermann wird sicher böse, wenn ich nicht pünktlich bin.« Eilig drehte sie sich um und lief mit einem letzten, über die Schulter zurückgeworfenen »Tschüss« davon.

Ich schaute ihr lange hinterher, selbst als sie schon längst aus meinem Blickfeld verschwunden war. Dann rappelte ich mich hoch. Diese kleine Geste hatte mir neue Kraft gegeben. Solange es Menschen wie dieses kleine Mädchen gab, hatte ich vielleicht doch eine Chance, dass sich alles zum Guten wenden würde.

12. Kapitel

Das Geld, welches ich noch immer in der Hand hielt, schob ich in die linke Hosentasche und kramte nach kurzer Überlegung auch meine wichtigsten Karten aus dem Geldbeutel. Bankkarte, Personalausweis, Führerschein und die Versicherungskarte der Krankenkasse fanden ihren neuen Aufbewahrungsort in der rechten Hosentasche. Ich hatte meine Lektion gelernt. Wenn ich wollte, dass etwas sicher war, musste ich es am Körper tragen.

Ich verstaute das Portemonnaie in meiner Umhängetasche, schüttelte Arme und Beine aus, um die protestierenden Gliedmaßen zu lockern, und nahm meine restlichen Sachen an mich. Dann sah ich unsicher von links nach rechts. Wohin nun? In der Innenstadt gab es eine Menge Läden. Daran, ob ein Supermarkt darunter war, konnte ich mich allerdings nicht erinnern. Die kleinen Cafés und Bäckereien lagen ganz sicher außerhalb meines nicht vorhandenen Budgets. In der anderen Richtung befand sich ein größeres Wohngebiet, in dem es vermutlich auch einen Discounter gab, nur kannte ich mich dort noch weniger aus als in der Altstadt.

Eine Weile sah ich grübelnd hin und her, bis ich mich selbst zur Ordnung rief. Silke, so wird das nie etwas! Kurzerhand machte ich mich auf den Weg in die Innenstadt. Nachdem ich das kleine Mädchen getroffen hatte, glaubte ich fest daran, dass ich ein wenig Glück haben und mir jemand helfen würde. Die ersten Begegnungen waren sicherlich nur Pech gewesen, so schlecht konnte die Menschheit doch gar nicht sein.

Die Ladenzeile lag verlassen vor mir, nur an den Knotenpunkten hetzten Menschen aus den Bussen und U-Bahnen, um an ihre Arbeitsplätze und zu sonstigen Terminen zu kommen. Unsicher blickte ich mich um. Wen sollte ich ansprechen? Alle sahen gestresst aus und schienen in größter Eile zu sein. Nicht gerade der beste Moment, um jemanden mit einer Frage zu behelligen. Schließlich fasste ich mir ein Herz und sprach eine junge Frau an, die etwa in meinem Alter war.

»Entschuldigen Sie bitte, könnten Sie mir vielleicht ...« Weiter kam ich nicht.

Sie schüttelte den Kopf und ließ mich stehen.

Na super, seufzte ich innerlich, das kann ja lustig werden.

Ein älterer Mann, sicherlich bereits berentet, erschien mir eine bessere Wahl, daher versuchte ich es erneut.

»Guten Morgen, entschuldigen Sie …«

Auch dieser Herr ließ mich nicht ausreden.

»Unmöglich ist das! Wenn Sie Geld brauchen, gehen Sie gefälligst arbeiten und betteln nicht schon in aller Herrgottsfrühe die Leute an.«

Schon sah ich nur noch seinen Rücken und mein schwacher Protest: »Ich wollte nur nach dem Weg fragen«, verklang ungehört.

Frustriert lehnte ich mich an die Mauer des U-Bahn-Schachts. Die Sache musste sich irgendwie anders anpacken lassen. So jedenfalls schienen die Leute mich als Bettlerin abzustempeln, bevor ich überhaupt die Gelegenheit bekam, mein Anliegen vorzutragen.

Ein Klimpern vor meinen Füßen ließ mich aufblicken. Auf dem Asphalt rollten ein paar Münzen herum und ein Mann im Anzug wandte sich gerade ab, um weiterzueilen. Irritiert starrte ich auf das Kleingeld. Sollte das etwa für mich sein? War es das, was mein Anblick den Leuten vermittelte?

Dann brauchte ich mich nicht zu wundern, wenn mir keiner eine Wegbeschreibung gab. Viel zu spät erkannte ich, dass ich diese Almosen tatsächlich benötigte, und ich bückte mich, wenn auch reichlich beschämt, um die Münzen aus dem Staub aufzulesen.

»Danke!«, murmelte ich viel zu leise und erwischte mich dabei, wie ich das Geld zählte, bevor ich es in meine Tasche steckte. Fünfundzwanzig Cent. Vielleicht wurde es ja doch etwas mit ein paar trockenen Brötchen, falls ich endlich einen Supermarkt fand.

Die Straßenkarten, fiel es mir siedend heiß ein und ich machte mich eilig an den Abstieg zur U-Bahn. Natürlich! An allen Haltestellen hingen Karten, auf denen Geschäfte, Haltestellen und Ärzte der näheren Umgebung verzeichnet waren. Niemals hätte ich gedacht, dass sich dieses überholte System aus grauer Vorzeit irgendwann als nützlich erweisen würde. Ich verdankte es lediglich meinem angestaubten Lateinlehrer, der auf einem Wandertag einmal ein ähnliches System in meiner Heimatstadt vorgestellt hatte, dass ich überhaupt davon wusste. Nervös sah ich mich nach allen Seiten um und war froh, dass sich hier offensichtlich keine Sicherheitsmänner aufhielten, mit denen es Schwierigkeiten geben konnte. Mit dem Finger fuhr ich über die

Karte und blieb schließlich am Namen einer großen Ladenkette hängen. Redi gehörte zu den Märkten, die sich stets mit absoluten Tiefstpreisen brüsteten, und genau das war es, was ich jetzt brauchte. Eilig prägte ich mir den Weg ein und nahm die Rolltreppe zurück nach oben. Der Laden lag nur fünf Straßen weiter und endlich keimte ein wenig Hoffnung in mir auf. Nicht mehr lange und ich konnte etwas trinken und meinen rebellierenden Magen beruhigen, der mittlerweile so lautstark knurrte, dass ich Angst haben musste, vorbeigehende Passanten würden darauf aufmerksam werden.

Tatsächlich entpuppte sich der Weg als deutlich länger, als er auf der Karte gewirkt hatte. Meine Kräfte schwanden und immer wieder musste ich verschnaufen, weil mir schwindlig wurde. Irgendwann glaubte ich, dass ich es nicht mehr schaffen würde. Jeder Schritt kostete mich unendlich viel Überwindung und mein gesamter Körper zitterte, trotz der andauernden Hitzewelle, die sich bereits in diesen frühen Stunden bemerkbar machte, vor Anstrengung. Schweiß lief mir über die Stirn und den Nacken, tränkte meine ungewaschenen Haare und klebte sie auf meine Haut. Selbst als das weißblaue Redi-Schild mir vom anderen Ende der Straße entgegenleuchtete, gelang es mir nicht mehr, meine

Schritte zu beschleunigen. Nur die Aussicht auf einen Schluck Wasser hielt mich aufrecht. Schließlich sank ich erschöpft neben dem Supermarkt gegen eine Mauer. Ein letztes Mal Kraft tanken, bevor du in den Laden gehst, sprach ich mir selbst zu. Nur noch kurz ausruhen.

13. Kapitel

Plong.

Mit einem dumpfen Schlag kippte mein Kopf gegen die Regenrinne. Der Aufprall holte mich aus meinem unruhigen Dämmerschlaf zurück in einen vernebelten Wachzustand. Meine Lippen klebten aufeinander und in meinen Ohren rauschte es. Woher kam dieser nervige Pfeifton?

Nur mühsam gelang es mir, die Augen zu öffnen und meinen Blick scharf zu stellen. Langsam drehte ich meinen Kopf. Was wollte ich hier eigentlich?

Um mich herum wuselten unzählige Beine – dicke, dünne, angezogene und behaarte. Dazwischen flimmerte die Hitze über den staubigen Asphalt und bald verschwammen die Eindrücke, da ich diese gar nicht schnell genug verarbeiten konnte. Für einen Moment kniff ich die Augen zusammen und legte meinen Kopf in den Nacken. Irgendetwas war mir entfallen, doch ich kam einfach nicht drauf. Mein Gedächtnis schien die Form eines Siebs zu haben und mein Körper war gefühllos und schwer. Denk nach, Silke, versuchte ich meinen Geist zum Nachdenken zu bewegen, aber wäre mein Blick beim Augenaufschlagen nicht zufällig an einem Mann hängengeblieben, der gerade einen Schluck Wasser aus einer Flasche nahm, wäre es mir vielleicht nie eingefallen. Trinken. Einkaufen. Supermarkt. Die Worte purzelten aus irgendeiner Schublade meines Gehirns und brachten mich dazu, mich mühsam hochzurappeln, während die Zusammenhänge langsam geknüpft wurden. Nun sah ich auch das große Redi-Schild und es dämmerte mir endlich, wieso ich hierhergekommen war. Etwas wackelig bückte ich mich und nahm meine Sachen auf, dann wankte ich mit unsicheren Schritten Richtung Markteingang.

Bereits als sich die Schiebetüren öffneten, schlug mir eine überwältigende Duftwolke entgegen, die mich einhüllte und ins Träumen brachte. Noch nie hatte ein Supermarkt so gut gerochen und nie zuvor war mir so bewusst geworden, wie sehr Lebensmittel für mich zur Normalität gehört hatten. Achtlos verzehrte man jeden Tag Brot, Wurst, Käse, Obst und Gemüse und hielt es dabei für die größte Selbstverständlichkeit der Welt. Leid und Hunger waren immer so weit weg, bei den armen Kindern in Afrika oder in den indischen Slums. Dass es so etwas direkt vor unserer eigenen Haustür gab, konnte man sich nicht vorstellen. Und dennoch stand ich hier. Wie sehr lockten mich all die Köstlichkeiten, die ich mir nicht leisten konnte und zurücklassen musste, kaum dass ich sie in die Hand genommen hatte. So gerne hätte ich einfach einen dieser leuchtend grünen Äpfel genommen und hineingebissen, die kühle Säure in meinem Hals gespürt und das saftige Fruchtfleisch gekaut. Wie gerne Wurst aus der Kühltheke geholt, selbst wenn es nur ein Päckchen Cervelatwurst wäre, deren künstlicher Geschmack mir in diesem Moment himmlisch vorkam. Eisgekühlte Getränkeflaschen lachten mir aus einer anderen Ecke entgegen, aber diese lagen ebenso über meinem Budget wie der Becher Naturjoghurt. Besonders hart wurde es, als ich an der Kasse meine Hände frei hatte und begann, mit reichlich Schwierigkeiten mein Geld abzuzählen. Zwei große Flaschen Wasser mit Pfand kosteten bereits neunzig Cent, drei Brötchen fünfundvierzig Cent. Ich musste mehrmals nachzählen, bis ich der Kassiererin die gewünschte Summe aushändigen konnte, denn es gelang mir nur sehr schwer, die nötige Konzentration aufzubringen. Am Ende blieben mir gerade einmal elf Cent übrig, die ich verschämt zurück in meine Hosentasche stopfte, während mein Gegenüber missmutig das viele Kleingeld nachzählte. In der Schlange hinter mir brach Unruhe und genervtes Gemurmel aus, weil ich den Betrieb aufhielt. Ich musste mich nicht umdrehen, um all die abwertenden Blicke zu spüren und die herablassenden Kommentare zu hören. Kaum lag das Geld in der Kasse, entließ mich die Frau vor mir mit einem »Schönen Tag noch, danke für Ihren Einkauf« und einem Lächeln, das an Künstlichkeit nicht zu überbieten war. Hastig klemmte ich mir die Wasserflaschen unter den Arm und nahm die Brötchentüte an mich. Nur schnell weg hier und dann irgendwo in Ruhe essen. Leider kam ich nicht weit, denn kurz vor dem Ausgang trat mir ein Mitarbeiter entgegen, der statt der üblichen blau-weißen Shirts des Supermarkts ein Hemd in den gleichen Farben trug.

»Entschuldigen Sie bitte, junge Frau.«

Fragend sah ich ihn an. Nach den Erfahrungen der letzten Tage konnte ich mir denken, was nun kam. »Möchten Sie mir Hausverbot erteilen?«, fragte ich resigniert und bereitete mich innerlich schon auf den nächsten Tiefschlag vor. Wie sollte das nur weitergehen?

»Nein, ich wollte Sie nicht beschämen und vor den Leuten an der Kasse bloßstellen. Allerdings haben sich einige unserer Kunden beschwert. Sie fühlten sich nicht wohl dabei, in einem Laden einzukaufen, in dem Menschen wie Sie sich durch die Gänge drücken und Schmutz und Keime auf den Lebensmitteln verteilen, die sie hinterher anfassen und kaufen. Es liegt jedoch keinesfalls in unserem Interesse, Ihnen den Einkauf bei uns zu verwehren. Wir möchten Sie lediglich bitten, dass Sie das nächste Mal ein wenig Rücksicht auf Ihr Umfeld nehmen und sich den allgemeinen Hygienevorstellungen unterwerfen«, sagte er sein Sprüchlein auf und schaute dabei immer wieder peinlich berührt zu Boden oder zur Seite. »Jetzt wünsche ich Ihnen jedenfalls einen schönen Tag und wir freuen uns auf Ihren nächsten Besuch.«

Damit rauschte er ab und ließ mich einfach stehen, bevor ich auch nur die Chance hatte zu protestieren. »Arroganter Sack! Hältst dich wohl für etwas Besseres«, schimpfte ich ihm müde hinterher und stapfte aus dem Geschäft. Langsam reichte es. Was hatte ich der Welt getan, dass inzwischen jeder meinte, er könnte mich wie einen Schuhabtreter behandeln? Ja, bei mir lief momentan einiges schief, aber das war noch lange kein Grund, so herablassend zu sein. Kundenbeschwerden. Unglaublich. Hatte auch nur einer der Alkis, die sich morgens um neun bereits die ersten Schnapsflaschen kauften und eine Fahne sondersgleichen hinter sich herzogen, schon einmal Hausverbot bekommen? Jedenfalls nicht, dass ich es mitbekommen hätte. Doch eine Obdachlose wie ich war auf einmal schlecht fürs Geschäft. Wenn es so weiterging, konnte ich direkt anfangen, mein eigenes Grab zu schaufeln, weil ich ohnehin bald in keinem Laden mehr einkaufen durfte.

Ächzend ließ ich mich auf den Rasen sinken. Dass meine Füße mich zu einer kleinen Grünanlage getragen hatten, war mir vor lauter Ärgern gar nicht aufgefallen. Hastig legte ich meine Taschen neben mir ab und schraubte die Wasserflasche auf. Gierig nahm ich einen großen Schluck nach dem anderen. Unglaublich, wie gut dieses simple Getränk sein konnte, dem ich früher nicht viel Bedeutung beigemessen hatte. Nachdem ich die Hälfte der Flasche binnen Sekunden geleert hatte, verschloss ich sie wieder und stürzte mich auf das trockene Brötchen. Es war nicht mehr ganz frisch und die Krümel ließen mich husten, trotzdem stopfte ich das Essen hastig in mich hinein. Herrlich, einfach nur lecker.

Innerhalb kürzester Zeit verputzte ich die ersten zwei Brötchen und trank den Rest der Wasserflasche leer. Es tat so gut, endlich etwas im Bauch zu haben, obwohl mein Magen bereits gegen die ungewohnte Belastung rebellierte. Die Tüte mit dem letzten Brötchen wanderte in meine Umhängetasche und die zweite Wasserflasche in meinen Rucksack. Ich musste mir den Rest dringend einteilen, wer wusste schon, wann ich das nächste Mal etwas kaufen konnte.

14. Kapitel

Gestärkt und gesättigt erlaubte ich mir eine kurze Pause, um die Zeichenmappe aufzuschlagen und meine Entwürfe zu betrachten. Die gaffenden Menschen um mich herum beachtete ich nicht. Ich saß einfach nur auf der Wiese, lehnte den Rücken gegen einen Baumstamm und strich vorsichtig mit einem Finger über das Papier. Meine Kuppe zog die Konturen nach und ich verlor mich in meinen Arbeiten. Da waren Hochzeits- und Ballkleider, Anzüge, Filmkostüme und Theaterausstattungen. Mein ganzer Erfolg, mein ganzes Scheitern und der Grund, warum meine Eltern tot waren, lag in dieser Skizzenmappe und lachte mir höhnisch entgegen. Wütend warf ich das Blatt, welches ich gerade in der Hand hielt, von mir. Das bonbonrosafarbene Kleid mit dem übergroßen Reifrock und den exakt siebenhundertzweiunddreißig Schleifen schwebte für einen Moment in der Luft, ehe es ein paar Meter weiter auf dem Bordstein landete. Die Zeichnung gehörte zu einer Puppenhochzeit wie aus dem

Bilderbuch. Einfach alles an diesem Tag hatte in Rosatönen gestrahlt und ich hatte ernstlich befürchtet, dass die geladenen Senioren allein bei diesem Anblick einen Zuckerschock erlitten. Da war mir das kräftige Pink, in dem meine Haare leuchteten, schon deutlich lieber. Nichtsdestotrotz hatte ich auch diesen Tag in einem anderen Leben professionell über die Bühne gebracht und im Laufe der Veranstaltung Aufträge für fünf weitere Hochzeitskleider ergattert. Jetzt jedoch hinterließ ein breiter Herrenschuh einen staubigen Abdruck auf dem Papier und erste zerknitterte Stellen bildeten sich. Sein Besitzer eilte weiter und bog gleich darauf in die benachbarte Fußgängerzone ab.

Ein paar Minuten und viele Dutzend Schuhe später lag meine Zeichnung ebenso in Fetzen vor mir wie mein Leben. Sie wurde genauso zertrampelt und zur Seite gestoßen wie ich selbst, nur mit dem Unterschied, dass sie keine Schuld an ihrem Schicksal trug. Erneut starrte ich auf die Skizzenmappe auf meinem Schoß. Es waren Bilder aus einem anderen Leben und aus jedem Rocksaum, jedem Hosenaufschlag schienen mir die Gesichter meiner Eltern vorwurfsvoll entgegenzublicken. Tränen stahlen sich in meine Augenwinkel und ich klappte hastig die Mappe zu.

Silke, reiß dich zusammen, schimpfte ich mit mir selbst. Flennen kannst du später, jetzt musst du erst mal eine Lösung finden, wie es weitergeht.

Tatsächlich stand mir nicht der Sinn danach, eine weitere Nacht im Freien zu verbringen. Obwohl die Hitzewelle dafür sorgte, dass die Nächte lau blieben, so war es alles andere als romantisch gewesen, heute Morgen aufzuwachen. Auf eine weitere Erfahrung dieser Art konnte ich verzichten. Nur wie sollte es weitergehen? Mein letztes Geld war so gut wie aufgebraucht und das bisschen Essen, was ich eingepackt hatte, würde sicherlich nicht lange vorhalten. Außerdem drückte meine Blase inzwischen entschieden. Zuletzt war ich gestern auf dem Arbeitsamt zur Toilette gegangen, aber jetzt, nachdem ich etwas getrunken hatte, meldete mein Körper dringenden Bedarf an. Wo ging man eigentlich austreten, wenn man obdachlos war? Diese Frage erschien auf den ersten Blick so banal, dass ich mir darüber im Vorfeld nie Gedanken gemacht hatte, wenn ich einen Obdachlosen gesehen hatte. Essen, Trinken, Schlafen bei schlechtem Wetter, so was war mir schon mal durch den Kopf gehuscht, aber Toilette? Das war einfach zu selbstverständlich, um sich damit zu befassen. Jetzt musste ich selbst eine Lösung dafür finden. Die öffentlichen Toiletten kosteten alle Geld und wurden von Personal überwacht. Auch Kaufhäuser und Cafés waren häufig nicht umsonst. Vielleicht gab es irgendwo kostenlose Toiletten, die man frei benutzen konnte, allerdings würde es wohl Stunden dauern, bis ich eine fand. So lange hielt ich es definitiv nicht mehr aus. Ich ließ meinen Blick schweifen. Er blieb schließlich an einem Gebüsch neben zwei großen Müllcontainern hängen. Dort wäre es geschützt, schoss es mir durch den Kopf, aber ich verwarf diesen Gedanken im gleichen Moment wieder. Ich würde nicht wie ein räudiger Köter in eine dunkle Ecke pinkeln. So tief war ich noch nicht gesunken. Also schnell weiter. Aufstehen, Sachen packen und losstapfen. Frustriert schob ich die Hände in die Taschen meiner Plüschjacke, in der es viel zu heiß war. Obwohl mir der Schweiß darunter hervorlief, fühlte ich mich in ihr so geborgen, dass ich sie nicht noch einmal ausziehen würde. Der Stoff, aus dem ich sie geschneidert hatte, war ein Weihnachtsgeschenk meiner Eltern gewesen, und allein sie zu tragen, gab mir das Gefühl, dass sie bei mir waren.

Auf einmal stießen meine Fingerkuppen gegen Papier. Es war härter als die Kaugummipapierchen und die Haftnotizen, die ich überall verteilt und nach Erledigung zerknüllt eingesteckt hatte. Zunächst wollte ich dem Ding keine weitere Bedeutung beimessen, hatte ich doch Wichtigeres zu klären als die Ordnung in meinen Taschen, als mir Herr Herz wieder einfiel. Wenngleich sein Handeln und sein Name wenig Gemeinsamkeiten aufwiesen, so hatte er mir immerhin diesen Flyer in die Hand gedrückt, den ich achtlos in die Tasche gestopft hatte. *Wärmestube* stand darauf und allein der Name erschien mir der pure Hohn. Als ob es mich bei dieser Hitze frieren würde. Dennoch zog ich das Papier aus meiner Tasche. Zumindest klang der Name schon mal, als gäbe es dort vielleicht einen Schlafplatz. Anschauen konnte sicherlich nicht schaden, besonders da ich weder Papiere noch Zeit und Geld besaß, um lange Klage- und Antragsverfahren abzuwarten. Die Schlaftabletten bei den Behörden hatten es nicht eilig. Ich jedoch musste überleben, auch wenn ich noch keine Idee hatte, wie. Bei einer Sache war ich mir jedoch sicher: Dauerhaft auf der Straße zu leben, stand nicht zur Debatte.

15. Kapitel

Bereits eine Stunde später stand ich unschlüssig vor der Eingangstür besagter Wärmestube. Ich hätte gestern schon einen Blick in den Flyer werfen sollen, vermutlich wäre mir dann einiger Ärger erspart geblieben. Neben Hilfe mit Behörden, Verteilung von Kleidung und Lebensmitteln, Gesprächen und Dusch- und Waschgelegenheiten fand sich auch Akuthilfe für Menschen, die in Not geraten waren, auf der langen Liste der angebotenen Leistungen. Dennoch schüchterte mich allein der Lärm ein, der durch die geschlossene Tür drang. Unzählige Stimmen redeten wild durcheinander, manche hitziger als andere, aber es schien so, als folgte alles einer bestimmten Ordnung. Wie würden die Menschen da drin auf mich reagieren? War es wirklich so einfach, Hilfe zu erhalten, wie es der Flyer versprach, oder gab es auch hier tausend Ausflüchte, die dafür sorgten, dass ich am Ende genauso hilflos dastand wie im Moment? Was sagte man zu Obdachlosen? Noch nie hatte ich ernsthaft ein Gespräch mit einem von ihnen gesucht und nun befand ich mich selbst in der gleichen Situation. Unsicher legte ich meine Hand auf die Türklinke, nur um sie gleich wieder zurückzuziehen. Ein flaues Gefühl breitete sich in meinem Magen aus und das Herz schlug mir bis zum Hals. So aufgeregt war ich nicht mehr seit dem Finale von *Mailand, Paris und du* gewesen und irgendwie kam ich mir gleichzeitig höchst albern vor. Obwohl ich ganz offensichtlich Hilfe brauchte, machte ich mir so viele Sorgen darum, wie ich wirkte, dass ich schon an einem Sprüchlein feilte, das ich aufsagen konnte. Das war doch verrückt. Es sollte mir egal sein, was die Leute da drinnen von mir dachten. Ich stand nicht vor der Tür eines potentiellen Arbeitgebers, der mein Leben verändern konnte, sondern vor einer Hilfseinrichtung, die mir helfen sollte, dass ich ein solches Leben überhaupt noch hatte. Verärgert über mich selbst fasste ich erneut nach der Klinke, um endlich einzutreten, dabei knallte mir jedoch die Tür beinahe gegen den Kopf.

»Verdammt noch mal, können Sie nicht aufpassen?«, fauchte ich ungehalten. All mein Frust der letzten Tage brach sich in diesem einen Satz Bahn und irgendjemand, der mir nichts getan hatte, bekam ihn nun ab. Hoffentlich hatte ich mir damit nicht sofort alle Chancen verspielt.

»Das geht aber auch freundlicher«, entgegnete mir eine tiefe Stimme.

Eilig machte ich einen Schritt zurück und musterte den Mann vor mir näher. Er war groß, sah streng aus, trug die Kleidung einer Sicherheitsfirma und hielt Zigarette und Feuerzeug in der Hand. Na klasse, nicht schon wieder. Offensichtlich kam hier doch nicht jeder rein. Resigniert ließ ich den Kopf hängen. »Entschuldigung. Ich wollte nicht unhöflich sein«, kam es mir zähneknirschend über die Lippen. Schönwetter-Machen hieß wohl die Devise, obwohl ich den Kerl am liebsten angebrüllt hätte, einfach weil er da war.

»Schon gut. Kann ich Ihnen helfen? Sie sind das erste Mal hier, oder?«, erwiderte er und klang dabei bereits einen Hauch freundlicher.

Stumm nickte ich. Was sollte ich dazu sonst sagen? Wie konnte er mir helfen?

»In Ordnung, dann passen Sie jetzt gut auf. Bevor ich Sie reinlasse, erkläre ich Ihnen unsere Regeln. Es gibt nicht viele, und wenn Sie sich daran halten, werden wir wunderbar miteinander auskommen. Erstens: Sie tauchen hier nicht betrunken oder zugedröhnt auf. Zweitens: Alkohol und Drogen mitzubringen, ist nicht erlaubt. Sie dürfen diese gerne, direkt wenn Sie kommen, zur Verwahrung abgeben, und wenn Sie gehen, abholen, aber nicht mit sich führen und nicht konsumieren. Drittens: Es wird sich benommen. Kein Geschrei, keine tätlichen Angriffe. Haben Sie das so weit verstanden?«

»Ja. Ja, habe ich, Herr …«, antwortete ich schnell, obwohl ich das Gefühl hatte, dass mich das alles gar nicht betraf. Ich trank nicht und Drogen nahm ich gleich zweimal nicht.

»Thorsten. Sagen Sie einfach Thorsten zu mir, das tun hier alle. Ich bin dafür da, dass die Regeln eingehalten werden und im Zweifelsfall greife ich auch ein, falls die Stimmung doch mal zu hitzig wird. Das lässt sich kaum vermeiden.« Inzwischen klang seine Stimme schon freundlicher. »Wie sieht es mit Ihnen aus? Haben Sie etwas, das Sie abgeben möchten? Sollten wir Sie beim Verstoß gegen eine der Regeln erwischen, fliegen Sie für den Tag aus der Wärmestube, und wenn Sie sich häufiger nicht an die Regeln halten, droht ein zeitweiliges oder sogar endgültiges Hausverbot. Nur damit Sie gleich wissen, dass Sie gar nicht versuchen brauchen, uns zu verarschen.«

Und zack. Da war er wieder. Der Schlag in die Magengrube, mit dem ich die ganze Zeit gerechnet

hatte. Natürlich, wie hätte es auch anders sein können? Warum sollte irgendjemand freundlich sein, ohne direkt eine Drohung hinterherzuschieben?

»Haben Sie nun etwas abzugeben?«

Ich schüttelte den Kopf. »Nein!« Langsam begann meine Blase so extrem zu drücken, dass ich unruhig hin und her trippelte. »Eine Toilette, die ich benutzen kann, haben Sie nicht zufällig?«, fragte ich und blickte ihn flehend an. Ich hoffte, dass ich überzeugend genug wirkte, um keine längeren Diskussionen mehr führen zu müssen.

Mein Blick schien Thorstens Herz zu erweichen, denn er steckte die Zigarette zurück in die Schachtel und hielt mir die Tür auf. »Na, dann kommen Sie mal rein. Wie heißen Sie eigentlich?«

Einige Fragen und eine Einigung auf das hier übliche Duzen später erreichten wir das Ende eines Ganges. Thorsten wies auf eine Tür auf der linken Seite. »WC, Waschbecken, Seifen, Handtücher. Alles da. Wenn du fertig bist, gehst du einfach wieder den Flur runter und durch die große Flügeltür auf der rechten Seite, dann erkläre ich dir alles Weitere.«

16. Kapitel

Nachdem ich mich erleichtert und eine Katzenwäsche gemacht hatte, fühlte ich mich besser. Einmal mehr fiel mir auf, wie viele Dinge ich immer für selbstverständlich gehalten hatte, obwohl sie das offensichtlich nicht waren. Fließendes Wasser, Seife, die Möglichkeit, jederzeit seine Notdurft zu entrichten, darüber dachte niemand nach. Jedenfalls nicht so lange, er es nicht musste. Ein letzter Blick in den Spiegel offenbarte mir, dass ein bisschen Waschen bei meinem Anblick auch nicht viel half. Dunkle Ringe lagen unter meinen Augen, die Haare klebten fettig und verfilzt an meinem Kopf und meine Kleider sahen mehr grau als schwarz aus von der dicken Staubschicht, die es sich darauf gemütlich gemacht hatte.

Ich packte meine Taschen und trat auf den Flur. Sofort ergriff mich erneut dieses beunruhigende Gefühl. Überall wimmelte es vor Leuten, überwiegend Männer. Die meisten sahen älter aus, doch es befanden sich auch etliche darunter, die in meinem Alter oder sogar jünger waren. Optisch entsprachen längst nicht alle dem typischen Bild, das man vor sich sah, wenn man an einen Obdachlosen dachte. Obwohl viele abgehalfterte Kleidung trugen, schien diese größtenteils gewaschen zu sein und die Menschen, die darin steckten, geduscht. Gleich fühlte ich mich noch schlechter, denn selbst ich roch meinen eigenen Schweiß so stark, dass ich mir nicht ausmalen wollte, wie es sein musste, neben mir zu stehen. Ein paar wenige Blicke trafen mich oder musterten mich verstohlen, die meisten schienen ganz mit sich selbst beschäftigt. Manche kannten sich wohl schon länger, denn hier und da standen oder saßen Grüppchen, die sich miteinander unterhielten. Die meisten Gespräche wirkten friedlich, doch eine Gruppe unmittelbar neben der Tür, die ich gerade ansteuerte, hatte sich offensichtlich gehörig in der Wolle. Die Männer wirkten angetrunken und streitlustig. Das Thema hingegen kam mir so banal vor, dass ich vor wenigen Tagen nur den Kopf geschüttelt hätte.

Einer der Männer beschuldigte einen anderen, seinen Apfel gegessen zu haben, jener stritt dies vehement ab. Die ersten Kraftausdrücke flogen umher und zwischen »Hurensohn«, »Arschloch« und »Verreck, du Penner« schließlich auch die erste

Faust, die krachend auf der Wange des vermeintlichen Diebes landete. Ein paar andere Männer redeten auf die Streithähne ein, versuchten die Situation unter Kontrolle zu bringen, aber da traf bereits ein Gegenhieb den Angreifer und ließ ihn taumeln. Ehe er sich berappeln und erneut auf den anderen losgehen konnte, schoss Thorsten durch die Tür, trat zwischen die Männer und hielt sie mit ausgestreckten Armen auf Abstand.

»Was ist hier los?«, donnerte er und versank sofort in einem Stimmengewirr, aus dem ich nicht das Geringste heraushören konnte. Der Sicherheitsmann schien jedoch geübt darin zu sein, denn mit ein paar Worten, die ich nicht verstand, beruhigte er die aufgebrachten Männer. Alle Unbeteiligten zogen sich zurück, während er versuchte, aus der Situation schlau zu werden. Es dauerte allerdings nicht lange, bis die Stimmen sich erneut erhoben.

»Der Arsch hat meinen Apfel gestohlen!«, zeterte der eine.

»Woher sollte ich wissen, dass es deiner war. Der lag einfach so in der Gegend rum«, verteidigte sich der andere.

»Ich habe nur mein Tablett weggebracht und war gleich wieder da.«

»Dann pass gefälligst auf deine Sachen auf! Was herrenlos herumliegt, gehört allen.«

»Stopp!« Thorsten fiel den Streithähnen ins Wort, woraufhin sie sofort verstummten. »Ihr kennt die Regeln. Jeder passt auf seine Sachen auf. Lasst nichts liegen, steckt immer alles direkt in eure Taschen. Ihr kommt beide lange genug hierher, um zu wissen, wie es läuft.«

Instinktiv presste ich meine Taschen enger an meine Brust. Das Szenario vor mir ängstigte mich und hielt mir mehr als deutlich vor Augen, wie hart hier um alles gekämpft wurde und dass man niemandem trauen sollte.

»Aber ...«

»Nichts aber, Jochen«, unterbrach Thorsten. »Wenn dir unsere Regeln nicht passen, brauchst du ja nicht herzukommen. Wir zwingen niemanden. Für heute habt ihr beide Sendepause. Björn ...«, er wandte sich an den Mann, der den ersten Schlag gesetzt hatte, »... du gehst jetzt bitte. In fünf Minuten kontrolliere ich und dann bist du verschwunden. Jochen, du gehst danach. Sonntag dürft ihr wiederkommen, bis dahin überlegt euch mal, wie ihr euch in Zukunft benehmen möchtet.«

Den letzten Widerspruch erstickte er im Keim und eskortierte den Mann, der Björn hieß, zur Tür.

Ängstlich drückte ich mich an dem anderen Kerl, der immer noch vor sich hin maulte, vorbei und schob mich durch die Tür. Mitten im Schritt verharrte ich, denn das Bild, welches sich mir bot, erschreckte mich zutiefst. Niemals wäre mir in den Sinn gekommen, dass es so viele Obdachlose bei uns gab. An langen Tischen saßen bestimmt hundert Personen. Manche aßen, andere unterhielten sich oder schliefen mit dem Kopf auf ihren Armen. Auf der anderen Seite des Raumes befand sich eine Theke, hinter der zwei Menschen Getränke ausschenkten und irgendeine Registrierung vornahmen, nach der die Leute an einer Durchreiche Essen erhielten. Die ganze Situation überforderte mich zunehmend. Wie sollte ich mich verhalten? Konnte ich mich einfach dazusetzen oder sogar um Essen bitten? Doch viel mehr als das beschäftigte mich die Frage, ob es wirklich die Chance auf Hilfe für mich gab. Wenn all diese Leute, die ihrem Aussehen nach zu urteilen, schon länger auf der Straße lebten, auf die Wärmestube angewiesen waren und hier anscheinend keine Lösung fanden, um ihre Situation zu ändern, welche Chancen blieben dann für mich?

17. Kapitel

»Ah!« Erschrocken zuckte ich zusammen, als sich eine Hand auf meine Schulter legte. Ich wirbelte herum und blickte direkt in Thorstens Gesicht.

»Hey, alles okay. Kein Grund, sich zu erschrecken. Du stehst hier so verloren und ich dachte, vielleicht kann ich dir helfen«, beruhigte er mich. »Wie sieht es aus? Soll ich oder möchtest du dich allein durchfragen?«

Sofort schüttelte ich den Kopf. Bloß nicht! Endlich wollte mir nach all den Abweisungen jemand helfen, das würde ich nicht leichtsinnig ausschlagen. »Nein, bitte. Ich war nur in Gedanken«, rechtfertigte ich mich hastig. »Was muss ich denn als Nächstes machen?«

»Das kommt ganz darauf an, was du gerne möchtest«, erwiderte Thorsten. »Brauchst du ein Beratungsgespräch, Kleider, willst du deine Wäsche waschen oder etwas essen?«

Die unglaubliche Auswahl an Möglichkeiten ließ mich ratlos dreinblicken. Hunger hatte ich keinen, aber Wäschewaschen klang verlockend. Bloß was sollte ich dann tragen? Ich konnte ja unmöglich nackt herumsitzen, während die Maschine lief, aber es war wohl dreist, zusätzlich auch noch um Kleidung zu bitten. »Ein Beratungsgespräch wäre, glaube ich, gut. Alles Weitere ergibt sich sicher später noch, oder?«, antwortete ich zögerlich.

»Ja, natürlich. Siehst du die rothaarige Frau hinter dem Tresen? Das ist Kathrin. Sie ist Sozialpädagogin und leitet diese Einrichtung. Gerade ist sie mit der Essensausgabe beschäftigt, danach kannst du sie einfach ansprechen und nach einem Gespräch fragen. Sie sagt dir, wann sie für dich Zeit hat. Stell dich nur darauf ein, dass es etwas dauert. Du merkst ja, wie viel hier los ist. Heute ist allerdings ein ruhiger Tag.« Er schenkte mir ein breites Lächeln. »Solange du wartest, setz dich ruhig irgendwohin, wo du einen Platz findest.« Sein Arm streckte sich und zeigte auf ein Fenster. »Neben den Bänken und Stühlen im Flur gibt es dort draußen auch Sitzgelegenheiten. Hier drinnen ist Rauchverbot, aber im Garten ist das okay, falls du Raucherin bist. Einfach auf den Gang raus. Die Tür gegenüber der Toiletten führt ins Freie.«

Ich warf einen Blick aus dem Fenster und bemerkte erst jetzt bewusst die angenehme Kühle des Raumes. Obwohl die Luft stickig und verbraucht war, lag die Temperatur ein paar Grad unter der Außentemperatur, und dass die Sonne nicht mehr auf meinen Kopf brannte, kam mir wie die reinste Erholung vor. »Vielen Dank für die Erklärung, Thorsten. Um ehrlich zu sein, bin ich froh, nicht draußen zu sein.«

»Wenn du noch etwas brauchst, dann komm zu mir. Es wird Zeit, dass ich mal wieder eine Runde drehe und schaue, dass niemand Blödsinn macht.« Mit diesen Worten verschwand er Richtung Flur.

Das alles ging so schnell, dass ich noch einen Moment verdutzt auf die Stelle starrte, an der er gerade noch gestanden hatte. Dann huschte mein Blick zur Theke, hinter der diese Kathrin irgendwelche Angaben in einen Laptop tippte. Die Schlange schrumpfte langsam, aber es würde sicherlich einige Zeit dauern, bis ich sie ansprechen konnte. Nachdenklich blickte ich mich im Raum um, doch mir stand nicht der Sinn danach, mich irgendwo zwischen die Leute zu quetschen, vielleicht sogar angesprochen oder in Streitereien verwickelt zu werden. Lieber blieb ich für mich und nutzte die Zeit, um meine Gedanken zu sortieren. Was sollte ich überhaupt erzählen? Kathrin hörte bestimmt tagtäglich unzählige rührselige Geschichten, die gewiss alle tragisch waren, aber auch zu ihrem Job gehörten. Mein Schicksal mochte mir persönlich schrecklich vorkommen, für sie jedoch dürfte es nur eines unter Tausenden sein. Warum also sollte man mir helfen, beziehungsweise schnell helfen? Um mich herum gab es so viele arme Seelen, die alle sehnsüchtig auf ein besseres Leben warteten, da musste ich mich vermutlich lange anstellen, um an die Reihe zu kommen.

Resigniert trat ich in den Flur und sah mich nach einer Sitzgelegenheit um. Mehr zufällig fiel mein Blick auf eine Pinnwand. Infobrett stand darüber und auf einem der Papiere Notschlafstellen. Neugierig ging ich näher heran. Vielleicht bot sich hier eine Gelegenheit, die kommende Nacht in einem Bett zu verbringen. Während ich den zugehörigen Text las, wurde mir jedoch schnell klar, dass ich dorthin nicht wollte. Es gab unterschiedliche Einrichtungen für Männer, Frauen und Jugendliche, aber das Konzept klang bei allen gleich. Jede Einrichtung besaß einen oder mehrere riesige Schlafsäle, in denen eine große Menge Stockbetten untergebracht waren und unzählige Menschen auf engstem Raum zusammengedrängt schliefen. Selbstverständlich konnte man keinen Luxus erwarten, allerdings fürchtete ich um meine Sachen. Die Angelegenheit mit dem Apfel hatte mir nachdrücklich gezeigt, wie gut man auf seine Habseligkeiten achten musste, wollte man sie am Ende nicht bei jemand anderem wiederfinden. Wie sollte ich beruhigt schlafen, wenn ich fürchten musste, derweil das letzte bisschen zu verlieren? Obwohl ich das Thema innerlich bereits zu den Akten legte, riss ich mir einen Streifen ab, auf dem die Adresse für die Frauenunterkunft stand. Sicher war sicher.

Nachdem ich das Papier in meiner Tasche verstaut hatte, wandte ich mich zurück zum Aufenthaltsraum. Durch die geöffnete Tür erkannte ich, dass die Schlange an der Essensausgabe verschwunden war und Kathrin den Laptop zuklappte. Jetzt oder nie, ermutigte ich mich selbst, ehe ich mich zögerlich Richtung Theke in Bewegung setzte. Direkt vor der Sozialarbeiterin blieb ich stehen.

»Ähm … hallo … entschuldigen Sie bitte …«, stotterte ich los.

Die Rothaarige hob ihren Blick und sah mir lächelnd in die Augen. »Was kann ich denn für dich tun?«

18. Kapitel

Die nächsten zwei Stunden verbrachte ich auf einer langen Holzbank gegenüber einer Bürotür. Dort sollte ich auf mein Gespräch warten. Diese fanden grundsätzlich in der Reihenfolge statt, wie die Menschen auf der Bank saßen, hatte Kathrin mir erklärt. Wer aufstand, um auf Toilette zu gehen oder sich ein Getränk zu holen, musste sich wieder hinten anstellen. Harte Regeln, aber wohl gerecht. Dass feste Termine nicht möglich waren, begriff ich schnell, denn die Sozialarbeiterin hatte bereits mehr als einen Versuch unternommen, in ihr Büro zu kommen, war dabei jedoch jedes Mal von irgendetwas aufgehalten worden.

Schließlich saßen wir uns doch noch in dem vollgestopften Raum gegenüber. An allen Wänden drängten sich überfüllte Regale, selbst auf dem Fußboden und unter dem Schreibtisch stapelten sich unzählige Kisten und Schachteln. Es wirkte wie ein wildes Sammelsurium, das keiner erkennbaren Ordnung folgte, und obwohl ich nicht wirklich darüber nachgedacht hatte, wie es hier aussehen könnte, hatte ich etwas anderes erwartet. Dieser Raum schien nicht dafür gemacht, Hoffnung und Geborgenheit zu vermitteln, sondern erfüllte viel-mehr eine gewisse Zweckmäßigkeit. Gespräche und Warenausgabe in einem – jedenfalls ging ich davon aus, dass es so was gab, nachdem ich mittlerweile mehr als zwanzig Paar Schuhe in verschiedenen Größen entdeckt hatte.

»Du bist neu hier, oder?«, riss mich die Stimme der Sozialarbeiterin aus meinen Gedanken.

Verunsichert nickte ich. »Ja, das bin ich.« Ich schloss den Mund, nur um ihn gleich noch einmal zu öffnen und eine Frage nachzuschieben. »Darf ich überhaupt einfach so hierherkommen oder muss ich das irgendwo beantragen?«

Die Frau mir gegenüber lächelte. »Nein, du bist hier jederzeit ganz unbürokratisch willkommen. Aber lass uns doch vorn anfangen. Kathrin Vowelt, Sozialarbeiterin und Leiterin der Wärmestube. Du kannst mich ruhig duzen, das machen hier alle. Außerdem bin ich immer die richtige Ansprechpartnerin, wenn du nicht weißt, wer genau zuständig ist, oder du Hilfe mit irgendwelchen Behörden benötigst.«

»Silke Hofmeister«, antwortete ich schüchtern und wusste nicht so recht, was ich sonst hinzufügen sollte.

»Du bist noch nicht lange auf der Straße, oder?«

Ich schüttelte den Kopf. »Seit Mittwoch.«

Bereits als Kathrin mir anbot, dass ich einfach ein bisschen erzählen sollte und wir gemeinsam sehen würden, was sie für mich tun konnte, liefen mir die Tränen übers Gesicht. Sämtliche Dämme, die ich so tapfer aufrecht erhalten hatte, brachen und weinend berichtete ich von den letzten Wochen.

Kathrin hörte mir geduldig zu und unterbrach mich nicht. Stattdessen zauberte sie eine Box mit Taschentüchern aus ihrem Schreibtisch und schob sie zu mir herüber.

Schluchzend zog ich eines davon heraus und putzte mir lautstark die Nase. Mit einem weiteren wischte ich mir über die Augen, bis ich einigermaßen klar sehen konnte. Dennoch hielt ich meinen Blick gesenkt, schämte mich viel zu sehr, um der Sozialarbeiterin ins Gesicht zu schauen. Als diese anfing zu sprechen, klang ihre Stimme freundlich und warm, aber irgendetwas lag darin, das mir deutlich machte, dass ich hier ebenfalls nur ein austauschbares Schicksal war.

»Ich werde jetzt nicht sagen, dass dein Schicksal traurig ist, das weißt du selbst bereits. Ich kann dir auch nicht versprechen, dass wir das alles hinbekommen und alles gut wird. Das wäre gelogen, denn wir haben natürlich nur eingeschränkte Möglichkeiten und die örtlichen Behörden schränken uns zusätzlich stark ein. Obdachlose sind Sache der Gemeinde und unsere Stadt sieht ihre Prioritäten leider in anderen Bereichen. In anderen Gemeinden gibt es mehr Hilfsangebote, vor allem für Frauen, leider hilft dir das nicht, denn du bist nun einmal hier. Wir versuchen trotzdem, das Beste für dich rauszuholen.« Sie machte eine kleine Pause und schien kurz zu überlegen. »Lass uns zuerst über den Übergriff am Bahnhof reden. Der setzt dir offensichtlich immer noch zu und das völlig zurecht. Das Leben auf der Straße ist im Allgemeinen sehr hart, für Frauen ist es noch mal schlimmer als für Männer. Gerne würde ich behaupten, dass es nur ein dummer Zufall war, aber du musst wirklich aufpassen. Alleinsein ist gefährlich, doch die falschen Menschen um dich herum sind es ebenfalls. Du bist die Neue in einer Hackordnung, die du nicht verstehst, und damit leichte Beute. Nicht nur für wohnungslose Männer, die schon viel zu lange bei niemandem mehr gelegen haben, sondern auch für Menschen, die Obdachlose für Freiwild halten, weil sie ihr Leben und ihre Rechte für wertlos erachten.«

Meine Augen wurden immer größer und ich starrte sie mit aufgeklapptem Mund an. »Das ... das bedeutet?«, würgte ich hervor. Obwohl ich mir gut zusammenreimen konnte, was sie andeutete, wollte ich es aus ihrem Mund hören. Sie sollte sagen, dass mein Körper nicht länger mir gehörte, sondern demjenigen, der stärker war. Der genaue Wortlaut erreichte mein Gehirn nicht, doch Kathrins Nicken und die Worte, die ihren Mund verließen, bestätigten meine Horrorvorstellungen.

»Warum?«, hauchte ich und versuchte mühsam, nicht erneut in Tränen auszubrechen.

»Weil sie es können«, kam die Antwort so leise über ihre Lippen, dass ich einen kurzen Moment hoffte, ich hätte sie mir nur eingebildet.

Dann wurde Kathrins Stimme wieder fester. »Es gibt keinen Grund, keine Entschuldigung, keine Erklärung. Stell es dir vor wie diese Gedankenexperimente in der Grundschule. Wenn man eine Klasse fragt, was sie tun würde, wenn alles möglich wäre, antworten die meisten Schüler, sie würden den Menschen helfen und Frieden für die Welt schaffen. Allerdings wird es auch immer dieses eine Kind geben, das sagt, ich würde mir alles nehmen, was mir gefällt. Viele Menschen, die du triffst, werden die anderen Kinder sein. Vielleicht helfen sie dir nicht, aber zumindest fügen sie dir keinen Schaden zu. Nur diese Sorte Mensch, die nur sich selbst kennt, vor denen musst du dich in Acht nehmen. Denen ist nicht wichtig, wie dringend du deine Besitztümer brauchst und wie wenig du von ihnen berührt werden möchtest. Sie möchten diese Sachen und sie werden sie sich nehmen.«

Ich schluckte hart. Die Worte der Sozialarbeiterin kamen mir vor wie die Moralpredigt einer Mutter, die ihre kleine Tochter vor dem schwarzen Mann warnte. Wie ein böses Märchen, das zwar einen wahren Kern enthielt, aber dennoch weit jenseits unserer Vorstellungskraft lag. Doch dies hier war anders. Es war keine Geschichte, keine Erfindung für Kinder, kein abschreckendes Beispiel. Das hier war die Realität. Meine neue Realität. Meine Hände zitterten und krallten sich in die Armlehne des Holzstuhls, an der sich schon unzählige ähnliche Kratzspuren befanden.

Kathrin zog ein Stück Papier, das aussah wie eine Straßenkarte, aus einer Schublade. »Hier, da und dort«, sie kreuzte verschiedene Stellen mit einem

Kugelschreiber an, »liegen ein paar Schlafstätten, die von der Stadt geduldet werden und bei denen auch Frauen anzutreffen sind. Halte dich in ihrer Nähe, sei nett zu ihnen, nur vertrau ihnen nicht. Es gibt wenig echte Freundschaft unter den Obdachlosen. Das meiste sind Zweckgemeinschaften, die Schutz vor Jugendbanden und Schlägergruppen bieten sollen. Niemand springt für den anderen in die Bresche. Jeder ist sich selbst der Nächste und opfert den anderen, wenn ihm das zu einem Vorteil verhilft. Meine Worte mögen hart klingen, aber von dieser verklärten Fernsehdarstellung von Obdachlosengruppen, die zusammenhalten und füreinander einstehen, solltest du dich fix trennen. Das echte Leben ist knallhart. Je früher du das akzeptierst, umso besser für dich.«

Ich fühlte mich, als hätte mich die Sozialarbeiterin mit Eiswasser übergossen. Meine Kiefer malmten unaufhörlich und ich versuchte, meine Tränen zurückzudrängen. Leider erfolglos. Heiß rannen die Tropfen über meine Wangen, vermischten sich auf Nasenhöhe mit Rotz und bahnten sich ihren Weg auf meine Jacke. Die dünnen Taschentücher waren schneller durchweicht, als ich sie nachrupfen konnte, und so half ich schließlich mit den Ärmeln nach, um die Sturzflut einzudämmen. Während meine Gedanken pausenlos rasten, tauchten wieder die verschwommenen Gesichter meiner Eltern in dem Tränenschleier auf. Und mit jedem neuen Aufblitzen traf mich die Schuld wie ein Fausthieb. Sie brach aus den Problemen und Schockmomenten der letzten Tage mit ungeheurer Wucht hervor und trieb mir die Luft aus der Lunge. Japsend rang ich nach Atem, unfähig nur ein Wort herauszupressen. Jede Tat hat ihren Preis, schoss es mir durch den Kopf und diesen hier musste ich für den Tod meiner Eltern zahlen.

19. Kapitel

Eine Stunde später trat ich vollkommen fertig aus Kathrins Büro. Ich war um einen Schlafsack reicher, durfte ab sofort den Postservice der Wärmestube nutzen, sodass ich wieder eine Postadresse besaß, und die Sozialarbeiterin hatte meine Daten ins System für die Essensausgabe eingepflegt. Jetzt bekam ich hier zwölfmal im Monat ein kostenloses warmes Mittagessen und sechsmal ein Abendbrot. Tagsüber gab es Brot, Marmelade und Tee gratis, Samstag und Mittwoch blieb die Einrichtung allerdings geschlossen. Kaffee, Saft und Süßgebäck konnten gegen einen geringen Betrag gekauft werden. Kathrin hatte mir erklärt, man legte Wert darauf, dass die Leute zumindest einen gewissen Grad an Selbstständigkeit behielten und versuchten, für sich aufzukommen. Außerdem gab es Listen, in die man sich zum Wäschewaschen und Duschen eintragen durfte. Je nach Spendenlage bestand sogar die Chance, ein paar Kleidungsstücke zu erhalten. Auch über die Notschlafstellen hatte mich die Sozialarbeiterin aufgeklärt und meine Karte um die Standorte einiger kostenloser Toilettenanlagen mit 24-Stunden-Öffnung erweitert. Alles in allem ein solides Konzept, allerdings beraubte es mich gleichzeitig jeglicher Hoffnung, dass sich an meiner Situation so schnell etwas änderte. Nichts hier war für einen kurzen Durchlauf ausgelegt, sondern diente vielmehr als eine regelmäßige Anlaufstelle, die eine rettende Insel in einem Leben voller Widrigkeiten darstellte.

Inzwischen ging es langsam gegen Abend und der Gang hatte sich weitestgehend geleert. Auch die Geräusche, die aus dem Aufenthaltsraum drangen, ließen mich schwach auf einen Sitzplatz und ein ruhiges Eckchen hoffen. Ich brauchte dringend ein paar Minuten für mich, um die Informationen zu sortieren und mir über die nächsten Stunden Gedanken zu machen. Die Wärmestube schloss nach dem Abendessen und zu Fuß würde es eine ganze Weile dauern, bis ich irgendeinen der Schlafplätze erreichte.

Einen Schlafplatz? Wenn man es genau nahm, standen eine verlassene Industriehalle im Gewerbeviertel, eine große Brücke in einer Grünanlage und ein abbruchreifes Hochhaus in der verrufensten

Gegend der Stadt zur Auswahl. Wann war ich dazu übergegangen, auch nur eine dieser Optionen ernsthaft Schlafplatz zu nennen?

Egal! Diese Antwort musste ich zu einem anderen Zeitpunkt finden. Jetzt galt es erst einmal, in die Ecke direkt hinter der Tür zu huschen und mich hinzusetzen, ehe jemand anders den Platz entdeckte und für sich beanspruchte.

Obwohl sich der Aufenthaltsraum deutlich geleert hatte, stand vor der Theke bereits wieder eine lange Schlange. Das Abendessen schien bevorzustehen.

Umständlich schob ich mich mit den Taschen und dem Schlafsack auf die Bank. Nachdem niemand laut wurde oder mir böse Blicke zuwarf, lehnte ich mich zurück und schloss für einen Moment die Augen. Zum Glück war ich niemandem auf die Füße getreten. Neue Feinde wollte ich mir sicher als Letztes machen, meine vorhandenen Probleme reichten vollkommen.

Es tat gut, für einen Moment durchzuschnaufen und sich in der relativ ruhigen Umgebung fallen zu lassen, doch lange durfte ich mir diesen Luxus nicht leisten. Entscheidungen standen an und trafen sich nicht von selbst, so sehr ich es mir auch wünschte. Ich zwang meine Augen auf und wollte gerade die

Karte aus meiner Tasche ziehen, als mein Blick das Tablett eines vorbeilaufenden Mannes streifte. Frisches Brot, eine Tomate, eine Birne, etwas Wurst und Weichkäse. Allein der Geruch genügte, um meinen Magen vehement knurren zu lassen. Sicher versuchte er mir mitzuteilen, dass mein Frühstück bereits Stunden zurücklag. Aber sollte ich wirklich meine erste Mahlzeit einlösen? Die letzten beiden Tage waren mir schon endlos vorgekommen ohne Essen, wie lang würde erst ein Monat werden, wenn ich mir es falsch einteilte? Allerdings, Geld besaß ich keines mehr und auch keine Vorstellung davon, wie Betteln funktionierte.

Fuck! Silke, das hast du jetzt nicht gedacht, erschrak ich vor meinen eigenen Gedanken. Du hast nicht ernsthaft vor zu betteln? Wie tief willst du noch sinken?

Ratlos zuckte ich mit den Schultern, ja, wie tief eigentlich? So tief wie nötig, um zu überleben, oder gab es Grenzen, die ich nicht überschreiten würde? Für den Moment wusste ich es nicht. Diese Frage würde nur die Zeit für mich beantworten. Vorerst jedoch gab ich mir einen Ruck und hängte meine Taschen so um mich herum, dass ich zumindest eine Hand für ein Tablett freihatte, und stellte mich in die Schlange. Wem machte ich etwas vor? Ich hatte

Hunger, riesigen Hunger. Da morgen Samstag war, tat ich gut daran, diese Mahlzeit anzunehmen, denn noch einmal achtundvierzig Stunden auf das nächste Essen zu warten, erschien mir nach der gestrigen Erfahrung ein unmögliches Unterfangen.

Die Wartezeit in der Schlange gab mir genügend Zeit, mein Umfeld zu beobachten. Mir fiel schnell auf, dass der überwiegende Teil der Leute männlich war. Frauen sah man kaum und falls doch, hielten sie sich eher im Hintergrund. Dennoch schaute ich mir bei einer von ihnen einen wertvollen Trick ab. Fragte man an der Theke freundlich nach etwas zum Einpacken, bekam man Butterbrotpapiertüten ausgehändigt und konnte Essen mitnehmen.

Etwas verlegen stand ich Kathrin schließlich das zweite Mal an diesem Tag am Tresen gegenüber. Ich ließ meine Mahlzeit registrieren und mir zwei Tüten aushändigen, ehe ich das Tablett an der Essensausgabe drei Meter weiter abholte. Ich trug es in einem Balanceakt zusammen mit meinen Taschen auf meinen vorherigen Platz, der erstaunlicherweise freigeblieben war. Nachdem ich mich erneut in die Ecke sortiert hatte, bestrich ich eine Scheibe Brot sorgfältig mit Margarine und klappte sie zusammen. Gemeinsam mit der Tomate und der Birne wanderte sie in die Brottüten und in diesen direkt in meine

Taschen. Aus dem restlichen Brot und den Belägen zauberte ich mir ein Abendessen, welches mir das Wasser im Mund zusammenlaufen ließ. Am liebsten hätte ich es hinuntergeschlungen, so dringend wollte ich essen, aber ich riss mich am Riemen. Zwang mich, kleine Bissen zu nehmen und diese bedächtig zu kauen. Wie lange hatte ich nicht mehr darauf geachtet, wie lecker die Dinge waren, die ich aß? Ein bisschen Mortadella und Brie erschienen mir wie der höchste Genuss. Und seit wann schmeckte Brot eigentlich so gut?

Während mein Abendessen ein wahres Feuerwerk der Köstlichkeit in meinem Mund zündete, dachte ich über mein Schlafplatzproblem nach. Alle Orte wiesen klare Vor- und Nachteile auf, besonders was die Wegstrecken, die Sicherheit und die Toiletten anging. Letztendlich jedoch traf ich eine Entscheidung, die sich nur an meiner eigenen Melancholie festmachte. Als ich das Tablett schließlich aufräumte, stand meine Wahl fest: Ich würde unter die Brücke ziehen. Obwohl ich dorthin sicher vier Kilometer zu Fuß hatte, die nächste Toilette ein ganzes Stück entfernt war und neben den anderen Bewohnern zusätzlich noch Passanten vorbeikommen und eine potentielle Gefahr darstellen würden. Dennoch, dieser Ort besaß etwas, das mir die beiden anderen nicht boten, einen freien Blick auf die Sterne. So lange ich diese hatte, war ich niemals wirklich allein. Ich glaubte fest daran, dass meine Eltern und auch meine Großeltern mich von dort aus sehen würden. Wir konnten uns unterhalten und vielleicht, wenn ich großes Glück hatte, bestand die Chance, Mama und Papa um Verzeihung zu bitten. Es wäre so schön, wenn sie mir vergeben könnten.

20. Kapitel

Nachdem ich meine leeren Wasserflaschen am Wasserhahn aufgefüllt hatte, trug ich mich für die nächsten freien Termine zum Duschen und Wäschewaschen ein. Leider waren diese erst am Dienstag. Mir graute schon jetzt bei der Vorstellung, so lange ohne Dusche auszukommen, aber insgeheim hatte ich es bereits befürchtet, als ich die wenigen Duschmöglichkeiten gesehen hatte.

Anschließend machte ich mich auf den Weg. Die Hitze staute sich immer noch in den Straßen und der Schweiß stand mir bereits nach wenigen Minuten auf der Stirn. Bald schienen meine Taschen und der Schlafsack unerträglich schwer zu sein, und obwohl ich tapfer weiterlief, kam ich gefühlt überhaupt nicht vorwärts. Nicht das erste Mal bedauerte ich meinen Umzug in die Großstadt, in der ich mich nicht wirklich auskannte, aber für die Arbeit bei Maria hatte ich das gerne in Kauf genommen. Zumindest war Kathrin so freundlich gewesen und hatte mir die Route ausgedruckt.

Die Zettel in meiner Hand brachten auch die erste Ernüchterung. Die vier Kilometer, die ich geschätzt hatte, stimmten rein gar nicht mit der Realität überein. Acht Kilometer und siebenhundertsechzig Meter standen auf dem Papier und ließen mich verzweifeln. Ich war heute schon so weit gelaufen, und obwohl die Pause meinen Füßen gutgetan hatte, spürte ich sie bereits wieder überdeutlich. Doch welche Wahl blieb mir? Die öffentlichen Verkehrsmittel lagen außerhalb meines Budgets und alle anderen Schlafplätze in einer anderen Richtung, sodass es dorthin inzwischen nicht mehr kürzer war.

Eine gefühlte Ewigkeit später sank ich mit dem Rücken gegen einen Baumstamm. Endlich Pause. Man konnte den Schatten über mir zwar bestenfalls trügerisch nennen, dennoch gab er mir das Gefühl, dass es hier einige Grad kühler war als in der Sonne, die selbst in den Abendstunden noch unbarmherzig herunterbrannte. Hastig zog ich eine Getränkeflasche aus dem Rucksack und trank in gierigen Schlucken. Wohltuend rann das lauwarme, schon abgestandene Leitungswasser meine Kehle hinab und befeuchtete meine trockenen Lippen.

Dann verstaute ich die Wasserflasche wieder sorgfältig, und obwohl ich meinen Rucksack und die Umhängetasche bereits unzählige Male durchwühlt hatte, startete ich einen erneuten Versuch, irgendetwas Brauchbares zu finden. Letztendlich verlief die Suche ähnlich erfolglos wie zuvor. Unmengen Damenhygieneartikel, die sich angesammelt hatten, Kugelschreiber, mein Geldbeutel, etliche Buntstiftstummel, leere Filzstifte, Notizbücher, Modezeitschriften, Ladekabel. Lauter unnützer Plunder, der nur in meinem alten Leben etwas wert gewesen war, aber mir in meiner aktuellen Lage rein gar nichts nutzte. Außerdem massenhaft Make-up, Wattepads, Schwämmchen, Pinsel und das Brötchen. Seufzend packte ich alles zurück, noch nicht bereit, mich von den letzten Erinnerungen an mein altes Leben zu trennen. Völlig überraschend blieb meine Hand an einer Beule im Futter hängen. Natürlich, wie konnte ich das vergessen? Die Innentasche meines Rucksacks hatte schon lange ein Loch und alle möglichen Sachen rutschten in die Trennwand zwischen den beiden Fächern. Ich hatte mir vor Ewigkeiten vorgenommen, es auszubessern, nachdem ich einmal drei Tage erfolglos nach meinem Portemonnaie gesucht hatte, allerdings hatte mir die Arbeit bei Maria nie genügend Zeit gelassen. Hastig zog ich den Reißverschluss auf und wühlte mich durch das Futter. Bald darauf griffen meine Hände nach einem Plastikteil und fischten es vorsichtig heraus. Mein MP3-Player. Hoffnungsvoll drückte ich den Power-Knopf und strahlte bis über beide Ohren, als sich das Display erhellte. Der Akku zeigte einen Füllstand von neunzig Prozent an und hielt sicherlich ein paar Tage durch, wenn ich es nicht übertrieb. Danach konnte ich ihn vielleicht in der Wärmestube aufladen. Ob das erlaubt war, wusste ich nicht, aber so leicht würde ich mir diesen kleinen Lichtblick nicht rauben lassen.

Mehr aus Gewohnheit, denn aus Zuversicht durchsuchte ich das Futter noch einmal. Doch bis auf etwas Papier und weitere Tampons blieb meine Suche erfolglos. Gerade als ich den Reißverschluss schließen wollte, streifte mein Finger über ein Papier, das dabei war, sich im Zipper zu verfangen. Ungeduldig zupfte ich es heraus und wollte es schon achtlos auf den Boden fallen lassen, als mir eine große Fünf entgegenlächelte. Ungläubig starrte ich den Geldschein an. Das Sonnenlicht fiel auf das Wasserzeichen und ließ den Krauskopf einer Frau mit Perlenkette sichtbar werden. Wer war das noch gleich?

Egal, ich besaß wieder Geld. Ganze fünf Euro. Nach den letzten Tagen fühlte ich mich auf einen Schlag verdammt reich. Am liebsten wäre ich sofort jubelnd zur nächsten Dönerbude gestürmt, doch ich hielt mich zurück. Für den Augenblick verfügte ich über ausreichend Essen, aber wer wusste schon, wie das in den nächsten Tagen sein würde. Überhaupt wurde es höchste Zeit, dass ich weiterlief, sonst erreichte ich die Brücke nie vor Einbruch der Nacht und mir stand nicht der Sinn danach, im Dunkeln dort anzukommen. Allein die Vorstellung, mit fremden Menschen schutzlos unter einer Brücke zu schlafen und darauf vertrauen zu müssen, dass mich niemand ausraubte oder Schlimmeres, jagte mir eine Heidenangst ein. Gar nicht auszudenken, was alles passieren konnte, wenn ich mich dem Lager bei Nacht näherte.

Schnell schob ich den Geldschein in die Hose, packte die übrigen Sachen zurück in meine Taschen und schulterte diese. Bereits im Gehen steckte ich mir die Kopfhörer meines MP3-Players in die Ohren und drückte auf Play. Mit ein wenig Musik ließ sich der Weg sicher leichter ertragen. Als die ersten Töne erklangen, musste ich heftig schlucken. Für gewöhnlich glaubte ich nicht an Zeichen, nur wie sollte ich es sonst bezeichnen? Aus den In-Ears klang mir ein Song aus längst vergangenen Zeiten entgegen. Chester Benningtons Stimme ergriff mich, brachte all die Mauern aus Unglauben und Tapferkeit zum Einsturz und vernichtete die Barrikaden um meine Gefühlswelt. Blind vor Tränen stolperte ich weiter durch die Straßen, während die Klänge von *In the End* aus den pinken Kopfhörern schallten.

21. Kapitel

Nach einem kurzen Abstecher über die öffentliche Toilettenanlage, in der ich meine Wasserflaschen ein weiteres Mal auffüllte, machte ich mich an den letzten Streckenabschnitt. Aus meinen Kopfhörern drangen noch immer die Klänge von *Linkin Park.* Ich hatte das Lied auf Dauerschleife gestellt. Meine Tränen waren versiegt und von heftigem Zittern abgelöst worden. Obwohl mir der Schweiß weiterhin den Rücken hinunterlief, überzog eine Gänsehaut meine Arme. Würde ich an der Brücke wirklich eine Zuflucht finden? Durfte ich mich dort überhaupt blicken lassen, wenn ich niemanden kannte? Hätte ich an einem anderen Ort ein besseres Gefühl? Es erwarteten mich überall fremde Menschen in einer beschissenen Lage, die mich ebenso wenig kannten und sicherlich genauso große Vertrauensprobleme hatten wie ich.

Inzwischen tauchte die untergehende Sonne den Himmel in ein feuriges Rot. Die Brücke wuchs mit jedem meiner Schritte und bald konnte ich die ersten Gestalten ausmachen. Sie hatten sich in die Nähe der Pfeiler in mehrere Gruppen aufgeteilt und vereinzelt brannten kleine Feuerchen. Auf den ersten Blick wirkte es idyllisch und erinnerte ein wenig an ein Zeltlager. Jetzt verstand ich sogar, woher die verrückte Idee kam, dass Obdachlose eigentlich ein sehr romantisches Leben führten. Würde ich hier während eines Abendspaziergangs vorbeikommen, wäre mir dieser Gedanke vermutlich auch gekommen, aber so jagte mir die Szenerie Angst ein. Ich blieb in einiger Entfernung stehen, verstaute meinen MP3-Player in meinem Rucksack und beobachtete die Gestalten. Die linken und mittleren Pfeiler schienen von Männergruppen belegt zu sein, doch neben der äußersten Säule auf der rechten Seite campierte tatsächlich eine Gruppe Frauen. Unsicher bewegte ich mich weiter in ihre Richtung, hielt allerdings bald inne. Wie sollte ich nun vorgehen? Was sagte man, wenn man frisch zu einer Gruppe stieß? Hallo, ich bin Silke, darf ich bei euch schlafen? Wohl eher nicht. Hey, mein Name ist Silke und ich bin obdachlos, habt ihr einen Schlafplatz für mich? Das klang ja noch dämlicher. Seufzend starrte ich auf die Flammen in der Ferne. Sie strahlten schon auf diese Distanz ein Gefühl von Wärme, Geborgenheit und Schutz aus. Ob es bei den Feuern darum ging? Um das gute Gefühl?

Wie gerne würde ich einfach zu einem hinlaufen und mich daneben in meinem Schlafsack einrollen. Die Müdigkeit lag bleischwer auf meinen Gliedern und allzu lange schaffte ich es sicherlich nicht mehr, mich auf den Beinen zu halten. Sollte ich es wagen und ohne einen Plan hingehen? Inzwischen sahen einige der Frauen zu mir herüber und schließlich löste sich eine von ihnen aus der Gruppe. Als sie auf mich zukam, war mein erster Impuls, kehrtzumachen und abzuhauen. Meine erschöpften Beine weigerten sich jedoch standhaft irgendetwas, das einem Fluchtversuch auch nur nahekam, zu starten, und außerdem führte mich das nirgendwohin. Angespannt presste ich die Zeichenmappe und die Umhängetasche enger an meine Brust und wartete.

»Hey, was glotzt du denn so?«, begrüßte mich eine eher unfreundliche Stimme. Sie gehörte einer Frau mit verfilzten Haaren und vor Dreck starrenden Klamotten.

»Ähm … Entschuldigung … ich wollte nicht gaffen«, stammelte ich drauflos.

»Dann lass es einfach und zieh Leine«, blaffte mich mein Gegenüber an. So sehr ich mich bemühte, sie altersmäßig einzuordnen, ich konnte nicht abschätzen, ob sie Mitte Zwanzig oder Ende Dreißig war. Ihre gräuliche Gesichtsfarbe ließ jedoch darauf schließen, dass sie dieses Leben schon eine ganze Weile führte.

»Aber ... mir wurde gesagt ... dass ich am besten hier schlafen soll«, stotterte ich weiter. Spätestens jetzt war der perfekte Moment, meine Beine in die Hand zu nehmen, nur würde man mich an den anderen Schlafplätzen sicherlich ebenfalls nicht mit offenen Armen empfangen.

»Wer behauptet denn so was? Wir sind doch kein Tierheim, wo man entlaufene Kätzchen abgeben kann.« Die Stimme wurde immer abweisender, das Gespräch lief in die vollkommen falsche Richtung.

»Kathrin, die Sozialarbeiterin aus der Wärmestube«, schob ich eilig nach und hoffte, dass ich bei der Nennung dieses Namens noch einmal die Kurve bekam.

»Mensch, Linda, jetzt lass mal gut sein«, dröhnte plötzlich neben mir eine männliche Stimme. Erschrocken zuckte ich zusammen und mein Kopf fuhr herum. Woher kam der Kerl jetzt? Neben mir stand ein junger Mann, etwa in meinem Alter, deutlich gepflegter und in gewaschenen Kleidern.

»Wenn Kathrin sie herschickt, dann hat das sicher Gründe. Ist ja nicht so, dass sie den Leuten nicht erst mal die Notschlafstätten erklärt. Es wird seine Richtigkeit haben, dass die Frau hier ist. Nur weil du die Wärmestube nicht magst, machen sie trotzdem einen guten Job«, verteidigte er mich völlig unerwartet.

»Ja ... ähm ... vielen Dank. Ich bin erst seit zwei Tagen ohne Wohnung und kenne mich überhaupt nicht aus«, gab ich zu und hoffte, dass ich so diese Linda besänftigen konnte.

Doch sie stöhnte nur genervt auf. »Auch das noch. Ich habe keine Lust, schon wieder jemandem die Regeln zu erklären. Wenn du sie haben willst, Fabian, kümmer dich gefälligst um sie. Bei uns ist jedenfalls kein Platz für ein Küken.« Damit drehte sie sich um und ließ uns stehen.

Fabian zuckte die Schultern. »Entschuldige ihr Verhalten. Sie ist normalerweise nicht so, aber die letzten Neuen haben nicht viel von unseren Regeln gehalten. Linda hat sich um sie gekümmert und ihnen gezeigt, wie sie in unserer Welt überleben. Am Ende sind sie abgehauen und haben ihr einige Sachen geklaut.«

Ich nickte hastig. »Versteh schon. Dann sollte ich wohl nach einem anderen Schlafplatz suchen.« Tapfer versuchte ich zu lächeln und die Tränen zurückzukämpfen. »Danke für alles.« Sogar in meinen Ohren klang die Floskel halbherzig, wofür sollte ich auch dankbar sein? Dafür, dass ich selbst unter den Ausgestoßenen ausgestoßen blieb?

»Jetzt mach mal langsam. Wenn du willst, bleib hier. Wir werden ja sehen, ob du dich benehmen kannst. Solange du dich an das hältst, was ich dir sage, darfst du hierbleiben. Also vorausgesetzt, du möchtest.«

Was sollte ich von diesem Angebot halten? Kathrins Ratschlag lautete ganz anders. Sie hatte mir dringendst empfohlen, mir ein paar Frauen zu suchen, und nun überlegte ich ernsthaft in ein Männerlager zu ziehen. Konnte das gutgehen?

Fabian deutete mein Zögern richtig. »Na ja, wenn du nicht möchtest, zwingen werde ich dich nicht. Ich weiß schon, bleib von Männern weg. Das sagen sie euch immer, oder? Aber ich habe kein Interesse an dir, das darfst du mir ruhig glauben. Ich habe genug damit zu tun, dass ich mir die Männer selbst vom Hals halte. Die meisten Männer in meiner Gruppe sind schwul, ich übrigens auch. Bei uns bist du in etwa so gefährdet wie der Busch dort drüben.« Er zeigte vage in die Richtung eines Gebüschs. »Viel sicherer bist du bei den Frauen auch nicht, nur die wollen dich nicht haben. Mach, was du willst, aber noch mal bekommst du so ein Angebot heute nicht. Hier haben alle genügend eigene Probleme, da müssen wir niemandem nachlaufen, der uns nur zusätzliche Arbeit macht. Also, was ist? Bleiben oder gehen?«

Erwartungsvoll sah er mich an, während ich versuchte, all diese Informationen zu verarbeiten. War das ein mieser Trick, um mich in Sicherheit zu wiegen, oder sagte er die Wahrheit? Abschätzend musterte ich ihn. Er sah nicht aus wie ein Schwuler, aber konnte man das überhaupt sagen? Welche Vorstellungen hatte ich denn von Schwulen? In der Modebranche übertrieben es die meisten maßlos und trugen ihre Homosexualität fast exzentrisch vor sich her, als würde es sie zu etwas Besserem machen. Fabian hingegen wirkte auf mich relativ normal. Schlank, grüne Augen, braune Haare und halbwegs saubere Wäsche. Er schien Kathrin zu kennen, was darauf schließen ließ, dass er zumindest gelegentlich Gast in der Wärmestube war. Sollte ich es riskieren? Durfte ich ihm trauen? Einerseits ging ich damit ein unkalkulierbares Risiko ein, andererseits wer wusste, wann sich mir noch mal so eine Chance auftat. Die anderen Schlafplätze lagen weiter weg, als mich meine Beine heute noch tragen konnten, ich musste es einfach für eine Nacht riskieren. Hier war es auch nicht unsicherer als irgendwo allein im Nirgendwo, was letztlich die Alternative war. Ich seufzte innerlich und gab mir einen Ruck. »Okay, ich möchte gerne bleiben, wenn es für dich wirklich in Ordnung geht.«

Fabian lachte und wirkte dabei für einen Moment wie ein ganz normaler junger Mann, der sorglos über einen Scherz mit einer Freundin lachte. »Natürlich, sonst hätte ich es dir kaum angeboten. Diese Lektion wirst du sehr schnell lernen. Hier gibt es keine unnötigen Höflichkeiten. Wir sagen, was wir denken, und vor allem sagen wir, was wir nicht wollen. Keiner von uns ist in der Position, dass er sich mit irgendwelchen Belanglosigkeiten aufhalten kann. Na, komm erst mal mit. Ich zeig dir das Lager und vielleicht verrätst du mir derweil deinen Namen?«

22. Kapitel

Die erste Scheu war schnell überwunden, denn Fabian schien in seiner Gruppe einen gewissen Respekt zu genießen. Obwohl die Männer erst einmal seltsam schauten, begrüßten sie mich freundlich. Die Stimmung bei den meisten war allerdings bereits feuchtfröhlich, sodass ich die Hälfte der Namen nicht verstand und die andere vergaß ich zugegebenermaßen vor Aufregung gleich wieder. Wenn ich mich nicht allzu blöd anstellte, würde ich in den nächsten Tagen sicherlich reichlich Gelegenheit bekommen, sie zu lernen. Andernfalls spielten sie ohnehin keine Rolle. Still saß ich am Feuer zwischen den Männern, die alle Altersgruppen und Hygienegrade vereinten, und bemühte mich, Interesse an ihrem alkoholisierten Genuschel zu zeigen. Doch je länger ich da saß, desto schwerer fiel es mir, Aufmerksamkeit zu heucheln. Ich wollte nicht undankbar sein, aber gerade wünschte ich mir nur ein wenig Ruhe, um das Chaos in meinem

Kopf zu sortieren. Möglichst unauffällig lehnte ich mich zu Fabian hinüber, der sich neben mir niedergelassen hatte.

»Wäre es sehr unhöflich, wenn ich ein bisschen auf die dort drüben Wiese gehe? Mein ganzes Leben steht kopf und ich möchte zumindest versuchen, es zu verstehen«, flüsterte ich und zuckte zusammen, als sein Lachen in mein Ohr dröhnte.

»Ach Silke, hast du mir nicht zugehört? Ich sagte doch bereits, dass wir uns nicht mit falschen Höflichkeiten aufhalten. Wenn du auf die Wiese willst, dann geh einfach und komm später wieder.« Er machte eine kleine Pause und sah mich nachdenklich an. »Möchtest du, dass ich mitkomme? Mit mir kann man super schweigen oder reden, ganz wie du möchtest.«

Etwas überrumpelt nickte ich. »Ja gerne. Komm ruhig mit, falls ich dich nicht langweile oder nerve.« Sofort biss ich mir auf die Lippe. Diese Floskeln musste ich mir dringend abgewöhnen, damit ich nicht jeden in den Wahnsinn trieb. »Entschuldige, ich hab es kapiert. Es wäre schön, wenn ich nicht allein sein müsste, und ich würde mich über deine Gesellschaft freuen.« Seltsamerweise war das tatsächlich weder eine weitere Floskel noch Höflichkeit. Wenngleich

ich Fabian kaum zwei Stunden kannte, besaß er eine Ausstrahlung, die mir ein gewisses Gefühl von Sicherheit gab. Vermutlich lag es daran, dass er der Erste in diesem neuen Leben war, der mich nicht wegschickte, sondern mir die Möglichkeit eröffnete, Teil einer Gruppe zu werden, so armselig und traurig diese auch sein mochte.

Ach Silke, rief ich mich zur Ordnung. Warum denkst du so? Wenn dich jemand in der Stadt ansieht, wird er dich ganz genau so sehen. Hör auf, dir selbst das Leben noch schwerer zu machen, als es sowieso schon ist, und lern die Leute erst mal kennen. Vielleicht sind sie ja ganz okay. Du bist jetzt eine von ihnen. Genauso traurig und armselig oder einfach nur in einer ebenso beschissenen Lage, die aus dir zwar einen materiell ärmeren Menschen macht, aber an dir nichts ändert. Höchste Zeit, dass du das einsiehst, sonst überlebst du hier nicht lange.

Obwohl diese Situation neu für mich war, musste ich aufhören, mich für jemand Besseren zu halten. Mein altes Leben lag für mich in unerreichbarer Entfernung und hier bot sich eine Chance, ein neues aufzubauen, die ich mir nicht leichtsinnig kaputtmachen durfte. Trotz all der Zweifel, was werden würde – alles war besser als der Zustand gerade.

»Kommst du oder hast du es dir anders überlegt?«

Vor lauter Selbstermahnung hatte ich nicht mitbekommen, dass Fabian aufgestanden war und auf mich wartete. Hastig sprang ich auf die Beine und schnappte meine Sachen. »Entschuldige, ich war etwas in Gedanken.«

»Schon gut. Ist alles nicht so einfach, gerade am Anfang«, versuchte er mich aufzumuntern und hielt sich dicht neben mir, als ich die Wiese ansteuerte.

»Hmm …«, brummte ich und wusste nicht, was ich darauf erwidern sollte. Durfte ich ihn überhaupt fragen, wie lange er bereits seine Zimmerdecke gegen den Sternenhimmel eingetauscht hatte oder welcher Umstand dafür verantwortlich war? Die Regeln der Gruppe, die Fabian mir auf dem Weg zum Feuer erklärt hatte, erschienen mir im Gegensatz zu den sozialen Herausforderungen einleuchtend und leicht einzuhalten. Kein Diebstahl innerhalb der Gruppe, dichthalten, falls Polizisten kamen, kein Verrat von Gruppeninterna wie die unüberwachten, aber nicht legalen Regenschlafplätze an Außenstehende. Das fiel mir allein schon deshalb nicht schwer, weil ich all das ohnehin noch nicht wusste, doch wie sollte ich mich Fabian und den anderen gegenüber geben? Zu viel wollte ich nicht preisgeben, immerhin kannte ich die Leute nicht, aber ihnen ging es mit mir genauso. Nicht zu reden könnte mir aber womöglich ebenfalls schaden. Was also sollte ich tun? Welches Verhalten wurde von mir erwartet? Möglichst unauffällig schielte ich zu Fabian, als würde das Mondlicht eine Lösung auf sein Gesicht zaubern.

»Hier?«, fragte er und sah sich auf der Wiese um.

Ich folgte seinem Blick, nickte und legte mich zwischen die Grashalme. Meine Augen hefteten sich an den Sternenhimmel und ich suchte dort weiter nach Antworten. Neben mir raschelte das Gras leise, während Fabian es sich ebenfalls bequem machte. Danach herrschte Stille, die nur von unseren Atemzügen durchbrochen wurde.

Zunächst ließ sich das Schweigen nur schwer ertragen, doch schon bald entspannte ich mich und genoss es fast ein wenig. Fabians Anwesenheit tat gut nach den Strapazen der letzten Tage. Obwohl ich keine Ahnung hatte, wie ich mit ihm umgehen sollte, gab er mir das Gefühl, dass es in Ordnung war, wenn es mir die Zeit zeigte.

23. Kapitel

Lange lagen wir so nebeneinander und sprachen kein Wort. Ich hatte gefühlte Ewigkeiten damit verbracht, in den Himmel zu starren, und vermochte dennoch nicht zu sagen, wie viel Zeit vergangen war. Blickte ich zur Brücke, brannte das Feuer nicht mehr so hell und einige der Männer verteilten sich schnarchend um die Überreste. Die Lichter der Stadt schienen mit immer gleichbleibender Intensität die Dunkelheit zu stören und aus der Ferne drangen gelegentlich die Geräusche fahrender Autos durch die nächtliche Ruhe.

»Fabian«, flüsterte ich, nicht sicher, ob er noch wach war.

»Ja?«, antwortete er ebenso leise.

»Glaubst du, es gibt für uns einen Weg zurück ins Licht?« Meine Augen blieben sehnsüchtig auf die Silhouette der Stadt gerichtet, die in einem schwachen Gelbton am Horizont leuchtete.

»Möchtest du denn gerne wieder in dieses Licht? Ich weiß nicht, woher du gekommen bist oder wie dein Leben bislang gelaufen ist, aber ich bin längst nicht mehr bereit, jeden Preis dafür zu zahlen, um noch mal Teil dieser Gesellschaft zu werden. Auf der Straße ist alles echter. Die Gefühle, die Gespräche, die Menschen. Hier interessiert sich niemand ernsthaft für mich, aber das tut auch sonst keiner. Unser System will nicht mich, sondern nur eine idealisierte Abziehbildversion meiner selbst und die möchte ich nicht sein.« Seine Stimme klang nachdenklich und auf eine seltsame Art weise. Sie schien nicht zu einem jungen Mann in meinem Alter zu passen. Vielmehr trug sie so viel Erkenntnis, Weltschmerz und Bitterkeit in sich, als wäre er so alt wie die Zeit selbst.

Ich stützte mich auf die Ellbogen hoch, drehte mich zur Seite und betrachtete Fabian grübelnd. Was sollte ich darauf erwidern? Wenn ich ehrlich sein wollte, musste ich ihm zustimmen, was diese Abziehbildsache anging. Seit ich mein Studium aufgenommen hatte, lief ich einem Idealbild hinterher, welches die Branche von mir erwartete. Früher hatte ich genau die Styles entworfen und genäht, die mir Spaß gemacht hatten. Die Band meines Exfreundes Jörn präsentierte jede noch so verrückte Idee bei ihren Bühnenshows und für den

Abiball meines Jahrgangs schneiderte ich fast allen Mädchen absolut kuriose Traumkleider. Obwohl ich in dieser Zeit wenig Schlaf bekam und längst nicht so eine moderne Ausstattung wie bei Maria besaß war ich damals glücklich und erfüllt. Bis heute liebte ich meine Nähmaschine heiß und innig, doch meine Leidenschaft und Kreativität mussten in den letzten Jahren immer mehr standardisierten Einheitsmodellen weichen, die erst meine Professoren und danach die Jury von *Mailand, Paris und du* von mir erwarteten. Nach meinem Sieg hatte ich gehofft, dass ich bei Maria nun endlich die Seite des Designens ausleben konnte, wegen der ich die Modewelt so vergötterte. Wie naiv von mir. Für mich hatten sich die Dinge nur insoweit geändert, dass ich etwas mehr Ruhm für Entwürfe bekommen hatte, die mein Herz nicht länger berührt hatten. All meine Träume stapelten sich ungesehen zwischen den Kitschentwürfen in der Zeichenmappe, die neben mir im Gras lag. Leise seufzte ich. Die Silke, die ich gerne gewesen wäre, hatte ich irgendwo auf dem Weg zu der Silke, die sich in der Modebranche einen Namen machte, verloren und ja, die Beschreibung eines Abziehbildes meiner Person traf den Nagel ziemlich auf den Kopf. Ich verstand immer mehr, was Fabian meinte, und bevor ich mir eine Antwort zurechtlegen konnte, gaben meine Lippen sie von allein. »Nein, nicht um jeden Preis. Ich möchte ins Licht, möchte eine Wohnung, ein Bett, einen Job, aber ich möchte mich auch selbst zurück.« Flüsternd verließen die Worte meinen Mund, schienen sich unsicher zu sein, ob sie genügend Wahrheit enthielten, aber als sie mein Ohr erreichten und in meinen Verstand eindrangen, musste ich schlucken. Wer war ich eigentlich? Die letzte Version von mir, die ich gerne gemocht hatte, hielt ihr Abizeugnis in der Hand und strahlte mit ihrer besten Freundin Fee um die Wette. Unsere Freunde forderten uns wenig später zum Tanzen auf und wir schwebten durch den Saal, als gehörte uns die Welt. Ob es Fee gut ging? Wir hatten uns durch das Studium schnell aus den Augen verloren, weil keiner von uns Zeit für irgendetwas außer Lernen und Arbeiten geblieben war. Traurigkeit machte sich in mir breit und auf einmal vermisste ich Fee schrecklich. Wo sie mittlerweile wohl steckte? Sollte ich doch in ein sogenanntes normales Leben zurückkehren, würde ich versuchen, genau das herauszufinden. Natürlich, die Vergangenheit war vorbei, aber womöglich gab es eine Zukunft, in der ich wieder eine Freundin, vielleicht sogar eine beste Freundin, hatte und niemand war mir jemals eine bessere gewesen als Fee. Ich musste es einfach probieren, selbst wenn es zu spät sein sollte. Unsere Karrierewünsche hatten vieles zerstört, doch solange wir uns gerne aneinander erinnerten, gab es eventuell eine kleine Chance.

Ein leises Räuspern ließ mich aus meinen Gedanken hochschrecken und zu Fabian schauen. »Entschuldige, hattest du was gesagt?«

»Ich sagte, dass dein wahres Selbst nicht näher und gleichzeitig nicht ferner sein könnte.«

Stirnrunzelnd setzte ich mich komplett auf, drehte mich zu Fabian um und verschränkte meine Beine im Schneidersitz. Mit schiefgelegtem Kopf dachte ich über seine Worte nach, allerdings konnte ich ihm nicht folgen. »Wie meinst du das?«

»In dieser Welt lebst du allein. Ganz gleich, ob ich hier liege oder du eine Gruppe hast, bei der du schlafen kannst, nur du allein bist für dich verantwortlich. Wenn du Hunger hast, wird dir niemand was abgeben, wenn du krank bist, musst du dich trotzdem versorgen. Für die kalte Jahreszeit besorgt dir niemand etwas Warmes zum Anziehen, wenn du es nicht tust. Du wirst lernen zu kämpfen und feststellen, wie weit du gehst, um dich am Leben zu halten. Das bist du in deiner reinsten Form. Eine Seite, die du in deinem alten Leben vielleicht niemals kennengelernt hättest. Dennoch ist es auch eine Version von dir, die immer nur den Überlebenskampf für dich ausficht, und nicht das Mädchen, das du gerne sein möchtest. Hier bist du rau, roh und minimalistisch. In einer anderen Welt wärst du vielleicht lieber in einem guten Job, glücklich, verliebt und wünschst dir Freunde. Du möchtest Leidenschaften leben und Träume verwirklichen, Kinder bekommen, ein sicheres Zuhause haben und solche Dinge. Davon bist du hier jedoch so weit entfernt wie die Sterne von der Erde.«

Staunend lauschte ich seinen Worten. Noch nie hatte jemand etwas ähnlich Kluges zu mir gesagt und nur langsam sickerte ihre Botschaft in mein Verstehen ein. Ich konnte definitiv nicht sagen, dass mich die Version, die ich in dieser Welt werden sollte, ansprach. Sie klang für mich, als müsste ich mich in einen Neandertaler zurückverwandeln. Doch immerhin klang sie nach überhaupt etwas, denn wer ich gerne sein wollte, wenn ich die Möglichkeit hätte, von der Straße wegzukommen, lag hinter einem dichten Gedankennebel verborgen.

Ob ich ihn jemals durchdringen konnte? Würde ich diese andere Version jemals benötigen? Seufzend ließ ich mich zurück ins Gras sinken und blickte zu den Sternen. All die Fragen kreisten durch meinen Kopf, aber dieser hatte für keine einzige davon eine Lösung. Das Letzte, was ich an diesem Abend sah, war das Blinken eines Sterns, der mir zuzublinzeln schien, dann klappten meine müden Lider endgültig zu und mein Körper forderte seine hartverdiente Auszeit.

24. Kapitel

Verschlafen wälzte ich mich auf die Seite. Ein seltsames Rascheln irritierte mich und zwang mich, die Augen aufzuschlagen. Mein erster Blick traf Fabian, der neben mir in seinen Schlafsack gerollt lag und leise schnarchte. Ein wenig gerührt stellte ich fest, dass sich auch über mir ein solches Exemplar ausbreitete, allerdings mit geöffnetem Reißverschluss, eine Decke simulierend. Fabian musste aufgestanden sein und mich zugedeckt haben, nachdem ich eingeschlafen war. Anders konnte ich es mir nicht erklären. Erstaunt bemerkte ich das sanfte Lächeln, das sich auf meinen Lippen breitmachte und sich hartnäckig hielt. Für einen Moment schloss ich erneut die Augen und genoss diesen Moment. Der letzte Morgen, an dem ich lächelnd aufgewacht war, lag schon so weit zurück, dass ich mich nicht einmal an ihn erinnerte.

Die Schmerzen in meinen steifen Gliedern und ein klammes Gefühl an meinem Rücken holten mich allerdings schnell in die Realität zurück. Tautropfen glitzerten in den ersten Strahlen der aufgehenden Sonne und verliehen der ganzen Szenerie etwas Magisches. So recht gelang es mir jedoch nicht, mich an dieser Schönheit zu erfreuen, denn die winzigen Wassertröpfchen hatten meine Kleider durchnässt und ließen mich frieren. Wie gerne hätte ich meine Sachen einfach gewechselt, aber stattdessen musste ich nun in aller Frühe improvisieren. Und das als Morgenmuffel. Keine gute Eigenschaft in dieser Situation.

Mein Blick glitt zur Brücke und zu den heruntergebrannten Feuerstellen. Ich konnte niemanden ausmachen, der bereits wach war. Vielleicht sollte ich den Schlafsack zuziehen und mich noch eine Runde einkuscheln. Eventuell wurde mir dann wieder wärmer und meine Kleidung trockener. Eilig begann ich diesen Plan umzusetzen, denn meine Zähne schlugen schon leise gegeneinander. Vorletzte Woche wäre ich bei diesen Temperaturen sicherlich freudig aus dem Bett gesprungen und hätte meinen Pyjama gegen ein T-Shirt eingetauscht. Damals war ich so wunderbar ahnungslos gewesen und hatte keine Vorstellung davon gehabt, wie sehr man in einer Sommernacht auf der blanken Erde auskühlte. Eine Ahnungslosigkeit, die ich mir sehr zurückwünschte.

»Guten Morgen!« Fabians viel zu gutgelaunte Stimme riss mich aus den Gedanken.

»Guten Morgen. Habe ich dich geweckt?«, fragte ich und ließ meinen Schlafsack sinken, der sich als hartnäckiger Gegner herausgestellt hatte. Der eine Zipper klemmte irgendwie am Innenfutter fest und was genau mit dem zweiten verschlossen wurde, war mir völlig schleierhaft.

»Ja, aber das ist nicht weiter schlimm. Ich wache sowieso jeden Tag ungefähr um diese Zeit auf, wenn der Verkehr einsetzt. Frühstücken, zur Toilette und mich waschen, in die Stadt laufen und rechtzeitig zur Ladenöffnungszeit bereit sein, um mein Einkommen für den Tag zu verdienen. Das dauert alles eine Weile.«

Seine Erklärungen klangen absolut einleuchtend, nur wieso schlief er hier, wenn er ein Einkommen besaß? »Was arbeitest du denn?«, hakte ich nach und hatte das Gefühl, furchtbar naiv zu klingen. Als mir ein belustigtes Gelächter entgegenschallte, verstärkte sich dieser Eindruck.

»Ach Silke, du bist wirklich herrlich. Natürlich arbeite ich nicht so, wie du dir das gerade vorstellst. Ich gehe an den Werktagen betteln während der Shoppingzeiten. Sonntags und nach Ladenschluss sammle ich Pfandflaschen und gehe containern.

Das ist zwar alles gesellschaftlich nicht etabliert und wird mit Naserümpfen angesehen, trotzdem ist es anstrengender als viele Vollzeitjobs.«

Schnell senkte ich den Kopf und versuchte zu verbergen, dass mir das einschießende Blut eine knallrote Gesichtsfarbe bescherte. Daraufhin verstärkte sich Fabians Lachen jedoch nur. Es klang allerdings nicht gemein, sondern eher belustigt.

»Nimm es mir bitte nicht übel, es ist jedes Mal amüsant, mit welchen Vorstellungen die Leute bei uns ankommen. Na ja, das wird mit der Zeit schon. Irgendwann begreift jeder, wie das Leben bei uns läuft. Manche schneller, andere langsamer, aber am Ende verstehen sie es alle.«

Im ersten Moment verletzten mich seine Worte und ich wollte ihm eine gekränkte Antwort an den Kopf werfen, ehe ich selbst merkte, wie kindisch das war. Selbstverständlich stellte mich diese Situation vor unendlich viele Herausforderungen und scheinbar unüberwindbare Hindernisse, nur dafür konnte Fabian nichts. Auch er hatte sich all diesen Dingen zu einem früheren Zeitpunkt stellen müssen und vielleicht nicht einmal so viel Glück gehabt wie ich. Immerhin half er mir, was ganz sicher alles andere als selbstverständlich war.

»Danke«, murmelte ich gegen den Vorhang aus Haaren, der vor mein Gesicht fiel.

»Was hast du gesagt?«

»Danke«, wiederholte ich lauter, hob den Blick und strich mir die Strähnen hinter die Ohren. »Es ist sehr nett von dir, dass du mich nicht weggeschickt hast. Ich weiß gar nicht, wie ich mich dafür erkenntlich zeigen soll.«

»Halt dich an unsere Regeln und versuch, nicht süchtig zu werden, damit würdest du mir eine große Freude machen.« Alles Lachen war mit einem Schlag aus seiner Stimme verschwunden. Traurigkeit und Ernsthaftigkeit verdunkelten stattdessen Fabians Miene.

»Wie meinst du süchtig? Drogen? Alkohol? Dafür habe ich überhaupt nichts übrig. Thorsten hat schon so komische Sachen in der Wärmestube gesagt, die ich nicht kapiert habe. Warum tut ihr alle so, als wäre ich ein Junkie?« Verwirrung, aber auch Verärgerung ließ mich unbeabsichtigt schroff klingen.

Abwehrend hob Fabian die Hände. »Hey, mal langsam. Niemand möchte dir etwas unterstellen, aber schau dich mal um.« Sein rechter Arm machte eine ausholende Geste, die sämtliche Gruppen, die unter der Brücke schliefen, einschloss. »Du hast doch gestern mitbekommen, wie am Lagerfeuer die Flaschen rumgingen. Glaubst du, das war eine Ausnahme? Viele hören das Saufen nie auf und geben in der Fußgängerzone dieses jämmerliche Bild ab, das die Bessergestellten als allgemeingültig heranziehen. Andere pausieren zumindest ein paar Stunden, bevor die Entzugserscheinungen sie zum nächsten Schluck treiben, und dann gibt es noch die Junkies. Sie sind nett und man könnte meinen, dass sie einem die besten Freunde sind – bis sie ihren Schuss brauchen und kein Geld dafür auftreiben. In dem Fall verlieren sie sämtliche Hemmungen, bestehlen sich gegenseitig, bestehlen uns, und wenn es sein muss, holen sie sich unser Zeug mit Gewalt. Für sie hat alles einen Wert. Was man nicht beim Pfandleiher versetzen kann, lässt sich auf der Straße eintauschen. Ich möchte dir keine unnötige Angst machen, aber du musst wirklich aufpassen, auf wen du dich einlässt, und vor allem halte dich bitte von den Drogen fern. Es ist nicht so, dass ich nicht jede dieser armen Seelen verstehe. Das Leben hier draußen ist hart und spätestens der erste Winter bricht die meisten. Entweder man hat das Glück, einen Unterschlupf für den Winter zu finden, oder man braucht eine andere Lösung, um die Kälte zu verdrängen. Sich in einen Rauschzustand zu versetzen, ist für viele der einzige Ausweg ... und es ist ja nicht nur der Winter. Jeder von uns hat sein Schicksal, das ihn auf die Straße gebracht hat. Viele haben Gewalt und Missbrauch erlebt, werden täglich beschimpft, angespuckt und davongejagt. Wem sollte man es da verübeln, wenn er sich einen Weg sucht, um abzuschalten und die Welt auszublenden? Für dich ist es natürlich unschön, wenn du generell auch erst mal mitverdächtigt wirst, so etwas zu haben oder zu konsumieren, aber versuch es positiv zu sehen. Von dir sind die Leute am Ende angenehm überrascht und du steigst in ihrem Ansehen. Vielleicht klingt das bescheuert, doch es ist immer besser, wenn die Leute ein schlechtes Gewissen haben, weil sie dich falsch eingeschätzt haben. Dann sind sie sehr darum bemüht, etwas gut zu machen, und helfen dir mehr, als sie es normalerweise würden.«

Dieser unerwartete Redefluss überrollte mich förmlich. Hatte Fabian irgendein Lehrbuch gelesen, das er mir herunterbetete? Gab es so was überhaupt für das Leben auf der Straße?

»Du solltest ein Buch schreiben. Obdachlosigkeit für Einsteiger oder so«, meinte ich grinsend. Sein böser Blick ließ mich jedoch gleich verstummen.

»Das ist kein Spaß, Silke. Du kannst ja machen, was du magst, nur beschwer dich nachher nicht bei mir.«

Offensichtlich sauer wandte er sich von mir ab. Diese Reaktion ließ mich nachdenklich werden. Er meinte das anscheinend sehr ernst. Süchtig zu sein war normal? Allein der Gedanke, einmal so zu enden, erschien mir schrecklich. Wenn das der gewöhnliche Werdegang auf der Straße war, wollte ich vor allem eins sein: ungewöhnlich.

Ich griff nach Fabians Arm und drückte diesen leicht. »Ich verspreche dir, dass ich mich von dem Zeug fernhalte, wenn du mir zeigst, wie es anders geht. Hilfst du mir bitte?«

25. Kapitel

Nach einem kurzen Frühstück, bestehend aus dem vertrockneten Brötchen und der reichlich zermatschten Birne vom Vortag, rollten Fabian und ich unsere Schlafsäcke zusammen und pressten sie in ihre Hüllen. Die ernsten Themen so früh morgens hatten uns schließlich schweigsam werden lassen, daher schulterten wir wortlos unsere Taschen, während die Gruppen unter der Brücke erwachten und umso lauter waren. Gereizte Stimmen diskutierten heftig miteinander und einige Männer schubsten sich gegenseitig. Bevor der Disput eskalierte, traten andere dazwischen und trennten die Streithähne. Die Stimmung im Lager hing am seidenen Faden. Bei den meisten ging es um Alkohol, wenn ich die Wortfetzen richtig deutete. Als Fabian und ich näher kamen, merkte ich, dass alles sich darum drehte, dass jeder jeden beschuldigte, seine Flaschen leergetrunken zu haben. Angesichts des gestrigen Abends konnte ich mir nicht vorstellen, dass es dafür überhaupt einen Schuldigen gab, denn sie alle hatten gezecht, als wäre es ihr letzter Tag. Ich sah Fabian an und er zuckte nur mit den Schultern.

»So ist das jeden Morgen. Lass uns einfach los. Sobald sie ihren ersten Schluck haben, verstehen sie sich wieder glänzend.«

Eine seltsame Art, mit den Dingen umzugehen beziehungsweise nicht umzugehen, schoss es mir durch den Kopf. »Tust du nur so oder sind dir die anderen wirklich so egal?«, fragte ich, weil mich seine kühle, abweisende, ja schon fast reflektierte Sicht irritierte. Wüsste ich es nicht besser, würde ich nach unseren Gesprächen glauben, dass er eher so eine Art stiller Beobachter war, der sich eine Meinung bildete, ohne einen Bezug zu den Dingen zu haben.

»Wie meinst du das? Ich habe dir erklärt, dass wir zwar eine Gruppe sind, aber keine Freunde. Warum soll es mich interessieren, wenn die sich wegen Schnaps streiten? Solange sie diskutieren, gehen sie nicht in die Stadt. Das gibt mir einen Vorteil, denn je weniger von uns unterwegs sind, desto besser ist mein Verdienst und ich kann mal früher Feierabend machen.«

Bevor ich Gelegenheit hatte, über diese nüchterne Abgeklärtheit nachzudenken, kam Linda aus dem Lager der Frauen auf uns zugewankt. Ihre Augen schielten und sie wirkte, als wäre sie nicht recht bei Verstand. Fabian schob mich eilig weiter, aber irgendwie konnte ich nicht anders als stehenzubleiben und mich umzudrehen.

»Hunger«, murmelte lallend Linda und streckte die Hände nach uns aus. »Essen ... bitte!«

»Wir haben nichts für dich. Kapier das doch endlich, dass es nichts bringt, jeden Tag irgendjemanden anzubetteln. Kauf dir einfach mal was zu essen, statt dein ganzes Geld durch die Nase zu ziehen!«

Vor Schreck machte ich einen Schritt rückwärts. So wütend, wie Fabian Linda anschnauzte, jagte er mir richtig Angst ein. Er hingegen schien das nicht einmal zu bemerken.

»Silke, lass uns weitergehen, so geht das jeden Morgen. Du wirst lernen, das zu ignorieren.«

Unschlüssig sah ich zwischen ihm und Linda hin und her. Vermutlich lag er richtig, er kannte sie ja schon eine ganze Weile länger als ich. Doch in dem Moment, in dem ich meinen nächsten Schritt tat, fielen mir seine Worte wieder ein. Wollte ich so eine Person sein? Die Neandertaler-Silke in mir wäre mit Fabian am liebsten möglichst schnell getürmt und hätte sich nicht um Linda geschert. Wer sollte es mir verübeln? Ich hatte einen Sack voller Probleme und ihr Verhalten gestern trug nicht gerade dazu bei, dass sie weniger wurden. Nur wenn ich ehrlich mit mir war, dann wusste ich, dass ich mich entscheiden musste, wer ich sein wollte, und zwar hier und jetzt. Wäre es nicht pure Augenwischerei zu denken, ich könnte ein neuer Mensch werden, sobald ich eine neue Wohnung und einen tollen Job fand? Mein Blick schweifte zu Linda, die wie ein Häufchen Elend vor uns stand und der es offensichtlich nicht gut ging. Wenn ich jetzt kein Mitleid und Verständnis für sie aufbrachte, wieso sollte mir das zu einem anderen Zeitpunkt gelingen? Fabian hatte in einem Punkt definitiv recht: Ich war allein für mich verantwortlich. Zeit, diese Verantwortung zu übernehmen und eine Entscheidung zu treffen. Entschlossen öffnete ich meine Tasche und kramte die verbleibenden zwei Papiertüten heraus. Einen Augenblick zögerte ich und sah wehmütig auf das Essen. Alles in mir sträubte sich in diesem Moment meinen Arm auszustrecken und Linda die Tomate und das Margarinebrot zu überlassen, doch schließlich überwand ich meine Eigensucht.

»Es ist nicht viel, aber wenn du magst, kannst du es haben«, richtete ich endlich das Wort an die Frau vor mir und hielt ihr meine letzte Ration hin.

Sie schnappte mir die Tüten schneller aus der Hand, als ich schauen konnte, riss sie auf und grub ihre Zähne so tief in das rote Fruchtfleisch, dass ihr der Saft über Kinn und Hals rann. Zwischen zwei Bissen nuschelte sie ein undeutliches Danke hervor und lächelte mich schief an, ehe sie umdrehte und zurück zu ihrer Gruppe lief.

»Warum hast du das gemacht? Du weißt schon, dass sie jetzt jeden Tag versuchen wird, etwas von dir zu bekommen. Dabei hast du nicht mal selbst eine Ahnung, wie du an neue Lebensmittel kommst, oder?« In Fabians Stimme lag eine Mischung aus Ungläubigkeit und Unverständnis, die mich ein wenig auf den Boden der Tatsachen zurückholte. Ich hatte keine Ahnung, ob es eine gute Idee gewesen war, aber eines konnte ich mit Sicherheit sagen: Das Gefühl, welches sich in meinem Bauch und meinem Herzen ausbreitete, bestätigte mich in meinem Tun. Obwohl die Silke, die ich gerne wäre, noch meilenweit von der jetzigen Version entfernt war, war dieses kleine Geschenk der erste Schritt auf einem langen Weg. Einem Weg, an dessen Ende ich wieder Mode machte, Freunde hatte und natürlich eine Wohnung.

Dann würde ich stark, selbstbewusst, hilfsbereit und glücklich sein. Genau das sagte ich auch Fabian, der schweigend und mit nachdenklicher Miene neben mir herlief. Anscheinend fehlten ihm die passenden Worte für meinen euphorischen Ausbruch.

26. Kapitel

Die öffentliche Toilette war um diese Uhrzeit noch angenehm sauber. Offensichtlich hatte die zuständige Reinigungsfirma ihre Arbeit erst kürzlich beendet, denn nirgends fanden sich die üblichen Flecken und Klopapierfetzen. Frisch befüllte Papierhandtuchspender luden mich förmlich ein, mir einen Vorrat davon in die Taschen zu stopfen. Wer wusste, wozu sie sich noch als nützlich erweisen konnten. Die notdürftige Katzen- und Haarwäsche, die ich danach absolvierte, half allerdings wenig und trug lediglich dazu bei, dass ich bereits jetzt genervt war. Sich Seife aus den Haaren zu spülen, gestaltete sich nämlich als überraschend schwierig, wenn das Wasser alle paar Sekunden automatisch ausging. Außerdem stanken meine Klamotten inzwischen so schlimm, dass ich die Luft anhalten musste, als ich mir das Shirt über den Kopf streifte. Die Haare hingen mir in nassen Strähnen wild um den Kopf, daran änderten auch meine Bemühungen, mir die Knoten mit den Fingern herauszukämmen, nichts.

Die Sonne hatte die pinke Farbe gebleicht und stellenweise schimmerte mein braunes Naturhaar hervor. Höchste Zeit nachzufärben.

Nachfärben? Ist das echt deine einzige Sorge, Silke? Wieso verlierst du dich ständig in Nebensächlichkeiten? Krieg erst mal das große Ganze auf die Reihe, dann kannst du dir um dein Aussehen Gedanken machen, schalt ich mich und füllte derweil meine Flaschen nach. Der Tag kündigte schon in diesen frühen Stunden die unbarmherzige Hitze an, vor der es auch heute kein Entrinnen gab, und so ganz verstand ich den Plan nicht, den Fabian erstellt hatte. Ich schien wirklich Glück zu haben, dass er sich meiner annahm, allerdings fürchtete ich, dass er sich das nach der Sache mit Linda noch einmal überlegte. Meine Habseligkeiten geschultert verließ ich die Sanitäranlagen und hoffte, dass ich gleich die Gelegenheit bekam, die Sache mit ihm zu klären. Es sollte auf keinen Fall zwischen uns stehen, denn obwohl wir uns erst kurze Zeit kannten, mehr Rückhalt gab es in meinem Leben gerade nicht.

Kaum stand ich im Freien, suchte er jedoch von sich aus das Gespräch und schien irgendwie zerknirscht. »Wir sollten die Sache vergessen. Du bist neu in dieser Welt und ich kann nicht erwarten, dass du sofort verstehst, warum manche Dinge nicht gut sind, obwohl sie auf den ersten Blick so erscheinen. Eigentlich hatte ich nicht vor, dir die Geschichte mit Linda zu erzählen, aber ich habe auf dem Weg hierher darüber nachgedacht. Damit du manche Dinge verstehst, muss ich bereit sein, dir auch gewisse Einblicke zu gewähren. Dann kannst du weiterträumen und deine eigenen Fehler machen, das muss jeder, aber Linda war meiner.« Fabian stockte einen Moment.

»Was ist denn passiert?«, rutschte es mir heraus und ich biss mir auf die Lippe. Verdammt, wieso war ich nur immer so ungeduldig. Er wollte mir etwas anvertrauen und ich quasselte ihm dazwischen.

Mit einem Seufzen fuhr Fabian fort. »Als ich vor ein paar Jahren ankam, hing sie noch an der Flasche und hat alles versoffen. Trotzdem konnte man prima mit ihr reden und sie hat mir vieles gezeigt. Nur irgendwann kam der Zeitpunkt, da reichte der Alk nicht mehr und sie fing an, erst Gras zu rauchen und dann zu koksen. Ich habe eine Menge Zeit damit verbracht, auf sie einzureden, dass sie es lassen soll. Doch völlig gleich, ob ich gebettelt, geheult oder gefleht habe, jeder der zahlreichen Entzugsversuche schlug fehl. Stundenlang habe ich Händchen gehalten, sie abgelenkt, ihr Erbrochenes aufgewischt und zusätzliches Essen rangeschafft, weil sie so nicht in die Stadt kam. Das Ergebnis siehst du ja. Am Ende wäre ich fast selbst abgerutscht, weil sie mich überredete, auch mal einen Joint zu rauchen. Zum Glück, im Nachhinein betrachtet, kam ich auf einen absoluten Horrortrip und rühre dieses Teufelszeug seither nicht mehr an. Damals allerdings war es die schlimmste Nacht meines Lebens und diese Narbe ...« Nach einem kurzen Zögern schob er sein Hemd ein Stückchen hoch, unter dem eine große Brandnarbe auf seinem Bauch zum Vorschein kam.

Bei ihrem Anblick sog ich zischend die Luft ein.

»... wird mich stets daran erinnern. Allzu viel aus dieser Nacht weiß ich nicht mehr. Die anderen haben mir erzählt, dass ich wie wild mit irgendwelchen unsichtbaren Gegnern gekämpft habe. Dabei bin ich ins Feuer gefallen. Rausgeholt haben sie mich, aber dann liegen lassen. Ich musste mich bis selbst zum Hauptweg schleppen und konnte einen Passanten überreden, dass er mir jemanden aus der Straßenambulanz ruft, erst dann bekam ich Hilfe. Linda jedoch war das scheißegal. Drei Tage lag ich im Krankenhaus und nachdem ich zurückkam, machte sie nur blöde Sprüche von wegen alles halb so schlimm und das nächste Mal würde es besser werden. Für mich war sie ab diesem Moment gestorben und ich versuche, auf meine etwas verquere Art, die Leute vor ihr zu beschützen.«

Betretenes Schweigen trat ein und ein dicker Kloß bildete sich in meinem Hals. Dass Linda kokste, hatte ich vorhin bereits verstanden. Wie hätte ich jedoch ahnen sollen, welche Scheiße sie mit ihrem Umfeld abzog? Fabian tat mir so leid, aber ich wusste nicht, ob ich ihm das sagen durfte. Wie verhielt man sich denn richtig nach einer solchen Offenbarung? Am liebsten würde ich ihn einfach in den Arm nehmen. Nur würde er das akzeptieren? Zögerlich machte ich einen Schritt auf ihn zu.

»Bevor du dir jetzt irgendwelche hübschen Worte zurechtlegst, bitte lass es. Ich brauche kein Mitleid. Irgendwie war es ja zum Teil meine eigene Schuld. Die Regeln gibt es nicht ohne Grund und ich kannte sie alle. Trotzdem habe ich sie bewusst ignoriert, Linda viel zu nah an mich herangelassen und letztlich meinen Preis dafür gezahlt. Hübscher macht mich die Narbe zwar nicht, aber wenigstens bin ich nicht abhängig geworden, als Junkie ist man ja auch nicht gerade eine Augenweide.«

Obwohl ich genau merkte, dass er mit diesem halbgaren Scherz versuchte, seine Gefühle zu verdrängen, lächelte ich ein bisschen. Wenn er nicht weiter darüber reden wollte, musste ich es akzeptieren. Sicher belastete ihn die Geschichte sehr und er hatte wohl bereits mehr erzählt, als er ursprünglich wollte. Jedenfalls gewann ich diesen Eindruck, wenn ich seine verschränkten Arme und die Augen voller Traurigkeit sah.

Langsam nickte ich. »Vielen Dank, dass du so offen zu mir warst. Mir tut es auch leid. Du versuchst nur, mir zu helfen, und ich blöde Kuh schlage schon nach ein paar Stunden deine Ratschläge in den Wind. Dabei habe ich von überhaupt nichts eine Ahnung.« Kurz stockte ich, bevor ich den Mut aufbrachte, ihm anzuvertrauen, was mir auf der Seele brannte. Wenn ich nicht über seine Geschichte mit ihm reden durfte, dann galt das vielleicht als kleiner Beweis meines Vertrauens in ihn. »Mich überfordert das alles total. Ich weiß nicht, wer ich noch bin, denn in den letzten Jahren war es immer meine Arbeit, die mich definiert hat. Jetzt bietet sich mir die Möglichkeit, endlich der Mensch zu werden, der ich früher gerne sein wollte. Warmherzig, großzügig, hilfsbereit und aufgeschlossen für andere Menschen. Genau das wollte ich bei Linda erreichen und es hat sich auch verdammt gut und richtig angefühlt. Allerdings soll ich gleichzeitig ein Neandertaler sein, nur an mich denken, andere als Teil einer

Gruppe betrachten, aber niemandem vertrauen – nicht einmal dir.« Tränen standen mir in den Augen und meine Stimme brach fast, als ich weitersprach. »Das funktioniert nur überhaupt nicht für mich. Ich mag dich und ich möchte dir vertrauen, denn dann fühle ich mich nicht mehr so allein. Du hast deine Geschichte und deinen Standpunkt, das muss ich akzeptieren, aber bitte akzeptiere auch meine Entscheidungen. Die letzten Jahre habe ich immer alles nur für mich und zu meinem Besten gemacht und was habe ich davon?« Zitternd holte ich Luft. Die nächsten Worte verlangten, dass ich all meinen Mut zusammennahm. Noch einmal atmete ich tief ein und aus, bevor ich weiterredete: »Mein Egoismus hat meinen Eltern das Leben gekostet. Wie soll ich also weiterhin nur an mich denken, wenn ich weiß, dass dadurch Menschen sterben?« Die letzten Silben würgte ich mehr heraus, als dass ich sie sprach. Tränen traten mir in die Augen und Schuld schnürte mir die Kehle zu.

Schließlich stand ich Rotz und Wasser heulend mit gesenktem Blick vor ihm und wusste nicht, wie ich mich verhalten sollte. Fabian schienen meine Tränen ebenfalls zu überfordern. Er rang um Worte und blieb am Ende doch stumm. Schließlich breitete er einfach die Arme aus und bot mir etwas an, das ich so sehr vermisste. Ohne lange nachzudenken, überwand ich die wenigen Schritte, die uns trennten, und drückte mich an seine Brust. Den Kopf gegen seine Schulter gepresst, ließ ich meinen Emotionen freien Lauf. Es tat so gut, das Gefühl zu haben, endlich einmal nicht mit meiner Schuld und meiner Trauer allein zu sein. Als mir eine Hand übers Haar strich, zuckte ich kurz zusammen, aber dann gestattete ich mir, zumindest diese winzige Geste des Trosts anzunehmen, und sei es nur, um diesen Tag zu überstehen.

27. Kapitel

Nach einer Weile wurde langsam Fabian unruhig und schließlich schob sich seine Hand von meinem Hinterkopf nach vorn. Vorsichtig hob er mein Kinn mit dem Daumen an und sah mir in die Augen. »Es tut mir leid, wenn ich jetzt wie ein Arsch rüberkomme, aber wir müssen weiter. Die Läden machen bald auf und wir sind eh zu spät dran. Heute müssen wir doppelt verdienen, sonntags geht nicht wirklich was. Die Kirchen werden belagert und die Leute sind dort ohnehin nicht sehr freigiebig, weil sie alles in den Klingelbeutel stecken.« Er strich mit seinem Finger die Tränen von meiner Wange. »Falls dir heute Abend oder morgen nach reden ist, können wir uns ja über deine Eltern unterhalten, wenn du magst.«

Bevor ich die Zeit hatte zu nicken, zog er sich von mir zurück und seine Miene wurde wieder unnahbar. Ich schaffte es gerade so, meine Taschen neu um meinen Körper zu sortieren, als er auch schon loslief.

»Kommst du?«, rief er mir über die Schulter zu und ich schloss hastig zu ihm auf. Da er anscheinend an keinem weiteren Gespräch interessiert war, trottete ich neben ihm her und versuchte, die Situation einzuordnen. War er einfach nur überfordert oder warum behandelte er mich auf einmal so abweisend? Hatte ich eine Grenze überschritten? Er wollte nicht mein Freund sein, das verstand ich, aber musste er gleich so sein? Vielleicht befürchtete er, dass ich seine neue Linda wurde.

Egal, wie oft ich die Fragen hin- und herwälzte, am Ende blieb die Antwort aus und so war ich froh, als er endlich das Wort ergriff.

»Pass auf, ich erklär dir das Betteln jetzt genau einmal. Wenn du es nicht auf die Reihe kriegst, es richtig umzusetzen, dann lernst du das Geschäft eben auf die harte Tour. Die wichtigste Regel gleich vorab. Halt dich von mir fern. Wir treffen uns eine Stunde vor Ladenschluss am Eingang zur U-Bahn-Haltestelle Sonnenweg. Bis dahin möchte ich dich nicht in meiner Nähe sehen. Die Leute haben eh schon tausend Vorurteile uns gegenüber, da musst du nicht noch gaffen. Am Ende denken sie nur, dass wir sie ausrauben wollen, und hetzen uns die Bullen auf den Hals.«

Übelkeit breitete sich bei seinen Worten in mir aus. Allein? Insgeheim hatte ich auf eine Art Einführung gehofft, bei der ich mir ein paar Tricks abschauen konnte. So jedoch stand ich mal wieder allein da. Allerdings blieb mir im Augenblick keine Zeit, mir darüber Gedanken zu machen, denn ich musste Fabians Ausführungen folgen.

»Es gibt im Prinzip nur zwei Arten, nach Geld zu fragen. Erstens die Leute direkt ansprechen und fragen, ob sie etwas Kleingeld haben. Dabei ist es wichtig, dass man ihnen auf Augenhöhe begegnet. Immer aus dem Stehen und Laufen heraus und immer ruhig dabei bleiben. Natürlich späht man sich Menschen aus, die eher so aussehen, als würden sie einem etwas geben, aber trotzdem darfst du nie auf die Leute zustechen. Sie dürfen nicht das Gefühl kriegen, dass du sie ausgesucht hast, so was führt nur zu den kuriosesten Gedanken und am Ende vielleicht sogar zu einem Anruf bei den Bullen. Ich verdiene meinen Lebensunterhalt am liebsten auf diese Weise, denn ich hasse es, mich vor anderen in den Dreck zu werfen. Nur weil ich eine Frischluftwohnung habe, habe ich meine Menschlichkeit nicht verloren, und deshalb möchte ich auch wie einer behandelt werden. Dazu gehört es für mich, den Leuten auf Augenhöhe zu begegnen.

Allerdings, wie sollte es anders sein, ist diese Art, Geld zu beschaffen, verboten und nur die zweite Art erlaubt. Auf dem Boden sitzen, irgendwelche Hüte, Schalen oder Becher aufstellen und artig Danke sagen, wenn man was bekommt.« Verbitterung klang aus jeder seiner Silben und er wurde immer lauter. »Wie Tiere dürfen wir im Dreck kriechen und für jede milde Gabe sollen wir dankbar sein. Dankbar, dass ich nicht lache. Die Menschen halten sich für etwas Besseres, wenn sie ein paar Cent oder ihr trockenes Vesper an uns abgeben und klopfen sich dann selbst noch auf die Schulter. Jeden Tag eine gute Tat. Oh, wie ich diesen Spruch hasse. Eine gute Tat wäre es, wenn sie auf die Idee kämen, mal irgendwas dafür zu tun, dass niemand mehr betteln muss, aber das ist ganz offensichtlich zu viel verlangt. Stattdessen fühlen sie sich gut, wenn sie uns ein paar Cent hinwerfen. Kleinvieh macht bekanntlich auch Mist, heißt es, und ja, es stimmt. Trotzdem bleibt es entwürdigend.« Nachdem er so heftig und schnell geredet hatte, dass er scheinbar nicht einmal zwischendurch geatmet hatte, holte er nun tief Luft.

Mir schwirrte von alledem der Kopf. War unsere Gesellschaft wirklich so abgestumpft, dass sie ein paar Münzen bereits für eine gute Tat hielt? Wollte niemand mehr leisten und wenigstens versuchen, die Zustände zu ändern? War ich früher genauso? Mein altes Leben fühlte sich so unendlich weit weg an, doch wenn ich darüber nachdachte, musste ich mir selbst mit Ja antworten. Dann erinnerte ich mich an Linda. Es war ein gutes Gefühl gewesen, ihr das Essen zu geben, obwohl ich genau wusste, dass es letztlich nur ein Tropfen auf den heißen Stein war. Für den Augenblick litt sie keinen Hunger mehr, aber bereits in ein paar Stunden würde ihr Magen erneut knurren. Meine aktuelle Lage ließ sich zwar nicht mit der Position eines Bankers, Geschäftsmanns oder Politikers vergleichen, denn während diese Zeit hätten, für das große Ganze zu kämpfen, musste ich mich am Leben halten. Dennoch machte es mich nicht wirklich besser, wenn ich mich gut bei einer Sache fühlte, die vor allem eines war – zu wenig.

Neben mir schnaufte Fabian ein paarmal tief durch. »Okay, bevor ich mich jetzt vollkommen in Rage rede und am Ende noch unfreundlich zu meinen potentiellen Geldgebern werde, lass uns zum Thema zurückkommen. In der Nähe des Bahnhofs steht ein kleiner Kiosk, der bei dieser Suspended-Coffee-Sache mitmacht. Wenn du Glück hast, steht bei denen ein Coffee-to-go auf dem Zettel, den schon jemand bezahlt hat. Den kannst du kostenlos mitnehmen. Das wäre der Optimalfall, dann hast du ein warmes Getränk im Magen, ein bisschen Koffein, das dich antreibt, und sobald der Becher leer ist, auch einen Behälter, den du aufstellen kannst. Es gibt in der Stadt viele Ecken, die grundsätzlich von gewissen Gruppen belegt sind. Dort solltest du dich fernhalten, wenn du nicht Teil der Gruppe bist. Ungeschriebenes Gesetz der Straße. Die besten Plätze in der Stadt sind sehr hart umkämpft und sicherlich nicht nur mit Worten. Lass dich auf keine Streitereien ein, du bist allein und ziehst sowieso den Kürzeren. Am besten setzt du dich an die Kirche am Großen Markt. Solange keine Gottesdienste laufen, ist die nicht wirklich beliebt, und es laufen trotzdem genügend Menschen daran vorbei. Sicher nicht der beste Ort, aber für den Anfang muss es reichen. Sobald du etwas Erfahrung gesammelt hast, suchst du dir einfach was anderes, das dir sinnvoller erscheint. Oder du bringst dein Äußeres in Ordnung, verstößt gegen ein paar Gesetze und machst es wie ich. Solange du allerdings so aussiehst ...« Er ließ seinen Blick an meinem Körper entlangschweifen. »... würde ich das besser lassen. Die Leute schätzen es überhaupt nicht, wenn jemand total stinkend und verdreckt auf sie zukommt. Da wirst du nur böse Worte ernten. So hart es auch klingt, aber wer schmutzig ist, gehört für sie genau da hin – in den Schmutz am Boden. Hast du das so weit verstanden oder ist dir noch irgendwas unklar? Jetzt ist die Gelegenheit, Fragen zu stellen, sonst erst wieder heute Abend, und wenn du es dann komplett vergeigt hast, steht dir ein hartes Wochenende bevor.«

Abwartend sah er mich an, wobei er seinen schnellen Schritt jedoch nicht verlangsamte. Schon jetzt schmerzten mir die Füße, die sich schwertaten, sich an das neue Leben mit den weiten Fußwegen zu gewöhnen. In meinem Kopf rotierte es ohne Unterlass, während er versuchte, das Gehörte zu verarbeiten. So viele Informationen und keine davon passte in eine der Schubladen, die mein bisheriger Werdegang für mich angelegt hatte. Die Dinge klangen zumindest logisch, aber allein der Gedanke, für meinen Lebensunterhalt betteln zu müssen, sorgte dafür, dass mir speiübel wurde. Schamesröte stieg mir in die Wangen und schnell heftete ich die Augen konzentriert auf meine verdreckten Schuhe, die mich Meter um Meter dieser Schrecklichkeit näher brachten.

»Hast du Fragen? Da vorn ist der Kaffeestand, dort trennen sich unsere Wege. Wenn du also etwas wissen willst, raus damit.«

Ich spürte den bohrenden Blick von der Seite. Am liebsten wäre ich einfach im Erdboden versunken.

»Deinen Gewissenskonflikt und deine Scham kannst du gleich mit dir ausdiskutieren, nur vergiss dabei nicht, dass du es ja nicht zum Spaß tust. Gäbe es eine andere Option, würdest du sicher die vorziehen, aber die gibt es nun einmal nicht. Jetzt konzentrier dich erst mal auf das Wesentliche, deine Gefühle dazu wirst du weder jetzt noch die nächsten Tage klären. Glaub nicht, dass ich mich an das hier gewöhnt habe, nur weil ich das jetzt seit Jahren mache. Es ist jedes Mal ein Scheißgefühl, wenn ich um Geld frage. Das Einzige, was sich im Lauf der Zeit geändert hat, ist meine Einstellung, es als Notwendigkeit zu akzeptieren. Also, Fragen?«

Ertappt starrte ich einige Sekunden auf meine Fußspitzen, bevor ich den Kopf schüttelte. »Nein, vom Prinzip verstehe ich alles. Vielen Dank für die Hilfe. Ohne deine Tipps wäre ich noch viel aufgeschmissener als ohnehin schon.« Ich versuchte mich an einem Lächeln, das allerdings gänzlich misslang. So einfach die Theorie auch klang, ich wusste nicht, ob ich es schaffte, mich wirklich zum Betteln durchzuringen.

28. Kapitel

Am Kaffeestand hatten wir tatsächlich Glück. Eine lächelnde Bedienung reichte uns jeweils einen roten Becher des kostenlosen Heißgetränks und schenkte uns sogar ein paar freundliche Worte. Eine schöne Erfahrung nach all dem Mist in den letzten Tagen. Wenngleich es an meiner nachdenklichen Stimmung nichts änderte, gab es mir zumindest das Gefühl, dass ich nicht allen Menschen vollkommen gleichgültig war.

Ich pustete in die schwarze Brühe und wartete ungeduldig darauf, dass sie abkühlte. Fabian hingegen schien ein klares Ziel vor Augen zu haben, denn kaum hielt er seinen Becher in der Hand, verabschiedete er sich von mir.

»Bis heute Abend, Silke. Halt die Ohren steif und mach es einfach, wie ich es dir erklärt habe, dann kann nicht viel mehr schiefgehen, als dass du einen schlechten Tag erwischst, was die Spendierhosen der Leute angeht.«

»Bis später und noch mal danke für alles«, brachte ich tapfer lächelnd hervor und sah ihm hinterher, bis er um die nächste Ecke verschwand. Hier stand ich nun, nippte an meinem Kaffee und konnte mich nicht recht entschließen aufzubrechen. Vor meinem inneren Auge tanzten Bilder aus meiner Erinnerung und dem Fernsehen einen wilden Reigen. Total heruntergekommene Gestalten mit verfilzten Haaren, dreckstarrenden Klamotten und einer Hautfarbe, von der sich nicht sagen ließ, ob das Grau vom Dreck oder übermäßigem Suchtmittelkonsum kam. So war ich nicht, oder? Während diese Frage durch meinen Kopf geisterte, schoben sich auch andere Erinnerungen in meine Gedanken. Das Mädchen im Schaufenster in der Bahnhofspassage, mein Spiegelbild im gelben Neonlicht auf der Toilette heute Morgen. Mein Blick glitt an mir hinab, auf meine ehemals schwarze Kleidung, die inzwischen vollkommen grau vor Staub war. Die Duftwolke, die meiner gesenkten Nase entgegenschlug, und die verknoteten, ausgeblichenen pinken Haarsträhnen, die sich hinter meinem Ohr lösten und mir ins Gesicht fielen, trugen ihr Übriges dazu bei. Langsam verstand ich. Ich war so. Noch nicht so ausgemergelt und verfärbt, aber sonst gab es keinen Unterschied.

Keinen! Diese Erkenntnis traf mich so unerwartet und heftig, dass mein Magen anfing zu rebellieren.

Gerade rechtzeitig gelang es mir, mich über den Grünstreifen ein paar Meter weiter zu beugen, bevor mein Frühstück sich einen Weg nach oben bahnte und schließlich schwallartig ins Grün klatschte. Der Kaffeebecher fiel aus meinen kraftlosen Fingern. Zitternd schwankte ich drei, vier Schritte nach rechts, hob den Becher auf und sank zu Boden. Um mich herum spürte ich die bösen Blicke der Passanten und hörte ihre biestigen Kommentare. »So früh am Tag schon betrunken«, »Alki«, »Zu faul zum Arbeiten, lieber den ganzen Tag saufen«, »Die Jugend von heute – unmöglich!«. Am liebsten hätte ich ihnen ins Gesicht geschrien, dass ich nüchtern war und überhaupt nicht faul. Dass ich sofort arbeiten würde, wenn sie mir einen Job gaben. Dass es unfair war, so über mich zu reden, weil ich nicht gerne auf der Straße lebte. Doch letztlich hatte ich dafür keine Kraft mehr. Ich war unendlich müde. Meine Hände zitterten und trotz der heißen Temperaturen fror ich erbärmlich. Am liebsten hätte ich meinen Schlafsack ausgerollt, um mich zu wärmen und weiterzuschlafen. Stattdessen packte ich die Papiertücher aus meiner Tasche, putzte mir das Erbrochene ab und spülte den Mund mit Wasser, um den ekelhaften Geschmack loszuwerden. Leider erfolglos. Anschließend wischte ich mir zuerst die vollgekleckerten Schuhe ab und danach mit einem frischen Tuch den Kaffeebecher sauber, dessen Inhalt sich zu gleichen Teilen auf dem Gehsteig und dem Rasen befand. Ratlos starrte ich das Plastik in meiner Hand eine Weile an, ehe ich mich seufzend in die Höhe stemmte.

29. Kapitel

Der Weg in die Innenstadt gab mir genügend Zeit, um über meine Situation nachzudenken. Dass ich im Moment nichts daran ändern konnte, musste ich hinnehmen, aber ich würde nicht aufgeben. Gemeinsam mit Kathrin bekam ich den Kram mit den Behörden bestimmt auf die Reihe und dann ging es sicher wieder bergauf. Jetzt allerdings musste ich mich hierauf konzentrieren.

Als ich mich umsah, saßen an etlichen Ecken bereits Bittsteller auf dem Boden. Sie drängten sich gegen die Hauswände, von denen sie sich vermutlich Schutz vor der Sonne versprachen. Früher hatte ich tatsächlich geglaubt, dass es für diese Leute nur im Winter schwer war. Schon wenige Tage auf der Straße bewiesen mir, dass ich damit völlig falsch gelegen hatte. Ich mochte mir gar nicht vorstellen, wie es im Winter war. Der Sommer allein brachte genug Herausforderungen mit sich. Einmal mehr fiel mir auf, wie verkehrt und ignorant meine Ansichten damals gewesen waren. Draußen sitzen und betteln war mir nicht sonderlich schlimm vorgekommen. Die Nase gerümpft und mit vorschnellen Urteilen auf der Zunge hatte ich als Teenager mit meinen Freunden öfter dumme Sprüche über diese Leute geklopft, ohne zu wissen, worüber ich da überhaupt redete. Seltsam, dass ich mich genau jetzt daran erinnerte, während ich verzweifelt versuchte, den Mut zu finden, die letzten Meter zu der Ecke zu gehen, die Fabian mir beschrieben hatte. Lediglich der große Platz vor der Kirche trennte mich davon und dennoch schien es mir weiter als der bisherige Weg. Unschlüssig blieb ich mitten auf dem Großen Markt stehen und ließ meine Blicke über die Fassade der Kirche gleiten. Der Platz, an dem ich meinen Tag zubringen sollte, lag um diese Zeit bereits im Schatten, was wohl spätestens ab Mittag einen grauenhaften Tag in knalliger Sonne bedeutete. Dafür allerdings kamen Leute aus allen Richtungen an der Ecke vorbei und womöglich lag Fabian mit dem Tipp sogar richtig, dass ich dort ein bisschen Geld abstauben konnte. Vorausgesetzt ich traute mich endlich, weiterzugehen und mich hinzusetzen.

Ein Stoß gegen meine linke Schulter riss mich unsanft aus den Gedanken und ließ mich zusammenzucken. »Au«, fluchte ich, doch der Mann, der mich erwischt hatte, blickte nur kurz angewidert zurück, klopfte seinen Anzug mit der Hand ab und eilte weiter. Seit wann sagte man nicht mehr Entschuldigung, wenn man Leute anrempelte? Stand ich bereits so weit unten in der Achtung der Menschen, dass ich selbst dafür nicht gut genug war? Ich spürte einen Stich in meinem Herzen. Mein Wert lag nicht höher als der eines lästigen Insekts. Tatsächlich gab es in dieser Gesellschaft keinen Platz für Leute wie mich. Völlig gleich, warum mich dieses Schicksal ereilt hatte, mein Äußeres und meine Not schienen jedem das Recht zu geben, über mich zu urteilen und mich vor allem zu verurteilen. Diese Erkenntnis setzte letztlich meine Beine in Bewegung, die von allein auf die Kirche zusteuerten und sich im Schneidersitz auf den Boden an der Ecke niederließen. Den Kaffeebecher stellten meine Hände direkt vor mich, während mein Kopf nur Fabians Anweisungen abspulte, nicht fähig noch Kraft für innere Konflikte aufzubringen. Es war ohnehin sinnlos. Egal, wie sehr ich mir wünschte, dass die Leute in mir mehr als ein Stück Dreck sahen, sie wollten es nicht.

Traurig bedachte ich den Becher mit einem Blick und legte ein paar Centmünzen aus meiner Hosentasche hinein. Irgendwann hatte ich im Fernsehen einmal gesehen, dass Menschen eher dazu neigten, etwas zu geben, wenn es den Anschein machte, dass bereits andere ebenso gehandelt hatten. Dann starrte ich mit gesenktem Kopf auf das schmutzige Pflaster, auf dem sich Vogeldreck und undefinierbare Flecken tummelten. Von der Mauer hinter mir drang ein leichter, dennoch unangenehmer Geruch nach Urin an meine Nase und ich hoffte inständig, dass mir wenigstens pinkelnde Hunde erspart blieben.

Bei den Obdachlosen, an denen ich an diesem Tag vorbeigekommen war, war mir aufgefallen, dass jeder von ihnen ein Schildchen geschrieben hatte, auf dem irgendein Hilfeersuchen stand. Mich an Fabians Worte erinnernd, ergab dieses Vorgehen durchaus Sinn, schließlich durfte ich niemanden ansprechen. Nur woher nahm ich so ein Schild? Leere Blätter befanden sich nicht unter meinen Habseligkeiten. Ich konnte froh sein, dass ich ein paar Buntstiftstummel in meinem Rucksack hatte.

Eine Weile überlegte ich hin und her, während die Leute an mir vorbeieilten und nur abschätzig auf mich herabblickten. So würde es nichts werden. Eine Lösung musste her. Obwohl diese auf der Hand lag, dauerte es gefühlt eine Ewigkeit, bevor ich mich überwand, eine meiner Skizzen aus der Zeichenmappe zu ziehen. Vielleicht erwies es sich ja als nützlich, wenn ich meine Worte mit einem der

Kleiderentwürfe untermauerte, die ich in einem anderen Leben für Maria angefertigt hatte. Immerhin unterschied ich mich damit von den anderen und auffallen musste man, um Aufmerksamkeit zu erhalten. Zumindest diese Lektion hatte mir die Modebranche eindringlich gelehrt. Welches meiner Projekte konnte ich am ehesten verunstalten? Auf der Suche nach einer Antwort flogen meine Finger durch die Zeichnungen und wirbelten mit jedem Bild auch eine Erinnerung auf. Wilde Bühnenoutfits á la *Kiss*, die Jörn und seinen Kumpels einen Sieg bei einem Bandwettbewerb eingebracht hatten. Fees Kleid für das Konzert vor der ganzen Schule, das komplett aus Federn bestand und sie damals wie einen Schwan wirken ließ. Das blutrote Kleid, über dessen Rock sich unendlich viele schwarze Rüschen verteilten, das ich einer Schauspielerin für einen Halloweenball gezaubert hatte. Das erste Hochzeitskleid für Marias Kollektion, Roben für Filmpremieren, Ballkleider und Bühnenoutfits. Am Ende wählte ich den mitternachtsblauen Traum mit silbernen Verzierungen auf dem Korsett und ebensolchen Schneeflocken auf dem Reifrock. Mit ihm hatte ich *Mailand, Paris und du* für mich entschieden und mit ein wenig Glück erkannte es einer der Passanten, schließlich lagen die

Einschaltquoten des Finales bei einer knappen Million. Vielleicht würde es auch die Meinung der anderen über mich ein wenig ändern oder ihnen zumindest zeigen, dass ich mich bemühte, etwas aus meinem Leben zu machen, auch wenn das gründlich schiefgelaufen war. Ein schönes Kleid auf dem Schild musste doch irgendwie Anerkennung finden, immerhin sah es besser aus als ein braunes Stück Pappe.

Vorsichtig zog ich die Zeichnung aus meiner Mappe, schloss diese und legte das Papier auf den Deckel. Was sollte ich schreiben? Die meisten Schilder besaßen knappe und klare Aussagen, die immer darauf hinausliefen, dass die Leute hungerten und für jede milde Gabe dankbar waren. Allerdings gab es von diesen Sprüchen so viele, dass ich darin keinen Sinn sah, denn ich erinnerte mich zu genau, wie ich an eben solchen Schildern vorbeigegangen war. Man las es einmal und hatte Mitleid, beim zweiten und dritten Mal schon weniger und irgendwann stumpfte man komplett ab. Ich musste es anders angehen. Was machte mich anders? Warum war ich besonders und verdiente es, ihr sauer erarbeitetes Geld zu bekommen anstelle eines anderen? War ich überhaupt besonders und verdiente es?

Silke, ermahnte ich mich, es ist völlig gleich, wer etwas mehr verdient oder nicht. Du willst überleben und dafür brauchst du Geld. Auch wenn die Wärmestube eine Hilfe ist, aber eine einzige Mahlzeit alle zwei Tage reicht wohl kaum aus und den endlosen Laufweg dorthin kannst du auch unmöglich dauernd zurücklegen. Mach jetzt gefälligst erst mal das hier und dann fällt dir sicherlich eine bessere Lösung ein, wie du an Geld kommst.

Ich spürte, dass meine innere Stimme recht hatte. Gerade gab es keine Alternativen für mich, und wenn ich nicht die Zeit bis Montag mit knurrendem Magen verbringen wollte, sollte ich tun, was Fabian mir gesagt hatte. Mit einer fast liebevollen Bewegung strich ich über die Zeichnung und warf einen letzten Blick auf die Skizze, bevor ich den Stift ansetzte und in schwungvollen Lettern schrieb: *In Not geratene Künstlerin bittet um Ihre Hilfe. Vielen Dank!*

Die Buchstaben verzierte ich mit Rosen als i-Tüpfelchen und das Ausrufezeichen wurde ein Mannequin, das auf einem Ball balancierte. Obwohl sich mein Text nicht wirklich von den anderen unterschied, gaben mir die künstlerischen Feinheiten das Gefühl, mir besonders Mühe gegeben zu haben und ein bisschen kreativ sein zu können. Wie sehr mir das fehlte, fiel mir erst auf, als ich den ersten Strich der Schrift auf meine Zeichnung setzte.

Für Kunst war das hier aber definitiv der falsche Zeitpunkt. Daher platzierte ich die Zeichnung neben dem Becher und wartete ab. Mal sehen, ob Betteln tatsächlich funktionierte.

30. Kapitel

Mittlerweile kochte mich die Mittagshitze förmlich und der Schweiß rann mir in Strömen selbst an Körperstellen hinab, von denen ich nicht einmal gewusst hatte, dass man dort schwitzen konnte. Der Schatten, der am Vormittag die Ecke halbwegs erträglich gemacht hatte, war inzwischen weitergewandert und lag nun an der von der Fußgängerzone abgewandten Seite der Kirche. Ein Platzwechsel kam daher nicht infrage, obwohl es für meine Einnahmen kaum einen Unterschied machen würde. Zunächst noch hoffnungsvoll hatte ich schnell erkannt, dass die wenigsten Menschen mich überhaupt eines Blickes würdigten. Wenn sich doch jemand dazu herabließ, mein Schild zu lesen, schüttelte er nur den Kopf und hastete weiter. Nur dreimal fielen klimpernd Münzen in meinen Becher, die ich sofort herausnahm und nachzählte. Das Ergebnis erwies sich als frustrierend. Insgesamt kamen dreiundachtzig Cent zusammen. Das genügte nicht einmal, um mir an einem der Bäckerstände eine Breze zum Mittagessen zu kaufen, dabei hätte ich das nach der Kotzerei am Morgen das dringend gebraucht. Auch meine erste Wasserflasche neigte sich bereits dem Ende zu und der Großteil des Tages stand mir noch bevor. Fabian und ich würden uns erst in sieben Stunden treffen, und bis wir zu der Toilette kamen, lag ein weiterer Fußmarsch vor uns. Sollte ich heute doch etwas Geld zusammenbekommen, musste ich auf jeden Fall eine weitere Flasche besorgen, für die heißen Tage reichten zwei Stück nicht aus. Wie viel Geld benötigte ich überhaupt, damit ich den Sonntag irgendwie überstand? Um mir die Zeit zu vertreiben, begann ich gedanklich, verschiedene Lebensmittel auf ihre Haltbarkeit ohne Kühlung zu prüfen. Wurst, Käse, Joghurt und Butter fielen sofort weg, dafür erschien mir Toastbrot eine sehr günstige Wahl für eine große Menge Essen. Ungetoastet und trocken schmeckte es zwar schlichtweg eklig und verklebte einem den Mund, aber das musste ich wohl in Kauf nehmen. Alle Sachen, die man jedoch einfach auf die Scheiben legen konnte, eigneten sich wegen ihrer Verderblichkeit nicht. Marmelade gab es billig und ein Glas reichte sicherlich für eine Packung Brot. Allerdings benötigte ich zumindest ein Messer. Bekam man die eigentlich einzeln? Bis jetzt hatte ich immer Sets mit Essbesteck gekauft oder Gemüsemesser. Wobei sich so eines sicherlich nicht schlecht machen würde, dann konnte ich mal einen Apfel oder Ähnliches zerteilen, falls ich jemals wieder so etwas in die Finger bekam. Ob es die irgendwo billig gab? Bislang hatte ich meistens die besseren Keramikmesser gewählt, diese lagen jedoch definitiv außerhalb meines Budgets und meine eigenen, dank eines fehlenden Kaufbelegs, mit den Sachen meiner Eltern bei der Haushaltsauflösung. Falls es mir gelang, eines zu finden, dessen Preis unter zehn Euro lag, würde ich wohl mit circa zwölf Euro auskommen, obwohl die Ernährung sehr einseitig wurde. Blieb nur die Frage, wie ich das nötige Geld dafür zusammenbekam, denn selbst für diese vergleichsweise geringe Summe musste ich noch das Fünfzehnfache meines bisherigen Verdiensts einnehmen. Wie aber sollte das gelingen? Die Hälfte des Tages war mittlerweile verstrichen und ich bezweifelte, dass die Spendenbereitschaft der Leute nach einer ausgiebigen Shoppingtour stieg.

Seufzend ließ ich den Blick durch die Menge schweifen. Wer mich früh genug erblickte, machte gleich einen Bogen um mich, und die restlichen Menschen taten so, als wäre ich nicht mehr als eine Figur am Straßenrand. Es musste doch einen

Weg geben, wie man die Leute auf sich aufmerksam machte, ohne Gesetze zu brechen oder ihnen unangenehm auf die Pelle zu rücken. Vielleicht fiel Fabian heute Abend etwas ein, wie sich meine Einnahmen so weit erhöhen ließen, dass ich mir zumindest jeden Tag etwas zu essen leisten konnte. Womöglich machte ich auch schlicht einen Fehler, der mir nicht auffiel. Sah ich nicht kläglich genug aus oder zu jämmerlich? Betteln fiel definitiv unter die Sachen, die total einfach wirkten, wenn man nicht darauf angewiesen war.

Je länger ich nachdachte, desto mehr wurde mir bewusst, dass ich mein ganzes Leben in einer Seifenblase verbracht hatte. Was waren ein paar Gemeinheiten an der Schule, Akne und etwas Übergewicht als Teenager neben den Sorgen, mit denen sich die Freiluftbewohner, wie Fabian sie liebevoll nannte, herumschlagen mussten? Schon nach dieser kurzen Zeit bewunderte ich ihn dafür, dass er dieses Leben bereits seit Jahren meisterte. Ob ich das jemals nur halb so gut hinbekam? Vermutlich kam man irgendwann hinter die Kniffe, falls man nicht zuvor verhungerte oder erfror, was mir in meinem Fall gar nicht so unwahrscheinlich erschien. Talent für dieses Leben besaß ich offensichtlich keines und mein Selbsterhaltungstrieb schlummerte tief und fest.

»Entschuldigung?« Eine dunkle Stimme unterbrach mein Gedankenkarussell und mein Blick fiel auf zwei blankpolierte Schuhspitzen, die zu einem Paar Herrenschuhe gehörten. Vorsichtig sah ich auf und erspähte ein bärtiges Gesicht mit blauen Augen, das durch das haarige Gestrüpp in einem seltsamen Kontrast zu dem feinen Leinenanzug des Mannes stand.

»Entschuldigen Sie bitte, Sie kommen mir so bekannt vor. Kann es sein, dass ich Sie bereits im Fernsehen gesehen habe?«

Zögerlich nickte ich, blieb jedoch stumm, da mir keine Antwort einfallen wollte. Diese ungewohnte Höflichkeit brachte mich aus dem Konzept. Zwar hatte ich mit meinem Schild insgeheim auf bessere Einnahmen gehofft, dass mich jemand ansprechen würde, war allerdings nicht Teil des Plans gewesen.

»Haben Sie nicht bei dieser Modesendung mitgemacht? Ich kenne das Format kaum, aber meine Tochter hat es jede Woche geschaut und mir ist, als hätte ich Ihre pinken Haare schon mal gesehen.«

Beschämt sah ich auf den Boden. Offensichtlich funktionierte das Schild, allerdings hatte ich nicht geahnt, wie erniedrigend es war, tatsächlich auf die Show angesprochen zu werden.

Umständlich rappelte ich mich auf, um wenigstens nicht länger ein Gespräch führen zu müssen, bei dem mein Gegenüber auf mich herabsah.

»Ja, das stimmt. Ich habe an *Mailand, Paris und du* teilgenommen und die Show gewonnen. Leider verlief es im Nachhinein nicht ganz, wie ich es mir erhofft hatte. Jetzt mache ich eben das Beste aus meiner Situation, auch wenn noch einige Luft nach oben ist.« Ob meine Stimme die Worte nur halb so tapfer wiedergab, wie ich sie mir im Kopf zurechtgelegt hatte, vermochte ich nicht einzuschätzen, doch zumindest gab ich mir größte Mühe, nicht weinerlich zu klingen. Gar nicht so einfach, denn der nächste Heulkrampf versuchte, aus mir herauszubrechen, und meine Scham bestärkte ihn dabei.

Zum Glück schien der Mann nicht zu beabsichtigen, mir Vorträge zu diesem Thema zu halten oder mir zu sagen, wie dämlich es gewesen war, auf diese Branche zu setzen. Stattdessen blickte er genauer auf meine Zeichnung mit dem Hilfegesuch. »Dieses Kleid – davon hängt ein großes Poster im Zimmer meiner Tochter. Sie ist wie besessen von der Idee, auch einmal so schöne Mode zu entwerfen, und übt jeden Tag. Ich weiß, es ist eine ungewöhnliche Bitte, aber dürfte ich das Bild für sie erwerben? Oder steht Ihre Arbeit nicht zum Verkauf?«

Sein neugieriger Blick traf meine Augen, die sich jedoch schnell einen Fixpunkt auf dem Boden suchten. Mein Herz schlug wie verrückt und kam beinahe ins Stolpern vor Glück. Jemand wollte doch tatsächlich meinen Entwurf kaufen, obwohl er inzwischen mit einem dünnen Schmutzfilm überzogen und von der Schrift entstellt war.

»Verstehen Sie mich nicht falsch, junge Frau. Einerseits möchte ich ihr mit der Zeichnung natürlich eine Freude bereiten, andererseits werde ich ihr von Ihrem Schicksal erzählen, damit Lisa, trotz ihrer meines Erachtens nach vorhandenen Begabung, endlich aufhört, alles auf dieses eine Pferd zu setzen. Sicherlich haben Sie viel erreicht, aber das Schicksal scheint Ihnen bei all Ihrem Talent einfach nicht gewogen zu sein, aber für meine Tochter wünsche ich mir das nicht. Sie soll einen vernünftigen Abschluss machen, etwas Anständiges studieren und dann kann sie Design ja nebenbei als Hobby betreiben.«

In diesem Moment klang der Fremde genau wie meine Eltern. Mein Herz schnürte sich zusammen und der Platz in meiner Brust schien auf einmal nicht mehr zu reichen. Ich begriff viel zu spät, was ich schon lange hätte begreifen müssen. Genau so waren Eltern und sollten es auch sein. Sie machten sich Gedanken um ihre Kinder und wollten stets nur das Beste für sie, obwohl es ihrem Nachwuchs nicht so vorkam. Keine Mutter und kein Vater fand Gefallen daran, die Träume seiner Kinder zu zerstören, dennoch bestand ihre Aufgabe darin, für etwas Bodenständigkeit und Vernunft zu sorgen, selbst wenn es ihnen schwerfiel.

»Falls Sie das Bild nicht verkaufen möchten, sagen Sie es bitte. Ich verstehe durchaus, wie viele Erinnerungen an glücklichere Zeiten für Sie daran hängen, aber falls Sie sich trotzdem überwinden, es mir zu überlassen, soll es Ihr Schaden nicht sein. Die Zukunft meiner Tochter ist mir auf jeden Fall einiges wert.« In seiner Hand hielt er mit einem Mal eine Geldbörse, die so aussah, als befände sich genügend Geld für eine kostspielige Shoppingtour darin.

Bevor ich die Chance bekam zu antworten, zog er einen Schein daraus hervor und wedelte damit vor meiner Nase herum.

»Sind fünfzig Euro genug?«, verlangte er mit einer Stimme zu wissen, die mir sehr deutlich machte, dass er keine Ahnung von der Modebranche hatte und auch sonst niemand war, der sich allzu viele Gedanken über den Preis der Dinge machen musste.

Ungläubig starrte ich zunächst auf den hellbraunen Geldschein, dann auf den Mann. Zu einer anderen Zeit hätte ich wohl lauthals losgelacht, wenn man mir für meine Arbeit eine solch lächerliche Summe angeboten hätte, aber in meiner aktuellen Situation war es ein Haufen Geld, den ich dringend brauchte. Ganz offensichtlich missverstand der Fremde meine Überraschung, denn er zog seine Hand zurück und griff erneut in seine Brieftasche. Ein zusätzlicher blauer Schein kam zum Vorschein, den er mir nun zusammen mit dem Fünfziger entgegenstreckte.

»So besser?«

Hastig nickte ich und nahm das Geld an mich, bevor er noch auf die Idee kam, es sich anders zu überlegen. Während ich das Geld in meine Hosentasche schob, bückte ich mich eilig, um die Zeichnung vom Boden aufzuheben. Pustend entfernte ich den Staub, so gut es ging, und reichte ihm das etwas mitgenommene Papier. »Vielen Dank ... und alles Gute für Ihre Tochter«, stotterte ich mehr schlecht als recht zusammen, viel zu überwältigt von der gesamten Situation, um überhaupt klar denken zu können.

»Ich danke Ihnen. Einen schönen Tag noch und alles Gute auch für Sie«, erwiderte er mit einem falschen Lächeln.

Bevor ich irgendeine Antwort geben konnte, verschwand er bereits zwischen den herumwuselnden Menschen in der Menge. Unfähig einen einzigen klaren Gedanken zu fassen, starrte ich ihm perplex und ungläubig hinterher. Was war das bitte gerade geschehen?

31. Kapitel

Die nächste Stunde verbrachte ich damit, mich zu sortieren. Die ganze Angelegenheit erschien mir vollkommen surreal und so blätterte ich meine Zeichenmappe sicherlich zehnmal durch, um mich zu vergewissern, dass die Zeichnung wirklich nicht mehr da war.

Irgendwann begriff ich, dass ich den beschrifteten Zettel für die Passanten weggegeben hatte, und begann mich erneut durch meine Skizzen zu wühlen. Letztlich jedoch entschied ich mich dagegen, eine weitere zu beschmieren. Der Nachmittag schritt immer weiter voran und für den Augenblick besaß ich viel mehr Geld, als ich benötigte. Bestimmt könnte ich ein paar weitere Münzen einnehmen, aber allein bei der Vorstellung überfiel mich das schlechte Gewissen. Die Leute arbeiteten hart für ihr Geld und ich musste sie nicht ausnutzen, wenn ich bereits genug Geld besaß. Vielleicht ein absurder Gedanke, denn wer wusste schon, wie die nächsten Tage laufen würden, aber mir ging es besser damit.

Ob es wohl eine Möglichkeit gab, dass ich mit Bildern Geld verdiente? Als Straßenkünstlerin, deren Bilder man erwerben konnte? Ich nahm mir vor, Fabian später danach zu fragen. Der Gedanke gefiel mir. Sicherlich bekam man nie den Wert, den ein Kunstwerk tatsächlich besaß, allerdings gäbe ich den Menschen so etwas zurück. Allein die Idee, den Leuten nicht ohne Gegenleistung, das Geld aus den Taschen zu ziehen, fühlte sich für mich richtig an. Es wäre fast so etwas wie eine Arbeit, und sich für eine Leistung bezahlen zu lassen, war absolut in Ordnung. Womöglich ergab sich daraus die Chance, ein klein bisschen mehr zu verdienen, als ich unbedingt zum Überleben brauchte, und etwas Geld zu sparen – für eine Kaution oder zumindest ein billiges Zimmer. Es war das erste Mal, dass ich mich seit meinem Rauswurf bei Maria zuversichtlich fühlte. Nicht weil ich mir große Hoffnungen machte, dass dieser Plan, falls man ihn überhaupt so bezeichnen konnte, aufging, sondern weil ich endlich wieder das Gefühl hatte, ein wenig Kontrolle über mein Leben zurückzubekommen. Allzu viel durfte ich mir davon nicht versprechen, aber alles war besser, als nur von äußeren Umständen herumgeschubst zu werden und darauf zu warten, was als Nächstes geschah.

Fast übermütig sprang ich auf die Füße, räumte

die restlichen Münzen aus dem Becher in meine Hosentasche und verstaute ihn in meiner Tasche. Die Kirchturmuhr über mir hatte zwar erst sechsmal geschlagen und bis zum Treffen mit Fabian dauerte es noch fast eine geschlagene Stunde, doch mich hielt nichts mehr hier. Wenn mein Plan nicht von vornherein scheitern sollte, benötigte ich zumindest eine neue Grundausrüstung Zeichensachen. Ein paar Straßen weiter befand sich mein bisheriger Stammladen, der neben allerlei Bastelartikeln eine große Auswahl an Künstlerausstattung führte, allerdings zu gesalzenen Preisen. Mit ein wenig Glück fand ich womöglich trotzdem ein Schnäppchen oder eine billigere Marke in akzeptabler Qualität. Von meinen bisherigen Ansprüchen musste ich mich allerdings vorerst trennen. Für meine aktuellen Zwecke taten es bestimmt auch etwas dünneres Papier und Stifte mittlerer Qualität.

Beschwingt betrat ich bereits wenige Minuten später den Verkaufsraum und wurde eher verhalten begrüßt. Wirklich schade, wenn man bedachte, wie viel Geld ich in den letzten Monaten hier ausgegeben hatte. Selbst die Verkäuferin, mit der ich sonst bei jedem Treffen lange gefachsimpelt hatte, gab sich wenig Mühe, ihre gerümpfte Nase zu verbergen.

»Guten Tag, Frau Hofmeister. Was kann ich denn heute für Sie tun?«

Obwohl sie sich interessiert gab, entging es mir nicht, dass ihr Blick permanent unruhig durch den Laden huschte, immer auf der Hut, dass mein Geruch keine Kundschaft vergraulte. Schnell überschlug ich, wie viel ich von den fünfundsiebzig Euro entbehren konnte, ohne auf Lebensmittel und das Messer verzichten zu müssen. Dann gab ich eilig meine Bestellung auf, ehe die Verkäuferin es sich anders überlegte und mich aus dem Laden warf. Inzwischen kalkulierte ich diese Möglichkeit fast automatisch ein, darum versuchte ich gar nicht erst, auf eigene Faust durch den Laden zu stöbern. Für die Personen um mich herum schien meine pure Anwesenheit ohnehin Zumutung genug, nicht auszudenken, wenn ich auch noch etwas anfasste.

»Guten Tag, Frau Bering, heute stehen mir leider nur vierzig Euro zur Verfügung. Dafür brauche ich drei unterschiedlich harte Bleistifte, einen Radiergummi, einen Spitzer, Zeichenpapier in A4 und einen Satz Buntstifte. Bitte geben Sie mir die bestmögliche

Qualität, aber am Ende darf nichts fehlen.« Bevor ich über meine nächsten Worte nachdenken konnte, rutschten sie bereits der Bestellung hinterher und ließen einen faden Geschmack in meinem Mund zurück. »Entschuldigen Sie bitte, dass ich so ungepflegt in Ihrem Laden auftauche, meine Situation ist aktuell ein bisschen kompliziert. Ich habe jedoch vor, mit diesen Materialien etwas daran zu ändern.« Innerlich verfluchte ich mich selbst, denn das sollte ich nicht nötig haben. Ja, ich stank und das nicht gerade wenig, dennoch war ich zahlende Kundschaft. Hastig schob ich meine Hand in die Hosentasche, in der die Geldscheine steckten, und zog den Fünfziger heraus. Diesen hielt ich der Angestellten, die keine Anstalten machte, mir das Gewünschte zu holen, unter die Nase.

»Schauen Sie? Ich habe Geld. Jetzt verkaufen Sie mir bitte die Sachen. Sie kennen mich lange genug, um zu wissen, dass ich nie auch nur eine unbezahlte Paillette mitgenommen habe.« Für den fast flehenden Unterton in meiner Stimme hasste ich mich noch im selben Moment. Warum sollten die anderen mich wie einen gleichwertigen Menschen behandeln, wenn ich selbst nicht in der Lage war, mich als solchen zu sehen? Unbewusst würdigte ich mich schon wieder herab und agierte wie ein Bittsteller.

Mit einem schiefen Blick auf den Schein in meinen Fingern setzte die Verkäuferin sich langsam in Bewegung und verschwand im hinteren Teil des Ladens. Mir entging nicht, dass sie ihrer Kollegin an der Kasse ein Zeichen gab, damit diese mich im Auge behielt. Gerade diese kleine Geste schmerzte. Obwohl Maria uns immer ausreichend Material zur Verfügung gestellt hatte, hatte ich es mir nicht nehmen lassen, in diesem Laden nach dem gewissen Extra zu suchen. Besonderen Fäden, ausgefallenen Paillettenfarben oder extravaganten Bordüren. Auch meinen persönlichen Zeichenbedarf hatte ich auf eigene Kosten erstanden, da mir die Papierqualität und die Stiftmarken der Modezarin nicht zusagten. Niemals verließ ich den Laden, ohne eine dreistellige Summe auszugeben, und schon allein deshalb war ich ein gern gesehener Gast gewesen. Dass man mich heute nicht einmal unbeaufsichtigt warten ließ, tat am meisten weh, denn es hielt mir sehr deutlich vor Augen, wie schnell die Menschen ihre Meinung über einen änderten. Früher rezitierte meine Oma immer ein Sprichwort, welches besagte, dass Geld die Welt regierte. Damals hatte ich noch gelacht und behauptet, das sei überhaupt nicht möglich, doch jetzt wurde mir schmerzlich bewusst, wie recht es hatte.

Gott sei Dank kam in diesem Augenblick Frau Bering zurück, in der Hand einen Korb mit den Sachen, die ich benötigte. Viel länger hätte ich es wohl nicht mehr ertragen, von allen Seiten angestarrt zu werden, denn aus den Ladenecken heraus gaffte inzwischen auch die Kundschaft unverhohlen, als wäre ich ein bunter Hund.

»Frau Hofmeister, vielen Dank, dass Sie kurz gewartet haben«, kam die Floskel über die Lippen der Verkäuferin. »Ich musste ein wenig suchen, aber jetzt habe ich alles zusammen, was Sie haben wollten. Kommen Sie bitte direkt mit mir zur Kasse, dann zeige ich Ihnen alles.«

Eine durchaus höfliche Form, mich möglichst schnell abzufertigen und hinauszukomplimentieren, das musste ich ihr lassen. Da ich aber keinen gesteigerten Wert darauf legte, noch länger angeglotzt zu werden, folgte ich ihr und warf nur einen flüchtigen Blick auf das Material. Es schien vollständig zu sein und die Qualität lag zumindest über den billigen Farbstiften, die man in jedem Supermarkt kaufen konnte. Als die Kasse einen Betrag von achtunddreißig Euro anzeigte, war ich vollends zufrieden. Mit diesen Sachen ließ sich auf jeden Fall so viel anfangen, dass einem Laien die

Bilder hochwertig genug vorkamen, um sie zu erwerben, und ich dennoch die Kosten niedrig hielt. Was wollte ich mehr?

Nachdem ich gezahlt und das Wechselgeld in meinen Taschen verstaut hatte, verließ ich grüßend den Laden.

Auf ins Abenteuer Straßenkünstler, dachte ich und machte mich mit einem Lächeln auf den Weg, um Fabian zu treffen.

32. Kapitel

Beschwingt und voller Vorfreude kam ich am Treffpunkt an. Mein Ausflug in den Künstlerladen hatte nicht so lange gedauert wie geplant und so musste ich eine Weile auf Fabian warten. Meine Finger juckten gewaltig und am liebsten hätte ich direkt Papier und Stifte ausgepackt und losgezeichnet. Allerdings wusste ich gar nicht, was ich genau malen sollte. Kunst lag mir im Allgemeinen sehr gut, aber natürlich war ich in Modezeichnungen am besten. Nur kauften sich die Leute wirklich Bilder von Traumkleidern auf der Straße? Der Mann heute hatte gute Gründe dafür gehabt, obwohl es mir fast ein wenig leidtat, was er damit bezwecken wollte. Nicht weil ich ihm nicht recht gab, sondern weil es mir wehtat als Beispiel einer gescheiterten Existenz zu dienen. Seine Haltung jedoch konnte ich nachvollziehen und es war ein schöner Gedanke, dass er seiner Tochter ein Bild von ihrem Vorbild mitbrachte, um ihr gleichzeitig ins Gewissen zu reden. Ob es bei ihr gut ankam, konnte ich nicht einschätzen, womöglich erreichte er damit auch genau das Gegenteil. Was mich anging, wäre ich vielleicht zugänglicher gewesen und hätte nicht jedes mahnende Wort sofort in den Wind geschlagen, wenn meine Eltern etwas Ähnliches versucht hätten. Am meisten irritierte mich allerdings, dass seine Tochter mich zu ihrem Vorbild auserkoren hatte. Natürlich, nach meinem Sieg bei der Castingshow waren diverse Interviews mit mir in allen möglichen Mode- und Teeniemagazinen veröffentlicht worden und auch Fanpost kam immer wieder beim Sender an. All das hatte ich bislang für jugendliche Schwärmereien für einen momentan angesagten C-Promi gehalten, der in der nächsten Staffel durch einen anderen coolen Designer ersetzt wurde. Eben nichts Ernstes. Vielleicht hätte ich dem Vater anbieten sollen, dass er einmal mit Lisa vorbeikommen konnte und ich mich mit ihr in Ruhe unterhielt. Sicherlich wäre das Gespräch in seinem Sinn ausgefallen. Allerdings verstand ich, dass ihm das zu riskant war. Wer vertraute einer obdachlosen Fremden, ganz gleich ob sie einmal im TV gewesen war oder nicht? Was wäre wenn brachte niemanden weiter, besonders mich nicht. Die Gelegenheit, ihm ein solches Angebot zu machen, war verstrichen und ich sollte mich auf die Gegenwart konzentrieren.

Was könnte ich malen? Für Porträts nahm sich bestimmt niemand Zeit und Haustierzeichnungen nach Fotovorlage fielen auch aus. Entweder mussten die Leute lange warten oder es lief auf Vertrauensbasis. Nur wer gab schon einem Straßenkünstler das Geld im Voraus, wenn die Gefahr bestand, dass er einfach zusammenpackte? Umgekehrt konnte ich mir nicht leisten, darauf zu vertrauen, dass die Leute nach dem Shopping wiederkamen, denn im schlimmsten Fall verschwendete ich mein kostbares Material. Beide Möglichkeiten schieden also ebenfalls aus.

»Hey, träumst du?«, unterbrach Fabians Stimme meine Gedanken. Es war mir gar nicht aufgefallen, dass er inzwischen direkt vor mir stand und mich ansah. »Dein Tag muss ja prima gelaufen sein, wenn du schon shoppen warst«, stellte er fest und zeigte auf die Tüte mit dem Künstlerbedarf.

Ich nickte und sprudelte sofort los: »Ja, also nein. Das mit dem Betteln hat überhaupt nicht richtig geklappt. Irgendwie hat mir keiner etwas geben wollen. Vielleicht habe ich was falsch gemacht, aber ich habe ohnehin eine viel bessere Idee. Stell dir vor, ein Mann kam vorbei und hat das Bild, das ich als Schild verwendet habe, für seine Tochter gekauft.« Einen Moment zögerte ich. Wie würde Fabian wohl darauf reagieren, wenn er erfuhr, dass ich die Gewinnerin einer Castingshow war? Sollte ich es ihm wirklich sagen? Nein, entschied ich mich. Diesen Teil meines Lebens ließ ich lieber weg. Es reichte schon, wenn er irgendwann mitbekam, dass ich Designerin war. Vermutlich lachte er mich dann aus, denn so einen tiefen Absturz musste man auch erst einmal schaffen. Also übersprang ich die Gründe des Vaters und kam gleich zum Wesentlichen. »Auf jeden Fall habe ich mir gedacht, dass ich, statt zu betteln, einfach Bilder verkaufen könnte. Das wäre zumindest eine richtige Arbeit und die Leute müssen mir nichts schenken, sondern bekommen sogar eine Gegenleistung dafür. Was meinst du?«

Fabians Gesichtszüge verdüsterten sich merklich und seine Stimme wurde unerwartet hart. »Ich meine, dass wir heute noch eine Menge zu erledigen haben und wir uns erst mal darum kümmern sollten. Komm mit, am Museumsgraben gibt es einen kleinen Supermarkt, der uns Samstagabend kurz vor Ladenschluss immer ein bisschen was spendiert, statt es wegzuwerfen. Wir müssen uns beeilen. Wenn wir zu spät dran sind, haben es sich andere geholt.«

Damit setzte er sich in Bewegung und ich musste fast rennen, um mit ihm Schritt zu halten. Hatte ich etwas Falsches gesagt oder war der Zeitpunkt einfach ungünstig? Obwohl mich sein Verhalten ärgerte, bemühte ich mich, es mir nicht anmerken zu lassen. Sicherlich konnte ich nicht erwarten, dass er meine Begeisterung teilte, aber er hätte wenigstens irgendwas dazu sagen können. War das wirklich zu viel verlangt?

Schnaufend blieben wir an einem Laden stehen, in dessen Nähe sich bereits eine ganze Traube Obdachloser versammelt hatte, die auf etwas zu warten schien. Dabei achteten alle peinlich genau darauf, dass sie den Eingangsbereich und die Zugänge zu den umliegenden Läden freiließen. Es wirkte auf mich, als gäbe es ein ungeschriebenes Gesetz, dass man sich in einer gewissen Weise benehmen musste, um etwas zu erhalten. Ungeduldig trat ich von einem Bein auf das andere. Wir warteten ohnehin nur, konnte Fabian mir dann nicht wenigstens jetzt eine Antwort geben? Ich platzte fast vor Vorfreude und Tatendrang und er stand hier nur seelenruhig rum.

»Ähm ... Fabian ... wegen vorhin ...«, versuchte ich mein Glück noch einmal und wurde rüde unterbrochen.

»Himmel, Silke, ich habe begriffen, dass du dir irgendeine fixe Idee in den Kopf gesetzt hast, und dir damit tausend neue Sachen eingefallen sind, die ich dir erklären soll. Aber sag mal, hast du mir gestern nicht zugehört? Wir sind keine Freunde und du bist auch nicht mein Charityprojekt. Trotzdem werde ich dir die Sachen beibringen, aber erst wenn ich dafür Zeit habe und nicht einen Moment früher. Hast du das endlich verstanden? Es gibt im Augenblick wichtigere Dinge als deine Malerei und den Montag. Heute ist Samstag, wir brauchen Essen, falls du kein absolut beschissenes Wochenende haben willst, und das hier ist ein guter Anfang, der uns die paar Kröten spart, die wir zusammengebettelt haben. Wenn du nicht nur mit dir selbst beschäftigt wärst, hättest du mich mal gefragt, wie mein Tag gelaufen ist. Dann wüsstest du, dass ich ebenfalls nicht wirklich etwas verdient und dieses Essen hier dringend nötig habe.«

Der heftige Tonfall ließ mich zusammenzucken und unwillkürlich machte ich einen Schritt zurück. Das Lächeln entglitt mir und mein Mund klappte auf. Ich musste aussehen wie ein Fisch auf dem Trockenen, da ich immer wieder zum Sprechen ansetzte und am Ende doch keinen Ton hervorbrachte. All die Vorfreude über meinen Plan verpuffte schlagartig und zurückblieb nur tiefe Enttäuschung. Warum griff er mich so an? War meine Freude wirklich so egoistisch? Sicher, ich hätte ihn nach seinem Tag fragen sollen und ihn nicht gleich mit meiner Euphorie überrollen, aber rechtfertigte das gleich eine solche Reaktion? Einmal mehr begriff ich, dass es nicht nur eine hohle Phrase gewesen war, als er sagte, auf der Straße sei jeder für sich selbst verantwortlich.

Unschlüssig, wie ich mich verhalten sollte, blickte ich zu Boden und fuhr mit den Augen das Muster der Pflastersteine nach. Noch bevor ich entschieden hatte, ob eine Entschuldigung angebracht oder ich lieber eingeschnappt war, kam Bewegung in die Menge. Ich blickte auf und sah einen älteren Mann, der mit einer Kiste voller Obsttüten vor den Laden trat. Schon aus der Entfernung wurde mir klar, dass die Anzahl der Wartenden die der Tüten bei Weitem überstieg. Fabian war bereits auf halbem Weg zum Eingang, um sich in eine erstaunlich geordnete Schlange, die sich in Windeseile gebildet hatte, einzureihen. Schnell eilte ich ebenfalls in die Richtung, um einen der Beutel zu ergattern. Offensichtlich hatte der Ladeninhaber die Meute gut im Griff, denn niemand drängelte oder schubste. Es schienen ungeschriebene Regeln zu gelten, die niemand erklären musste, damit man sie begriff. Die Obdachlosen waren anscheinend so dankbar, dass ihnen überhaupt jemand eine solche Möglichkeit auf Essen gab, dass sie sich an alles hielten, was man von ihnen verlangte. Ein ganzes Stück vor mir bekam Fabian gerade eine Tüte ausgehändigt, die er sofort in seine Tasche steckte. Die anderen handelten genauso und die meisten verschwanden, kaum dass sie ihre Gaben erhalten hatten. Niemand schien so lange hierbleiben zu wollen, bis klar war, wer am Ende leer ausging.

»So die Herrschaften, das war es für heute, mehr habe ich nicht«, ertönte eine Männerstimme wenige Meter vor mir. »Wer einkaufen möchte, darf das gerne jetzt tun, wir lassen den Laden wie immer eine halbe Stunde länger geöffnet für euch. Nächsten Samstag bekommt ihr dann wieder ein paar Sonderrationen.«

Der Geschäftsinhaber klang bei seiner Ansage so professionell, dass sich die Schlange vor ihm ohne größere Unruhe auflöste. Ein paar Angetrunkene pöbelten und beschwerten sich, dass sie schon seit Wochen kein Glück mehr gehabt hatten, aber sonst schien es erstaunlich entspannt. Gemeinsam mit zwei Dutzend anderen drängte ich Richtung Ladentür. Selbst wenn ich bezahlen musste, etwas zu essen brauchte ich auf jeden Fall.

In der Getränkeabteilung nahm ich mir nur eine Flasche Wasser mit, während viele andere bei Bier und Schnaps hängen blieben. Bei den Haushaltswaren fand ich tatsächlich ein bezahlbares Messer, welches ich zusammen mit dem Getränk, einer Stange Toast und einem Glas Kirschmarmelade auf das Kassenband legte. Es war angenehm, der Verkäuferin einfach meinen Fünfer hinzuhalten und nicht wie gestern endlos lange Cents zusammenkratzen zu müssen. Sie schenkte mir nicht nur ein freundliches Lächeln, sondern packte auch ein paar Bonbons auf meinen Beleg. Mit einem guten Gefühl verließ ich den Laden und suchte Fabian, der ein Stückchen abseits wartete. Mal sehen, wie ich das mit ihm wieder geradebiegen konnte.

33. Kapitel

Die ersten Minuten verbrachten wir schweigend und Fabian hatte es seltsam eilig, von dem Supermarkt wegzukommen. Zuerst vermutete ich, dass er mich nur schnell loswerden wollte, aber dann fielen mir die neidischen Blicke der anderen Hilfsbedürftigen ein, als ich an der Kasse bezahlt hatte. Vermutlich war es ihm draußen ähnlich ergangen und es war vernünftiger, Abstand zwischen sie und uns zu bringen, denn mir war die handgreifliche Szene von heute Morgen noch zu gut im Kopf. Bei Menschen, die sich bereits wegen leergetrunkener Flaschen an die Gurgel gingen, mochte ich mir nicht vorstellen, was sie wohl taten, wenn es tatsächlich etwas zu holen gab. Ich musste mir dringend ein größeres Misstrauen gegenüber anderen Straßenbewohnern zulegen und durfte mich nicht länger darauf verlassen, dass Fabian mich immer vor Schaden bewahrte. Sich zu sehr von einem fast Fremden abhängig zu machen, konnte böse ins Auge gehen. Apropos gesundes Misstrauen: Wo befanden wir uns eigentlich gerade? Als ich mich das erste Mal richtig in meiner Umgebung umsah, stellte ich fest, dass wir irgendwo, aber nicht auf dem Weg zurück zum Schlafplatz, waren.

»Fabian? Wo willst du hin?«, fragte ich und ein Hauch von Panik ließ sich nicht aus meiner Stimme heraushalten.

»Containern«, lautete seine sehr einsilbige Antwort, aus der ich mir keinen Reim machen konnte.

»Und was ist das?«, hakte ich nach, konnte gleichzeitig jedoch nicht sagen, ob ich es wirklich wissen wollte. Irgendetwas hatte bereits bei diesem einen Wort in seiner Stimme gelegen, das mich an der Legalität der Sache zweifeln ließ.

»Das Shoppingcenter im alten Industriepark schmeißt jeden Tag Unmengen Lebensmittel weg. Die Restaurants haben immer viel zu viel und was am Abend nicht gegessen ist, kommt in den Müll. Der Discounter wirft Obst und Gemüse, das nicht mehr hübsch genug ist, ebenfalls in den Abfall und nach dem Schlussverkauf findet man übriggebliebene Kleidung aus den Modegeschäften. Das sind alles Dinge, die keiner vermisst, aber uns halten sie warm und machen uns satt. Darum gehe ich öfter containern, also die guten Sachen aus dem Müll sortieren und dann für meinen eigenen Bedarf verwenden. Die Kleidung verkaufe ich auch mal für schmales Geld oder tausche sie gegen anderes nützliches Zeug. Je nachdem, wie viel Brauchbares dabei ist, gibt das ab und zu ein richtiges Festmahl für alle. Vieles ist gerade bei diesem Wetter ohne Kühlung nicht haltbar und muss schnell verzehrt werden, das teile ich dann. Alles, was sich aufheben lässt, bleibt bei mir, damit ich mein Geld für Tage sparen kann, an denen die Zeit nicht ausreicht, um in die Stadt zu gehen.«

Erstaunt hatte ich der langen Ausführung gelauscht, die zu Beginn recht genervt klang. Mit der Zeit änderte sich Fabians Stimme allerdings und ging zu einem sachlichen Erklären über, bei dem er sich anscheinend wohlfühlte. Dennoch blieb er ganz bei sich. Er verwendete keine Floskel, die mich in irgendeiner Weise in dieses Handeln einschloss, und vermittelte mir so das Gefühl, dass er mich bei dieser Sache nicht wirklich dabeihaben wollte.

»Irgendwie klingt das eklig, die Sachen aus dem Müll zu nehmen«, meldete ich jedoch andere Zweifel an, denn ich hatte mittlerweile kapiert, dass Fabian mir früh genug sagen würde, wenn ich ihn störte. Das bewies seine Ansage heute Morgen sehr deutlich.

»Was soll daran eklig sein? Obst wird bereits wegen ein paar Druckstellen weggeworfen, Gemüse mit wenigen braunen Stellen. Der Rest landet im Container, sobald das Haltbarkeitsdatum abgelaufen ist, dabei ist es noch Tage, teilweise Wochen danach einwandfrei. Was nicht abgepackt ist, wasche ich auf der öffentlichen Toilette ab, der Rest hat eben eine schmutzige Verpackung. Natürlich ist das nichts für Feinschmecker, aber das ist in unserer Freiluft-WG ja zum Glück niemand.« Ein gereizter Tonfall lag in seiner Stimme. Offensichtlich hatte ich mit meiner Aussage einen wunden Punkt getroffen, der ihn gleich wieder wütend machte. Er mochte sicherlich richtig liegen, doch diese gesamte Lebensumstellung setzte mir zu. Im Freien schlafen, betteln, Müll aus Containern essen, dauernd nicht wissen, wie es weiterging. Die Situation machte mich fertig. So positiv ich versuchte, das Ganze anzugehen und das Beste aus meiner Lage herauszuholen, alles war einfach nur endlos kompliziert und ermüdend. Sollte jeder Tag nun so sein? Gab es überhaupt einen Weg aus dieser Misere oder waren meine Hoffnungen in die Zeichnerei und das Geld vom Arbeitsamt nur Hirngespinste? Am liebsten hätte ich Fabian gefragt, doch ich vermutete, dass er es nur abtun würde.

Das konnte ich ihm aber kaum verübeln, wenn ich bereits nach wenigen Tagen im Sommer das Jammern anfing, während er schon einige Jahre und damit auch etliche Winter klarkommen musste. Wenn ich seine Gunst nicht gänzlich verspielen wollte, musste ich wohl mal zuhören und anpacken, bislang hatte ich seine Unterstützung als viel zu selbstverständlich erachtet.

»Lass mich raten, wenn wir das Zeug aus dem Müll holen, ist das strafbar«, erkundigte ich mich, obwohl ich mir die Antwort denken konnte.

»Hausfriedensbruch, weil wir über den Zaun klettern, und Diebstahl, weil Müll so lange demjenigen gehört, der ihn reingeworfen hat, bis die Container offiziell geleert werden.« Abgeklärt und emotionslos zählte er die Straftaten auf, als wären sie ihm vollkommen egal. »Viele Läden haben Sicherheitsdienste oder Hunde, die ihre Container bewachen, denn der Abfall ist ihnen als Fehlinvestition immer noch mehr wert als unser voller Bauch.«

»Ernsthaft?«, rutschte es mir heraus, bevor ich es verhindern konnte, aber das alles hörte sich so falsch an. Man beschützte Müll und ließ Menschen verhungern? Es war verboten, sich Lebensmittel aus dem Müll zu holen, und fürs Betteln gab es superstrenge Auflagen. Gutes Essen an einem bestimmten

Datum hingegen einfach wegzuwerfen und Obdachlose hungern zu lassen, das war in Ordnung? Wann genau hatten die Gehirnzellen unserer Gesellschaft bitte kollektiv den Betrieb eingestellt?

»Ja, natürlich ernsthaft. Oder hältst du mich für einen Clown? Was ist nun? Kommst du mit oder möchte sich das Prinzesschen lieber nicht die Finger schmutzig machen? So eine Anzeige wäre ja auch wirklich das Schlimmste, was dir im Augenblick passieren könnte.« Seine Stimme triefte vor Spott und er sah mich herausfordernd an. »Also?«

Prinzesschen? Der hatte sie ja nicht mehr alle. Dem würde ich es zeigen. Prüfend blickte ich das schmiedeeiserne Tor vor mir an, beförderte meine Sachen auf die andere Seite und packte mit der Hand eine Metallstrebe. »Kann losgehen!«

34. Kapitel

Natürlich war ich nicht halb so cool, wie ich mich Fabian gegenüber gegeben hatte, und machte mir fast in die Hose vor Angst. Erst als wir unbehelligt an den Containern ankamen und im schwachen Licht der Dämmerung den Deckel aufschoben, verflog meine Furcht. Euphorie nahm stattdessen ihren Platz ein, denn was sich in den riesigen Abfallkästen befand, verschlug mir glatt die Sprache. Schon der erste Blick, der nur einen Bruchteil der Lebensmittel offenbarte, ließ mir das Wasser im Mund zusammenlaufen. Auf einmal begriff ich auch, wieso Fabian meine Frage vorhin so deplatziert empfunden hatte. Haufenweise Joghurtbecher verschiedenster Geschmackssorten lagen zwischen gekochten Nudeln, Tomaten, Weintrauben und Käsepackungen. Während ich völlig überwältigt in den Container starrte, zog sich Fabian mit geübten Handgriffen daran hoch und ließ sich vorsichtig auf einen Stapel Mülltüten im Inneren fallen.

»Mach deine Tasche auf, wir packen ein, was wir tragen können«, wies er mich an und zog ebenfalls seinen Rucksack von den Schultern. Schnell tat ich wie mir geheißen und holte außerdem die Papiertücher aus meiner Tasche, um die Sachen wenigstens kurz abzuwischen. Das allerdings gab ich schnell wieder auf, denn Fabian reichte mir die Lebensmittel in einer solchen Geschwindigkeit an, dass ich kaum hinterherkam. Neben den Sachen, die ich auf den ersten Blick gesehen hatte, landeten auch Brot, Wurst, geräucherter Fisch und Aufstrich in meinem Rucksack, der in kürzester Zeit zum Bersten gefüllt war. Was für ein herrliches Abendessen das abgeben würde. Voller Vorfreude hielt ich Fabian die Hand hin und half ihm aus dem Container, als plötzlich am anderen Ende des Hofes ein Flutlicht aufleuchtete.

»Verdammte Scheiße, der Wachdienst«, stieß Fabian aus und warf hektisch all seine Sachen über den Zaun, nur den Rucksack behielt er auf dem Rücken. »Los, beeil dich«, trieb er mich an und kletterte bereits über das Tor.

Wie gelähmt blickte ich über den Hof, auf dem inzwischen ein Wachmann aufgetaucht war und auf mich zurannte.

»Silke, mach jetzt, bevor er dich erwischt.« Fabians Geschrei riss mich aus meiner Starre und hastig zerrte ich mir die Umhängetasche vom Leib, die gleich darauf mit meiner Zeichenmappe auf der anderen Seite des Zauns landete. Hinter mir wurden die wütenden Schreie des Sicherheitsmannes rasend schnell lauter und lauter. Obwohl mich der Rucksack auf dem Hinweg nicht behindert hatte, so erschien er mir auf einmal nicht nur schwer, sondern unheimlich sperrig und im Weg. Kurz verhakte er sich an den Streben, welche die Oberkante des Tores bildeten, und fast wäre ich, beim Versuch mich zu befreien, abgestürzt. Nur Fabians schnellem Griff, der mich zurück gegen das Metall presste, verdankte ich es, dass ich am Ende den Abstieg ohne Schaden schaffte. Wir sammelten in Rekordzeit unsere Habseligkeiten auf und rannten, was unsere Beine hergaben, Hauptsache weg von dem Wachmann, der inzwischen fluchend das Tor aufschloss.

Meine Lunge brannte, und als ich mir schon sicher war, dass ich jeden Moment zusammenbrechen würde, blieb Fabian endlich stehen.

Auch er keuchte und rang nach Luft. Dennoch packte er mein Handgelenk und zog mich in eine winzige Seitenstraße, die ich im Schein der Straßenlaternen übersehen hatte. Am Ende der Gasse schob er an einer Hauswand ein paar Bretter zur Seite. Dahinter kam ein Loch zum Vorschein, durch das er sich hastig quetschte. Unschlüssig spähte ich abwechselnd in das Dunkel und über meine Schulter, um herauszufinden, ob uns der Wachmann weiterhin verfolgte.

»Los, komm rein«, drang Fabians Stimme ungeduldig aus dem Schwarz. »Hier hat er mich noch nie gefunden. Wir müssen einfach nur ein bisschen rumsitzen und warten. Es ist jedes Mal das Gleiche. Wenn er mich erwischt, bin ich schon weg, bis er überhaupt das Tor aufgeschlossen hat. Dann alarmiert er einen zweiten Kollegen, der fährt eine Weile die Gegend nach mir ab, findet mich nicht und zieht irgendwann Leine. Sobald er fort ist, können wir unbehelligt weitergehen.«

Allein der lapidare Klang dieser Worte versetzte mich in Rage. Er machte das öfter und hatte es nicht für nötig befunden, mich wenigstens vorzuwarnen, dass es einen Wachmann gab? Wutschnaubend schob ich mich durch das Loch und schlug die Hand, die Fabian mir entgegenstreckte, fort.

»Sag mal, tickst du noch richtig? Warum hast du mir nicht gesagt, dass es einen Wachmann gibt und du einen Fluchtplan hast? Ich bin fast gestorben vor Angst«, keifte ich in die Dunkelheit und kniff die Augen zusammen, in der Hoffnung irgendetwas zu erkennen. Fabians Antwort erklang schräg links von mir und ließ mich erschrocken zu ihm herumfahren.

»Ich sagte dir, es gibt Container, die bewacht werden. Damit hattest du alle Informationen, die du benötigt hast. Der Rest ist wachsam sein, sich immer eine Fluchtmöglichkeit offenhalten und schneller rennen als deine Verfolger. Glaubst du, ich habe die Verfolgungsjagd durchs Viertel gerne gemacht? Wenn du es jetzt nicht lernst, bist du innerhalb einer Woche entweder tot oder im Knast, sobald du auf dich allein gestellt bist. Möchtest du das?«

Die Gleichgültigkeit seiner Stimme machte mich rasend. Wir steckten doch nicht in einem Computerspiel, in dem man das Level von vorn spielen konnte, wenn man an einer Herausforderung scheiterte. Ein paar klarere Anweisungen schadeten im echten Leben definitiv nichts.

»Sag mal, hältst du das alles nur für einen dämlichen Spaß? Findest du es komisch, mich in Gefahr zu bringen und ...« Mitten im Satz blieben mir die Worte im Hals stecken, als die Erkenntnis ganz langsam meine Wut verdrängte und schließlich auflöste. Fabian sah das sicherlich nicht als Spiel, für ihn war es die tägliche Gefahr, das tägliche

Leben und für mich seit ein paar Tagen ebenfalls. Auch wenn ich mir alle Mühe gab, es nur als Zeiterscheinung zu sehen, die Gefahren waren echt, egal, ob ich ihnen eine Woche oder ein Leben lang ausgesetzt sein würde. Ich musste dringend aufhören so naiv und blauäugig zu sein, wenn ich ernsthaft eine Chance haben wollte, etwas zu verändern.

»Tut mir leid, ich habs kapiert«, sagte ich kleinlaut und starrte auf den Boden, den ich mehr erahnte, als sah.

»Muss es nicht«, antwortete Fabian, und obwohl ich sein Gesicht nicht erkennen konnte, klang es, als lächelte er. »Am Anfang waren wir alle so. Das Leben auf der Straße ist kompliziert und man hat wenig Zeit, die wichtigsten Dinge zu lernen. Wer zu lange braucht, verliert. Seine Freiheit, seinen Verstand, sein Leben. Aber bei dir habe ich ein gutes Gefühl. Du packst das schon.«

Meine Mundwinkel wanderten nach oben und bei seinen nächsten Worten zogen sie sich so hoch, dass sie um ein Haar meine Ohren berührten, auch wenn ich Fabians Meinung nicht teilte.

»Um deine Frage von heute Nachmittag zu beantworten: Es gibt Tageslizenzen für Künstler gegen kleines Geld. Fünf Euro oder so. Genau weiß ich es momentan nicht. Für die Woche billiger, allerdings im Voraus zu zahlen. Bekommt man jeden Tag im Stadtbüro, muss jedoch früh dran sein, sie geben nur eine begrenzte Zahl heraus. Aber versprich dir bloß nicht zu viel. Wenn es etwas gibt, das noch weniger einbringt als Betteln, ist es Straßenkunst.«

Es gab eine Möglichkeit. Endlich ein Lichtblick am Ende der rabenschwarzen Tunnels. Und dass ich damit Geld verdienen konnte, würde ich ihm, trotz seiner demotivierenden Worte, beweisen.

35. Kapitel

Die Uhr der letzten Haltestelle, die wir auf dem Rückweg passierten, zeigte schon fast Mitternacht. Wir hatten das Obst gewaschen und auch die Becher und Verpackungen mit angefeuchteten Tüchern abgewischt. Am liebsten hätte ich mich sofort über die Lebensmittel hergemacht, denn mein Magen hing mir bereits in den Kniekehlen. Trotzdem beschlossen wir, erst zurückzugehen. Samstagabend um diese Zeit befürchtete Fabian unangenehme Begegnungen mit Betrunkenen. In der Gruppe war es seiner Meinung nach sicherer für uns. Obwohl ich ihm ungern recht geben wollte und lieber zunächst gegessen hätte, wusste ich, dass es die falsche Entscheidung wäre.

Als in der Ferne endlich die kleinen Feuer unter der Brücke auftauchten, atmete ich erleichtert auf. Meine Füße brannten bei jedem Schritt und die Gurte des Rucksacks schnitten schmerzhaft in meine Schultern. In der Abrissbude hatten wir uns unterhalten, inzwischen trotteten wir jedoch nur noch schweigend nebeneinander her. Jeder war darauf fokussiert, die restlichen Meter irgendwie zu schaffen. Trotz allem hatte die Flucht vor dem Sicherheitsmann auch etwas Gutes, denn nach unserem Gespräch verstand ich Fabian nun so viel besser. Seine Geschichte, die er mir in der Wartezeit anvertraut hatte, schockierte mich. Er war ein junger Mann gewesen, der sich nicht mehr hatte zu Schulden kommen lassen, als schwul zu sein. Mit siebzehn hatte er sich geoutet und danach ging alles ganz schnell. Seine Freunde wandten sich von ihm ab und drückten ihm stattdessen Sprüche wie »Bleib weg von mir, mein Arsch bleibt Jungfrau« rein oder beschimpften ihn als »Missgeburt«, »Arschficker« oder »Pimmellutscher«. Seine Homosexualität verbreitete sich in dem kleinen Dorf, aus dem er kam, wie ein Lauffeuer. Zuerst wurde er gemieden, dann begannen die Vorurteile gegen seine Eltern. Die Kunden im Hofladen blieben weg, sein Vater wurde vom Stammtisch ausgeschlossen, die Mutter aus dem Kirchenvorstand geworfen. Ganz klassisch, wie man es aus schlechten Filmen kannte, von denen man immer behauptete, sie seien überzogen und so etwas gäbe es schon längst nicht mehr. Seine Eltern, die sein Outing zu Beginn halbwegs locker aufgenommen hatten, meinten, dass es Zeit sei, die

Notbremse zu ziehen, und setzten ihn einen Tag nach seinem achtzehnten Geburtstag vor die Tür. Von dem Hunderter, den sie ihm als Startkapital in die Hand gedrückt hatten, war er in die Stadt gefahren und seitdem hatte er sich auf der Straße durchgeschlagen. Fabian tat mir ehrlich leid, denn während ich mein Schicksal zumindest mit meinen Entscheidungen beeinflusst hatte, lebte er unter einer Brücke, weil er einfach nur er selbst war und dazu stand. Vor einer Woche hätte ich noch Stein und Bein geschworen, dass niemand in unserer Gesellschaft so behandelt wurde, aber inzwischen sah mein Bild von der Menschheit etwas anders aus. So verblendet und naiv wollte ich, selbst wenn mir die Rückkehr in ein besseres Leben gelingen sollte, nicht mehr durch die Welt laufen.

Wir hatten uns den Gestalten am Feuer so weit genähert, dass ich einzelne Gesichter ausmachen konnte. Angetrunken, laut singend und schunkelnd feierten die Männer. Was genau, das erschloss sich mir nicht.

»Was feiern sie?«, fragte ich bei Fabian nach. »Hat jemand Geburtstag?«

»Sie feiern das Leben. Nicht weil es so toll für sie lief, sondern dass sie einen weiteren Tag überlebt haben. Viele sind bereits so lange auf der Straße, dass sie keine anderen Gründe mehr zum Feiern haben. Die wenigsten haben eine Ahnung, welches Datum wir heute haben, und Geburtstag ist ein Tag wie jeder andere. Oft wissen sie nicht einmal, wann dieser Tag überhaupt ist. Wenn etwas über so lange Zeit keine Rolle spielt und permanent der Alkohol und die Drogen fließen, bleiben solche Informationen auf der Strecke.«

Ich schluckte hart. Was sollte man auf so eine Enthüllung sagen? Dass Menschen so tief fielen, dass sie ihren eigenen Geburtstag vergaßen, schien für mich unvorstellbar. Allerdings blieb mir auch keine Zeit, darüber nachzudenken, denn wir erreichten die Gruppe und Fabian stellte seinen Rucksack auf den Boden.

»Essen fassen, Jungs. Der Container vom Centerkauf war brechend voll. Wer möchte?«

So schnell konnte ich gar nicht schauen, da standen die Männer bereits im Kreis um uns herum, und während ich meinen Rucksack ebenfalls aufzurrte, begannen schon die Kabbeleien. Jeder wollte der Erste sein, das Beste bekommen. Sie rissen mir die Lebensmittel rascher aus den Händen, als ich sie auspacken konnte. Schon wenig später saßen die Kerle wieder ums Feuer, schoben sich zusammengerollten Käseaufschnitt in die Münder und leerten Joghurtbecher mit den bloßen Fingern. Genüssliches Schmatzen und Rülpsen erklang, die Laune hob sich, allerdings beschlich mich das dumpfe Gefühl, dass dies nicht unbedingt gut war. Die Schnapsflaschen kreisten immer schneller, ein Joint wanderte im Kreis und die Gesänge wurden zunehmend obszöner. Fragend sah ich zu Fabian, der mich jedoch nicht wahrnahm, da er in eine heftige Debatte mit einem anderen Kerl vertieft war. Es ging um das Essen, das Fabian sich für den nächsten Tag zurückbehalten hatte. Der andere versuchte mit allen Mitteln, eine Ration davon zu erhalten, aber Fabian blieb hart.

Mir reichte es jedenfalls. Ich warf einen Blick auf die restlichen Lebensmittel im Rucksack, packte meine Sachen zusammen und verzog mich auf die Wiese, auf der ich letzte Nacht bereits geschlafen hatte. Allein wirkte sie viel beängstigender, doch zurück zur Gruppe zu gehen, stand für mich nicht zur Diskussion. Betrunkene Menschen machten mir seit jeher Angst, und wenn sie sich zusätzlich in solchen Ausnahmesituationen befanden, riet mir mein Verstand erst recht, Vorsicht walten zu lassen.

Diesmal rollte ich meinen Schlafsack gleich aus und legte mich hinein. Während ich eine Mahlzeit aus Toast und Käse zu mir nahm, glitt mein Blick hinauf zu den Sternen. Endlich hatte ich die Möglichkeit, einmal für mich zu sein. Nachzudenken. Mit meinen Eltern Zwiesprache zu halten und mich zu entschuldigen. Zwei Sterne strahlten besonders hell und ich heftete meine Augen fest darauf.

»Mama, Papa«, murmelte ich und schon jetzt spürte ich feuchte Spuren auf meinen Wangen. »Es tut mir so leid. Ihr hattet mit allem recht. Die Castingshow und der Job bei Maria, alles war falsch. Ihr habt mich so oft gewarnt, so oft versucht, mir die Augen zu öffnen. Meine Träume waren einfach kurzsichtig und ich habe mich blenden lassen. Maria hat sich nur für meine Entwürfe interessiert, ich bin ihr total egal. Genau, wie ihr es gesagt habt. Aber ich wollte ja nicht auf euch hören. Wusste immer alles besser. Habe so lange auf euch eingeredet, bis ihr endlich nachgegeben habt und zu der blöden Fashionshow gefahren seid. Ich wollte euch unbedingt beweisen, wie toll ich bin, aber ich bin nicht toll und ihr habt meine Verblendung mit dem Leben bezahlt. Es tut mir alles so leid. So unendlich leid. Bitte, wenn ihr mich hört, bitte verzeiht mir. Bitte. Ich habe das alles nicht gewollt. Bitte, bitte, ...« Heftige Weinkrämpfe schüttelten mich. Meine Stimme versagte, nicht länger fähig unter den Schluchzern auch nur ein Wort herauszupressen. Druck baute sich in meiner Brust auf, raubte mir den Atem und quetschte mein Herz so fest zusammen, dass ich das Gefühl hatte, es könnte nicht länger weiterschlagen. Meine Atmung beschleunigte, ein Rauschen füllte meine Ohren und weiße Punkte tanzten vor meinen Augen. Nach Luft ringend und am ganzen Körper zitternd, ergab ich mich der Schwärze, die mich ergriff und unbarmherzig niederdrückte.

36. Kapitel

Bäume zogen an einem Fenster vorbei, wichen kleinen Häusern und schließlich riesigen Wohnkomplexen. Ein Radio spielte im Hintergrund Eric Claptons Tears in Heaven. Zwei Stimmen unterhielten sich im vorderen Teil des Wagens. Sie kamen mir bekannt vor, doch es dauerte eine Weile, bevor es mir gelang, den Kopf zu drehen. Mein Blick streifte zuerst einen männlichen Hinterkopf mit schwarzem Bürstenschnitt, dann fiel er auf eine kunstvolle blonde Hochsteckfrisur. Mama? Papa? Das konnte nicht sein. Ich wollte nichts mehr, als zu fragen, ob es ihnen gut ging und ihr Tod nur eine grausame Verwechslung gewesen war, aber kein Laut kam über meine Lippen. Ich war dazu verdammt, ein stiller Zuschauer in einer Szenerie zu sein, die mich innerlich schreien ließ. Träumte ich oder war ich bereits gestorben? Sagte man nicht, wenn man starb, empfingen einen die Liebsten im Jenseits? Bewegungsunfähig, wie ich war, konnte ich mich nicht einmal bemerkbar machen, sondern nur ihren Worten lauschen. Ob sie mich erkannten und mit mir gemeinsam eines der Häuser am Straßenrand bezogen?

»Meinst du, es war richtig, dass wir nie zu Silkes Shows gekommen sind? Waren wir zu hart zu ihr?«, fragte meine Mutter in diesem Moment und ihre Worte rührten mich zu Tränen. Ich hatte immer geglaubt, dass meine Eltern felsenfest von der Richtigkeit ihrer Handlungen überzeugt waren und niemals daran zweifelten.

»Ich weiß es nicht, Schatz. Wir wollten nur ihr Bestes und ich bin weiterhin der festen Überzeugung, dass diese Maria Predo genau das nicht ist. Welche andere Möglichkeit hätten wir denn gehabt, um einer Erwachsenen klarzumachen, dass sie sich verrennt?« Während Vaters Wortwahl kalt klang, tat es seine Stimme nicht. Sie zitterte leicht und Zweifel lagen darin.

»Wir haben ihr nie gesagt, wie stolz wir auf sie sind. Heute Abend wird es höchste Zeit, selbst wenn wir uns eine andere Karriere für sie gewünscht haben. Sie scheint sehr glücklich mit dem, was sie tut, und sogar diese Maria Predo hat sich trotz ihres Erfolges als weniger schlimm herausgestellt als befürchtet. Natürlich werden wir uns immer einen besseren Umgang für sie wünschen, aber am meisten wünsche ich mir, dass unsere Kleine glücklich ist.«

Ich sah Papa nicken. »Du hast recht, Liebling. Sie liebt ihr Leben und nur das zählt. Wir haben unser Lob für sie viel zu lange zurückgehalten, dabei hat sie es sich so sehr verdient. Erinnerst du dich noch an das graue

Mäuschen, das für eine Teenagerband Kleider designt und geschneidert hat, mit einer Hingabe, als dürfte sie Madonna ausstatten? Sie war so schüchtern, dass manche Lehrer am Elternabend nachsehen mussten, ob sie tatsächlich in ihrer Klasse ist. Niemals hätte ich gedacht, dass sie sich einmal traut, im TV aufzutreten.«

Eine Gänsehaut überzog mit einem Mal meinen Körper. Das dachten meine Eltern von mir? Sie waren stolz auf mich, auch wenn ich alles getan hatte, was sie nicht wollten? Ich konnte es kaum glauben. Heiße Freudentränen rannen über meine Wangen und ich weinte. Obwohl mir schmerzlich bewusst war, dass all das hier ein Traum sein musste, machte dieser mich unendlich glücklich.

Mit einem Mal wandten sich Mama und Papa synchron zur Rückbank um und blickten mir fest in die Augen. »Kleines, wir lieben dich. Vergiss das bitte nie. Egal, was passiert, egal, was du tust. Wir werden immer stolz auf dich sein und dich lieben. Du bist nicht verantwortlich für das, was gleich geschieht. Wach jetzt auf, Liebes, wach auf.«

Es wirkte wie eine Szene aus einem schlechten Horrorfilm, als sich ihre Köpfe simultan zurück nach vorn drehten und im gleichen Augenblick Scheinwerfer das Wageninnere in gleißendes Licht tauchten. Im nächsten Moment erschütterte ein mächtiger Aufprall unser

Auto, schleuderte es wie ein Spielzeug zur Seite und gegen eine Wand. Überall um mich herum Schreie. Schmerz, Panik und Schreck mischten sich und ergaben eine schaurige Kakophonie, die noch in meinen Ohren klingelte, als die Bilder längst verblasst waren.

Schlaftrunken rieb ich mir die Augen. Was für ein seltsamer Traum. Doch bevor ich dazu kam, weiter darüber nachzudenken, schrillten meine inneren Alarmglocken. Während die Sterne am Himmel und die Lichter der Stadt in der Ferne blinkten, durchbrachen Schreie die Ruhe der Nacht. Verwirrt richtete ich mich auf und sah mich suchend um. Die nächtliche Wiese lag friedlich vor mir, unter der Brücke allerdings herrschte Chaos. Neben dem heruntergebrannten Feuer erkannte ich im Dämmerlicht der glühenden Holzscheite ein riesiges Menschenknäuel. Im ersten Moment dachte ich, irgendetwas wäre passiert und die Männer wären einfach aufgeregt, dann jedoch entdeckte ich eine Gestalt vor ihnen auf dem Boden. Einige traten auf den Körper ein, zwei hatten sich direkt auf ihr Opfer gesetzt und verprügelten es mit Fäusten. Himmel, was geschah da?

Hektisch sah ich mich nach Fabian um, konnte ihn jedoch nirgends entdecken. Wo war er? Machte er bei dem Mist etwa mit? Am liebsten wäre ich hingerannt und hätte ihn gesucht, aber während mein Herz sich mit Pflichtgefühl und meiner vermeintlichen Schuldigkeit ihm gegenüber herumschlug, schalteten mein Körper und mein Verstand in den Fluchtmodus. Er war ganz sicher ebenfalls so schlau gewesen und hatte das Weite gesucht, wenn selbst ich von allein auf diese Idee kam. So schnell und leise ich es vermochte, schob ich mich aus meinem Schlafsack und warf ihn mir samt meiner restlichen Habseligkeiten über die Schulter. Ich musste weg hier, und zwar sofort. Die Lage war vollkommen außer Kontrolle und ich wollte lieber nicht herausfinden, was die tobende Meute als Nächstes vorhatte. Jede Faser meines Körpers spannte sich und schrie danach loszurennen, doch mein Kopf mahnte mich zur Vorsicht. Mit bedachten Schritten schlich ich in die entgegengesetzte Richtung über die Wiese, immer darauf achtend, dem Fußweg und damit den Laternen nicht zu nahe zu kommen.

Es erschien mir wie Ewigkeiten, bis die Stimmen langsam leiser wurden und schließlich gänzlich verstummten, aber ich traute der Ruhe nicht. Weiter und weiter floh ich durch die Nacht. Weg von der Brücke, weg von der Stadt, auf die blinkenden

Schornsteine des großen Industrieviertels zu, welches sich etwas abseits der Metropole zwischen einem Wäldchen und den erleuchteten Landebahnen des Flugplatzes erstreckte. Vielleicht gelang es mir, dort bis zum nächsten Morgen irgendwo unterzukriechen. Dann musste ich auf jeden Fall zurück und Fabian suchen. Ein flaues Gefühl machte sich bereits seit einiger Zeit in meiner Magengegend breit. Die Erinnerungen an seinen Streit mit dem Mann, der an seine Nahrungsrationen wollte, drängte sich immer wieder in meine Gedanken. Was, wenn er dort am Boden gelegen hatte? Ich hätte nicht kopflos davonlaufen dürfen, sondern ihn suchen sollen. Ihm durfte einfach nichts passiert sein. Nicht wegen ein paar Scheiben Brot und etwas Obst. So grausam konnte die Welt nicht sein, dass Menschen sich wegen so etwas Gewalt antaten, vor allem weil Fabian vorher mit allen geteilt hatte. Es musste etwas anderes passiert sein. Ein eskalierender Streit wegen Drogen oder Alkohol wie am Morgen, das wäre möglich, aber doch nicht wegen Essen. Nein, Fabian ging es sicher gut und er hatte sich rechtzeitig abgesetzt. Oder? Tausend Fragen schwirrten in meinem Kopf, Sorge um Fabian und um das Morgen drängten sich in meine Gedanken, malten teuflische Szenarien, jedes schlimmer als das vorherige.

Schließlich musste ich erschöpft stehen bleiben. Die Lichter lagen weiterhin in anscheinend gleicher Entfernung vor mir. Der Weg war zu weit, viel zu weit, um ihn in dieser Nacht zurückzulegen. Ein schneller Blick in alle Richtungen zeigte um mich herum nur Schwärze. Der Boden unter mir bestand aus Grasbüscheln, die bei jedem meiner Schritte raschelten. Wo auch immer ich mich gerade befand, es war eine Wiese und sie schien verlassen. Konnte ich es riskieren, meinen Schlafsack auszurollen und hier zu übernachten? Ich musste einfach. Der Weg zurück war keine Option und viel zu lang, ebenso wie der Weg zum Industriepark. Erschlagen richtete ich mein Nachtlager und versuchte, die Gedanken an Fabian beiseitezuschieben. Mit den Bildern aus meinem Traum vor Augen schlief ich schließlich vollkommen erschöpft ein.

37. Kapitel

Meine Nacht fand im Morgengrauen ein abruptes Ende, weil es neben mir urplötzlich blökte. Als ich die Augen aufschlug, starrten mich unzählige weiße wollige Gesichter an. Schafe? Erschrocken sprang ich auf die Beine, verhedderte mich dabei im Schlafsack und knallte der Länge nach zwischen einen wahren Dschungel aus Hufen. Hastig streifte ich meinen Bettersatz ab und rappelte mich erneut auf, bevor noch eines der Tiere auf die Idee kam, auf mir herumzutrampeln. Wo kamen die überhaupt her? Ich hatte doch gestern keinen Zaun überwunden und würde darauf schwören, dass mir eine Schafherde selbst in der Dunkelheit aufgefallen wäre. Verwirrt sammelte ich meine Sachen zusammen, da bereits der erste wollige Kopf neugierig an meinen Vorräten schnüffelte. Dann glitt mein Blick über die Tiere, die sich schier endlos in alle Richtungen ausbreiteten. Wie sollte ich hier nur herauskommen? So friedlich die weißen Flauschtiere auch aussahen, allein ihre enorme Anzahl jagte mir einen Heidenrespekt ein.

Ein unterdrücktes Lachen ließ meine Augen schließlich zum Rand der Wiese schnellen, an dem ein junger Schäfer stand und sich offensichtlich köstlich über mich amüsierte. Sein Hund lag neben ihm und ließ sich von der ganzen Szenerie nicht beeindrucken. Den Kopf auf den Pfoten hielt er ein Schläfchen.

Übelgelaunt über so viel Unverschämtheit auf einmal, fauchte ich: »Hast du dich fertig amüsiert? Wenn es dir nichts ausmacht, hol mich gefälligst hier raus. Wie bescheuert kann man eigentlich sein, eine Herde Schafe um einen schlafenden Menschen zu treiben. Hast du sie noch alle?«

Das Gelächter wurde lauter und der Schäfer hielt sich bereits den Bauch. Glucksende Laute kamen aus seinem Mund, ehe er sich etwas fing. »Die tun nichts, wenn du sie nicht reizt, und das schafft man bei einem Schaf alles andere als leicht. Im schlimmsten Fall hätten sie sich eben neben dich gelegt und mit dir gekuschelt. Komm rüber zu mir. Du kannst dich einfach durchquetschen, die gehen schon zur Seite.«

Skeptisch musterte ich die weißen Tiere, die sicherlich sehr ruhig und gemütlich aussahen, mir aber trotz seiner Worte nicht so recht geheuer waren. Vorsichtig setzte ich einen Fuß vor den anderen, suchte nach den größten Lücken und hielt, wann immer ich mich durch eine enge Stelle quetschen musste, die Luft an.

Wenige Minuten später hatte ich es tatsächlich geschafft und stand vollkommen verschwitzt und abgekämpft neben dem Schäfer, der mich breit angrinste.

»Tut mir leid, du hast so fest geschlafen, dir ist weder aufgefallen, wie ich die Herde auf die Weide getrieben habe, noch dass Leika dich angeschnuppert hat. Da habe ich dich eben schlafen lassen und mir gedacht, dass du schon noch irgendwann aufwachen wirst.«

Bei so viel Überheblichkeit konnte ich nur den Kopf schütteln. Hatte ich all das wirklich verschlafen? Immerhin gab es auch jetzt keinen Zaun, der mir sagte, dass die Schafe nicht doch da gewesen waren. Letztlich war es egal. Dieses arrogante Getue ging mir absolut auf die Nerven. »Sag mal, ist dein Leben so scheiße, dass du nichts Besseres zu tun hast, als Fremde zu verarschen?«, giftete ich ihn an und stopfte meinen Schlafsack zurück in den Aufbewahrungsbeutel. »Glaubst du, ich habe nicht genug Probleme, ohne dass sich irgendwelche dämlichen Typen über mich lustig machen?« Wütend funkelte ich ihn an. Was glaubte er eigentlich, wer er war?

Meine Worte wischten dem Schäfer das Lachen aus dem Gesicht und er sah etwas beschämt zu Boden. »Ich wollte dich nicht kränken. Du hast so friedlich geschlafen, dass ich es nicht übers Herz gebracht habe, dich einfach zu wecken. Aber ich habe die ganze Zeit aufgepasst, dass dir nichts passiert. Frauen verirren sich selten auf meine Weide, egal aus welchen Gründen«, rechtfertigte er sich hastig und setzte dabei einen solch traurigen Dackelblick auf, dass ich ihm nicht länger böse sein konnte.

»Schon recht. Ist ja alles gut gegangen. Ich hau dann mal ab.« Bereits im Begriff, meine Taschen umzuhängen, hielt mich eine Hand am Arm fest.

»Warte mal. Möchtest du auf den Schreck einen Kaffee und Brötchen? Wäre das eine angemessene Entschuldigung für so viel Ärger direkt nach dem Aufwachen?«

Mit großen Augen sah ich ihn an. Bot er mir gerade ernsthaft etwas zu essen an und wollte mit mir frühstücken? Nein, ich musste mich sicher verhört haben.

»Ach komm, jetzt schau nicht so. Du hast bestimmt Hunger und siehst nicht aus, als könntest du dir einfach ein leckeres Frühstück kaufen gehen. Ich habe eh mal wieder viel zu viel, meine Mutter hat mir in aller Frühe eine so große Ration vorbeigebracht, als müsste ich eine ganze Woche fernab von jeglicher Zivilisation überleben, dabei kann man sich hier sogar Pizza an die Weide liefern lassen.«

Vielleicht war ich überreizt, vielleicht war die Sache einfach so banal, dass sie mir bei all den Problemen der letzten Tage vollkommen bescheuert vorkam, aber woran es auch lag, ich begann unkontrolliert zu kichern. »Ehrlich? Pizza frei Wiese? Das glaubst du doch selbst nicht.«

»Kein Scherz. Wenn es nicht gerade erst sieben Uhr morgens wäre, würde ich dir beweisen, dass es geht. Ich fürchte nur, um die Zeit finden wir keinen geöffneten Lieferdienst.«

»Na, das kommt dir natürlich sehr entgegen«, stichelte ich zum Spaß und merkte, dass ich das erste Mal seit Tagen wieder so etwas wie Leichtigkeit verspürte. Selbst meine Sorgen um Fabian verblassten für den Moment. »Wie ist das jetzt mit dem Kaffee? Steht das Angebot noch oder wolltest du mir nur den Mund wässrig machen?«

»Selbstverständlich steht es. Setz dich hin, dann kümmere ich mich um unser Frühstück.«

38. Kapitel

Gerd, wie sich der Schäfer vorgestellt hatte, schien wirklich ein feiner Kerl zu sein. Nicht nur, dass er seinen Kaffee und sein Frühstück mit mir teilte, er behandelte mich auch wie einen ganz normalen Menschen. Wir unterhielten uns bereits seit einiger Zeit und je mehr er von sich erzählte, desto mehr begriff ich, warum er so nett zu mir war. Seine Arbeit machte ihn zu einem sehr einsamen Menschen. Ähnlich wie mein Job bei Maria füllte seine Tätigkeit nahezu den Tag aus, doch ich hatte wenigstens Kollegen gehabt, ihm blieb nur Leika. Ein trauriges Fazit für einen jungen Mann, der sich nichts mehr wünschte als eine Freundin und eine eigene Familie.

War das die Welt, in der wir heute lebten? Eine Welt, in der niemand mehr Zeit für seine Liebsten, eine Beziehung und Glücklichsein hat? Eine Welt, in der wir krank auf Arbeit gingen, viel zu viele Überstunden schoben, die uns keiner dankte, und das alles nur, um einen Job nicht zu verlieren, der uns langsam auffraß.

Nachdenklich öffnete ich meine Zeichenmappe, zog einen Bleistift aus meiner Tasche und malte drauflos. Viel konnte ich für Gerd nicht tun, niemand außer ihm selbst vermochte das, aber ich hatte eine Idee.

Während er mir von seinen Zielen erzählte, seinen Wünschen und Träumen, nahm die Zeichnung Gestalt an. Schließlich legte ich den Stift zur Seite und betrachtete mein Werk zufrieden, ehe ich es dem Schäfer reichte, vor dem ich es bislang abgeschirmt hatte.

Gerd starrte fassungslos zwischen dem Blatt und mir hin und her, unfähig etwas zu sagen.

Ein kleines Lächeln stahl sich auf meine Lippen. Manchmal war es so einfach, Menschen glücklich zu machen, dabei hatte ich nichts weiter getan, als die Träume zu zeichnen, die er mir aufgezählt hatte. Ihn selbst in einem schicken Smoking mit seiner Braut am Arm. Zwei kleine Kinder, ein Mädchen und ein Junge, die um das Paar herumliefen und Blumen streuten. Im Hintergrund ein kleines Häuschen, Leika und ein Traktor, weil er so viel lieber Bauer sein wollte. Eine Träne glitzerte in seinem Augenwinkel, die er mit einem heftigen Blinzeln zurückdrängte.

»Wenn du das malst, sieht das alles so einfach aus und dabei ist es so schwer. Vielen Dank für das Bild.

Ich werde es mir rahmen lassen, damit ich meine Träume nicht aus den Augen verliere. Vielleicht traue ich mich ja eines Tages doch, sie zu verwirklichen.«

Ehe ich mich versah, schloss er mich in eine kräftige Umarmung und drückte mich an sich. Es tat so gut, dass er mich als die Silke sah, die ich war, und nicht als stinkendes Subjekt, das ohne jeglichen Nutzen existierte. Für einen Augenblick ließ ich ihn gewähren, aber dann schoss mir Fabian durch den Kopf, der mich auch umarmt hatte, der mich aufgebaut hatte. Wie ging es ihm? Ich hatte schon vor Stunden nach ihm sehen wollen, aber stattdessen hatte ich mich von Gerd ablenken lassen. Schnell löste ich mich aus seinen Armen und schnappte mir meine Taschen.

»Danke für das leckere Frühstück und die tolle Unterhaltung. Für mich ist es höchste Zeit zu gehen, ich hab noch eine Verabredung«, ratterte ich etwas dahin, das sich als mehr oder weniger richtig und halbwegs zusammenhängend erwies.

Ehe Gerd überhaupt Zeit hatte zu protestieren, stand ich bereits vollbepackt vor ihm. »Tschüss, es tat gut, dich kennenzulernen.« Die Hand auf Schulterhöhe gehoben für ein kurzes Winken, wandte ich mich Richtung Stadt und machte mich auf den Weg. Hinter mir hörte ich Gerd einige verwunderte

Abschiedsworte rufen, doch ich hastete weiter. Viel zu lange hatte ich mich nicht für Fabian interessiert, das musste ich dringend wiedergutmachen. Hoffentlich war ihm nicht doch etwas passiert. Während ich, so zügig ich bei dieser Hitze und dem Gewicht meiner Taschen konnte, zur Brücke eilte, kam mir zumindest in einer Hinsicht die Erleuchtung. Ich wollte Träume malen. Vielleicht mit den Leuten reden, vielleicht auch einfach nur den Träumen, die vorbeiliefen, ein Gesicht verleihen. So in Gedanken vertieft drehte ich mich um. In der Ferne stand Gerd und betrachtete noch immer meine Zeichnung. Als Kind hatte ich gelacht, wenn mir jemand erzählte, dass Träume große Kraft besaßen, aber seit ich die Castingshow gewonnen hatte, wusste ich, dass ich falsch gelegen hatte. Nur der Traum von einem Sieg und dem Vertrag mit Maria hatte mich bei der Stange gehalten, mich Unmenschliches schaffen lassen und mir die nötige Energie gegeben durchzuhalten, wenn längst alle Kraftreserven aufgebraucht waren. Wer Träume visualisierte, der verlieh ihnen eine unglaubliche Macht. So viel, dass sie unser Selbst verändern konnten, unsere Welten verschieben und unser ganzes Leben auf den Kopf stellten. Man musste sich nur trauen, sie zu träumen, und genau dazu wollte ich die Leute ermuntern.

39. Kapitel

Die Strecke zurück zur Brücke erschien mir endlos. Ich konnte mich nicht daran erinnern, heute Nacht so weit gelaufen zu sein. Dennoch wurden meine Schritte nicht kürzer, denn der Drang zu wissen, was mit Fabian war, trieb mich voran. Bevor ich mich vor Sorge um ihn allerdings verrückt machte, nutzte ich die Zeit, um meine Gedanken etwas zu ordnen. Nachdem ich mich so intensiv mit Gerds Träumen und meiner zeichnerischen Zukunft beschäftigt hatte, drängte sich der Traum von meinen Eltern erneut in mein Gedächtnis. Wie oft hatte ich nach dem Unfall mit Gott gehadert, ihn um Gnade angefleht und meine Eltern um Verzeihung gebeten. Nie war mein Flehen erhört worden, stattdessen hatte Gott mich bestraft und mir das Dach über dem Kopf genommen. Doch der Traum heute Nacht konnte kein Zufall gewesen sein. Ich kannte weder den Unfallhergang noch wäre mir je im Leben eingefallen, dass meine Eltern ein solches Gespräch über mich führten. Für mich hatte seit Jahren festgestanden, dass ich ihre große Enttäuschung darstellte und sie all das hassten, wofür ich lebte. Vielleicht lagen die Dinge ein wenig anders? Aber es war auch nur ein Traum, ein Gedankenkonstrukt eines völlig übermüdeten Gehirns, das tagelangen Ausnahmesituationen ausgesetzt war. Konnte ich der Sache vertrauen? In der Bibel sprach Gott zu so vielen Leuten im Traum und sandte ihnen Botschaften, aber zu mir? Da erschien es mir logischer, dass mein Kopf irgendwelche Erinnerungen mit Wünschen und Filmpassagen vermischte, um diesen Traum zu erschaffen. Andererseits hieß es in der Bibel nicht immer, dass die Wege des Herrn unergründlich seien? Es fiel mir so leicht zu akzeptieren, dass meine Obdachlosigkeit Gottes Strafe für Mamas und Papas sinnlosen Tod darstellte, gleichzeitig jedoch wollte ich diesen Traum nicht als göttliches Zeichen sehen. Was sagte das über mich aus? Über meinen Glauben? Natürlich, ich war nur ein kleines Lichtlein unter all den Milliarden Menschen, aber hieß es nicht, der Herr sei wie ein guter Hirte, der jedes seiner Schafe im Auge hatte, auch wenn man es selbst gar nicht mitbekam? Zumindest so ähnlich, daran glaubte ich mich jedenfalls aus dem Religionsunterricht in der Schule zu erinnern. Galten diese Aussagen überhaupt für Leute, die nicht klassisch religiös waren? Meine Konfirmation hatte den letzten Besuch in einer Kirche dargestellt, selbst Weihnachten und Ostern ließ ich die Gottesdienste aus. Gebetet hatte ich wohl ebenso lange nicht mehr und es erst wieder nach dem Unfall begonnen. Wenn mich jemand gefragt hatte, hatte ich immer überzeugt geantwortet, dass ich nicht an Gott glaubte, aber im Neuen Testament viel Potential sah, wenn es darum ging, uns allen ein besseres Miteinander beizubringen. Vergebung, Nächstenliebe und Gleichstellung aller Menschen waren Themen, die in jeder Religion, die man nicht durch fanatische Darstellung an ihre Abgründe gebracht hatte, eine zentrale Rolle spielten. Schloss man die wenigen Fanatiker einmal aus, ergab sich ein durchaus akzeptables Gebilde an Menschlichkeit. Würden es sich die Leute nicht nur im Gottesdienst, sondern auch im echten Leben etwas mehr zu Herzen nehmen, ließe sich daraus ein absolut großartiger Leitfaden für den Umgang mit Menschen entwickeln. Mir selbst war es immer wichtig gewesen, so zu leben, wie ich dachte, dass es gut für mein Umfeld sein könnte. Ob das nun einem Gott gefiel beziehungsweise es diesen überhaupt gab oder nicht, spielte für mich dabei keine Rolle. Erst jetzt, nachdem mich anscheinend alle Welt verlassen hatte, wandte ich mich an Gott. Gab die

Verantwortung für mein Schicksal ein Stück weit ab, legte sie ihm als Last auf die Schultern, um selbst von der Schuld nicht vollends niedergedrückt zu werden. Ich akzeptierte seine Existenz und Anwesenheit als Sündenbock klaglos und verfluchte ihn innerlich mindestens genauso oft, wie ich ihn um Hilfe bat. Durfte ich das? Durfte ich ihn jetzt um Hilfe bitten, nachdem ich mich so lange nicht für ihn interessiert hatte? Vielleicht war der Traum seine Antwort gewesen, die mir zeigen sollte, dass er gerade in schweren Zeiten für seine Schafe sorgte. Vielleicht war er auch nur ein Hirngespinst, doch welche Rolle spielte das? War es wichtig, woher es kam? Ging es nicht vielmehr darum, was ich fühlte? Mama und Papa liebten mich, das wusste ich und daran hatte ich trotz all unserer Streitigkeiten nie gezweifelt. Achtundzwanzig Jahre als ihre Tochter sollten genügen, um sich dessen sicher zu sein, ebenso der Tatsache, dass dieses Gespräch genau auf diese Weise zwischen ihnen stattgefunden haben könnte. Sie hatten sich immer die größte Mühe gegeben, gute Eltern zu sein, selbst wenn sie mir deshalb auch manchmal Dinge verboten. Wenn es um die wirklich wichtigen Sachen in meinem Leben ging, dann hatten sie mich unterstützt, wie sehr, das fiel mir erst jetzt wie Schuppen von den

Augen. Obwohl sie von meiner Studienwahl nicht begeistert gewesen waren, hatten sie mich zu den Aufnahmeprüfungen und der Einschreibung gefahren und mir beim Einzug in meine Studentenbude geholfen. Selbst wenn sie nie bei einer der Castingshows im Publikum gesessen hatten, so gingen sie vor jeder Sendung mit mir zum Essen, lachten und scherzten mit mir, sodass ich abgelenkt wurde und nicht vor lauter Lampenfieber total in Panik geriet. Natürlich waren sie auch nicht zu den Events gekommen, die ich mit Maria Predo absolviert hatte, doch als ich jetzt genauer darüber nachdachte, fiel mir auf, dass Mama sich Bilder von allen Kleidern und Entwürfen hatte schicken lassen, die ich irgendwo auf der Welt präsentierte. Ich musste schmunzeln bei der Vorstellung, dass sie vielleicht sogar mit ihren Freundinnen zusammengesessen und in den neuesten Klatschmagazinen geblättert hatte, nur um ihnen bei jedem meiner Kleider unter die Nase zu reiben, dass es von ihrer Tochter war. Womöglich war der Unfall nur eine grausame Laune der Natur, um mir zu zeigen, dass ich die Zeit mit meinen Eltern für etwas viel zu Unbedeutendes verschwendet hatte und mein Leben anders ausrichten sollte. Ich würde es niemals herausfinden. Was ich jedoch wusste, weil der Traum es mir so überdeutlich vor Augen geführt hatte, war, dass ich meine Eltern unendlich liebte und sie mich. Daran änderte sich auch nichts, nur weil sie jetzt als Sterne in der Endlosigkeit des Weltalls weiterlebten. Sicher wachten sie über mich und gaben ihr Bestes, um mich spüren zu lassen, dass sie mir keine Vorwürfe machten. Ein warmes Gefühl von Geborgenheit breitete sich in meinem Herzen aus und flutete von dort den Rest meines Körpers. Kaum länger als einen Wimpernschlag dauerte es, bis es sich wieder auflöste und mich allein mit der Gewissheit zurückließ, dass es ein harter Weg der Trauer werden würde, aber ich mir selbst meine Schuld verzeihen musste. Mama und Papa taten es auch.

40. Kapitel

In der Ferne kam die Brücke in Sicht, und obwohl ich nach meinen Erkenntnissen fröhlicher sein sollte, machte sich das ungute Gefühl wieder in meinem Magen breit. Je näher ich kam, desto sicherer war ich mir, dass irgendetwas nicht stimmte. Noch konnte ich nicht sagen, was mich genau störte, aber ich musste es herausfinden. Am liebsten wäre ich losgestürmt, nur um endlich zu wissen, ob es Fabian gut ging, doch ich rief mich zur Vernunft. Solange ich nicht wusste, wie die aktuelle Lage dort war, galt es vorsichtig zu sein.

Elendig langsam und zugleich voller Ungeduld lief ich über die Wiese auf die Brückenpfeiler zu. Jetzt begriff ich auch, was mich die ganze Zeit irritiert hatte. Die Gruppe, die ich suchte, schien verschwunden. Die Feuerstelle, an der sie abends gesessen hatten, war vollständig erloschen und nur ein Haufen Joghurtbecher, Zigarettenschachteln und Schnapsflaschen erinnerte an ihren Aufenthalt. Suchend blickte ich mich um. Die anderen Gruppen wirkten ebenfalls kleiner und eine seltsame Stimmung lag in der Luft. Zumindest saß Linda wieder bei einigen Frauen und starrte in die Glut ihres Lagerfeuers. Schlief sie, war sie betrunken oder einfach nur high? Egal, was am Ende zutraf, ich musste versuchen herauszufinden, wo Fabian und die Männer steckten.

»Linda«, sprach ich sie wenige Minuten später an, als ich direkt vor ihr stand. Allein die Tatsache, dass sie nicht bereits weit vorher auf mich zugeschossen kam und nach Essen bettelte oder mich verjagen wollte, erschien mir sehr seltsam. »Weißt du, wo Fabian ist?«, fragte ich, nachdem sie auf meine erste Ansprache nicht reagierte.

In dem Moment, als Fabians Name fiel, sprang sie wie von der Tarantel gestochen auf und sah mich aus trüben Augen an. Auf einmal schnellte ihr Arm nach vorn und umklammerte meinen Unterarm mit einer Kraft, die ich dem ausgezehrten Körper niemals zugetraut hätte. »Verflucht, du traust dich noch her? Du bist an allem schuld, einfach an allem«, schrie sie mir ins Gesicht und mir schwante Übles.

»Woran bin ich schuld?«, presste ich hervor.

»Wegen dir haben sie ihn zusammengeschlagen. Weil er um jeden Preis den Helden spielen musste. Er wollte dir so unbedingt beweisen, dass er jemand

Besonderes ist, dass er darüber vergessen hat, dir zu sagen, dass er trotzdem nur ein kleines Licht neben Gunther und Eugen ist. Kaum hast du dich auf die Wiese verpisst, hat er zwar sein Essen rausgegeben, aber er wollte auf Biegen und Brechen verhindern, dass sie sich deine Taschen genauer anschauen.«

Der Griff um meinen Arm wurde fester und fester, Fingernägel krallten sich selbst durch den Stoff meiner Teddyjacke in mein Fleisch. Lindas Stimme überschlug sich beinahe, sie zitterte und schien kurz vor einem Kreislaufkollaps zu stehen. Ich war dennoch nicht in der Lage, ihren Zustand mehr als beiläufig zu erfassen, denn meinem Kopf gelang es nicht länger, all die Informationen zu sortieren und zu verarbeiten. Wie betäubt starrte ich Linda an, aus der immer weitere Worte heraussprudelten.

»Fabian hat aufbegehrt und sich ihnen in den Weg gestellt, aber niemand stellt sich gegen die beiden. Zumindest niemand, der an seinem Leben hängt.«

An seinem Leben hängt? Hieß das ... »Fabian ist tot?«, stieß ich hervor und spürte, wie mein Magen sich verkrampfte. Mir wurde speiübel, ich würgte und musste mit aller Gewalt gegen den Drang ankämpfen, mich zu übergeben.

»Ich weiß es nicht.« Lindas Stimme klang, als würde sie jeden Moment losweinen. »Dass sie ihn zusammengetreten haben, hast du ja gesehen. Schließlich bist du heute Nacht abgehauen und hast ihn ihrer Gnade überlassen. Mehr als deine verfickten Lebensmittel hätten sie dir doch eh nicht weggenommen und so stockschwul wie Eugen und Gunther sind, wäre dir auch sonst nichts passiert. Aber nein, du hast dich ja verpisst. Als sie das gemerkt haben, sind die vollkommen ausgeflippt. Fabian war ohnehin schon grün und blau und konnte sich kaum mehr rühren vor Schmerzen, aber dann haben sie ihm den Rest gegeben. Sie haben erst aufgehört, als er nicht mehr gezuckt hat, und sind mitten in der Nacht abgehauen. Die kommen nicht wieder, denn irgendwelche Jungs, die aus der Disco oder so heimgelaufen sind, haben die Bullen gerufen. Fabian ist nicht mehr aufgewacht, aber als der Krankenwagen kam, hat er noch geatmet. Sie haben ihm zumindest kein Tuch über den Kopf gezogen, sondern ihn nur auf der Trage in den Krankenwagen geschoben.«

O Gott, vielen Dank. Ich stieß einen erleichterten Seufzer aus, denn ich hatte bereits mit dem Schlimmsten gerechnet. Hoffentlich konnten ihm die Ärzte im Krankenhaus helfen. Warum nur hatte er mich verteidigt? Keine Freundschaft, jeder ist für sich selbst verantwortlich. Eine der ersten Lektionen, die er mir beigebracht hatte, schoss mir durch den Kopf. Er selbst bezahlte nun einen hohen Preis dafür, dass er sich nicht an seine eigenen Regeln gehalten hatte.

Eine schallende Ohrfeige unterbrach meine Gedanken und Linda trommelte wie eine Furie mit ihren Fäusten auf meine Schlüsselbeine ein. »Wie konntest du ihn allein lassen? Wie konntest du nur? Er hat dir alles gezeigt und sich für dich den Arsch aufgerissen, statt dich einfach verrecken zu lassen, wie ich das getan hätte. Aber er musste ja so ein großes Herz haben und wie dankst du es ihm? Wer weiß, ob er überhaupt noch lebt, und wenn, ob er jemals wieder gesund wird. Du hast alles kaputt gemacht, alles zerstört.«

Kraftlos sackte Linda plötzlich neben mir zu Boden, rollte sich auf dem staubigen Untergrund zusammen und weinte. Schluchzend wandte sie sich wie unter Schmerzen hin und her und langsam dämmerte mir, dass ihr Fabian mehr bedeutete, als sie zugeben wollte. Wie gerne hätte ich ihr ein paar tröstende Worte gesagt, aber meine Brust schnürte sich wie ein Korsett immer enger um mein Herz und raubte mir den Atem. Panik ergriff mich, ließ mich taumeln und fallen. Tränen rannen über meine Wangen und die Geräusche der Umgebung wurden von einer Watteschicht gedämpft, die sich über meinen Körper legte. Verschwommen nahm ich wahr, dass sich ein Fuß auf mich zubewegte. Mein Sichtfeld verkleinerte sich. Ein dumpfer Aufprall, ein Knacken, warme Flüssigkeit, die aus meiner Nase schoss, dann nur noch Dunkelheit. Kälte umfing mich und fror mich in der Schwärze fest, ließ nicht zu, dass ich mich befreite, ließ nicht zu, dass ich noch länger dachte.

41. Kapitel

Ein stechender Schmerz, gefolgt von einem dumpfen Pochen fuhr durch meine Nase. Nur mühsam gelang es mir, meine Gedanken zu sammeln und mich vorsichtig aufzurichten. Um mich herum herrschte Stille. Das Feuer, an dem Linda vorhin gesessen hatte, war hastig mit etwas Flüssigem gelöscht worden und lag verlassen vor mir. Ganz langsam drehte ich meinen Kopf, suchte nach den Frauen, doch hier war niemand mehr. Auch das Gewicht auf meinen Schultern, das mich seit Tagen begleitete, gab es nicht mehr. Wie automatisch griff ich mit der Hand an meine Seite. Die Umhängetasche fehlte ebenso wie mein Rucksack. Schnell tastete ich nach meinen Hosentaschen, spürte jedoch bereits das heraushängende Futter, ehe ich die Ränder erreichte. Mein Geld, meine Ausweise, alles weg. Plötzlich legte sich ein Schalter in meinem Kopf um. Meine Zeichenmappe. War sie wenigstens noch da? Wie eine Irre sprang ich auf und bezahlte die Erschütterung sofort mit einer glühenden Schmerzwelle. Völlig panisch ignorierte ich sie und drehte meinen Kopf wild nach allen Seiten. Sie musste hier irgendwo sein. O bitte, lass sie irgendwo sein. Meine Bilder. Bunte Punkte tanzten vor meinen Augen, meine Nase protestierte heftig gegen die schnellen Bewegungen, dennoch schaffte ich es irgendwie auf die Beine. Schwankend taumelte ich durch das Lager, den Blick suchend auf den Boden geheftet. Steine, Grasbüschel, Abfall, mehr Steine. Nirgends entdeckte ich eine Spur meiner Zeichenmappe. Vermutlich trug Linda sie bei sich, einfach nur aus Bosheit, um mir wehzutun, so wie ich ihr wehgetan hatte, weil sie mich für Fabians Verletzung verantwortlich machte.

Nach langen, erfolglosen Minuten brach ich neben der Feuerstelle zusammen. Nur leicht nahm ich den Gestank wahr, der von ihr ausging, denn meine geschwollene Nase war für eine bessere Zusammenarbeit nicht zu gebrauchen. In diesem Moment allerdings störte mich das wenig. Mein Magen rebellierte aufgrund der Schmerzen und der Anstrengung ohnehin schon und jeder aufdringliche Geruch hätte ihn endgültig kapitulieren lassen.

Unbewusst stocherte ich mit dem Finger durch die Asche, malte Linien und Muster hinein, während meine Gedanken zu Fabian zurückkehrten. Ob es ihm gut ging? Vielleicht konnte ich ihn ja in der Klinik besuchen und mich entschuldigen. Oder besser bedanken? Vermutlich war wohl beides angebracht. Würden die Leute am Empfang mich in diesem Aufzug zu ihm lassen? Wie sollte ich ihn überhaupt finden? Ich kannte ja nicht einmal seinen Nachnamen.

Ein seltsamer Gegenstand in der Asche lenkte mich von meinen Grübeleien ab. Was hatten die Frauen hier verbrannt? War das ... ein Stift? Tatsächlich. Mechanisch zogen meine Finger den verkohlten Bleistift aus der Asche. Mit aufgerissenen Augen starrte ich darauf. Obwohl er ganz rußig und schwarz war, erkannte ich das Modell wieder, das ich erst gestern Abend erstanden hatte. Wenn der Stift hier in der Feuerstelle lag ... Schlagartig fingen sämtliche Alarmlämpchen in meinem Gehirn zu blinken an. Ich beugte mich über die Feuerstelle und begann mit beiden Händen in der Asche zu wühlen, dass sie nur so nach allen Richtungen davonflog. Wie ein Mantra murmelte ich dabei unaufhörlich »Das hat Linda nicht getan, das hat sie nicht« vor mich hin und schüttelte den Kopf, bis ein dünnes Rinnsal rot von meinem Kinn auf den Boden tropfte. Der metallische Geschmack auf meinen Lippen schrie förmlich danach, die Anstrengung einzustellen, aber ich konnte einfach nicht. Wenige Wimpernschläge später wurde ich fündig. Unter der Asche, in den verkohlten Holzresten und ekelhaften Pfützen, die sich darunter gesammelt hatten, schwammen versengte Papierstückchen und weitere Stifte. Jeder andere hätte gesagt, das könnte ein beliebiges Papier sein, doch ich erkannte selbst auf den bräunlich gelben Schnipseln mit den verlaufenen Farben meine geliebten Träume wieder, die in Flammen aufgegangen vor mir lagen.

Völlig von Sinnen sammelte ich jeden kleinen Fetzen, jeden verkohlten Stift auf, und als ich endlich nichts mehr fand, presste ich sie an meine Brust und schrie. All der Schmerz, der meinen Körper malträtierte, verpuffte unbedeutend neben den Qualen, die meine Seele zerrissen. Minutenlang brüllte ich die Sonne, die Wolken, das Gras und die Steine an. Es gab nichts mehr auf dieser Welt, das mich trösten konnte. Meine Liebsten tot, meine Kunst verbrannt, Fabian meinetwegen im Krankenhaus, mein Geld und meine Papiere gestohlen. Ich war nicht mehr als eine namenlose Kreatur, voller Asche und Dreck, verletzt, ihrer Träume beraubt und im Innersten zerstört. Neben dem Müll, den Lindas Gruppe hinterlassen hatte, rollte ich mich zusammen. Gleiches zu Gleichem, Abfall zu Abfall. Die Welt hatte gewonnen, ich gab mich geschlagen.

42. Kapitel

»Wach auf, Silke, wach auf.«

Eine Hand rüttelte an meiner Schulter und befreite mich langsam aus meiner Ohnmacht.

»Jetzt werd schon wach, ich habe nicht viel Zeit«, redete eine männliche Stimme auf mich ein, deren ruhiger Tonfall so gar nicht zu dem Gesagten passen wollte.

Die dichte Watte in meinem Kopf gab mich nur zögerlich frei und die Ruhe meines Gegenübers wich zunehmend Ungeduld.

»Himmel, Silke, wenn du nicht gleich aufstehst, wirst du es nie wieder müssen. Deine Luft reicht nicht mehr lange.«

Etwas Schrilles in den Nuancen wirbelte durch die Töne und brachte ihre Ordnung durcheinander. Die Missklänge zwangen mir schließlich die müden Augenlider nach oben und ließen meinen Kopf zur anderen Seite rollen. Fabians grüne Augen leuchteten mir entgegen. Er wirkte gesund und fit, ganz anders als jemand, der vor wenigen Stunden erst zusammengeschlagen worden war. Ungläubig starrte ich ihn an, während mein Mund mehrmals auf- und zuklappte, ohne auch nur einen Ton von sich zu geben.

»Bitte, steh auf und lauf. Lauf so weit und schnell du kannst von hier fort. Eugen und Gunther sind auf der Suche nach dir. Die Angst hat sie gepackt, dass du verrätst, wer mich angegriffen hat, wenn die Polizei dich mal wegen irgendwas hopsnimmt.« Seine Worte klangen so eindringlich, dass mir ein kalter Schauer über den Rücken jagte.

»Was wollen sie denn von mir?«, fragte ich leicht panisch. »Ich verpetze sie nicht. Das ist doch die Regel. Wie kommst du überhaupt in meinen Traum? Du hast hier doch gar nichts verloren.« Unterdessen stützte ich mich zumindest so weit hoch, dass ich Fabian besser in die Augen blicken konnte.

»Silke, das ist kein Traum. Es sieht ähnlich aus, aber wir befinden uns beide an der Grenze zwischen Leben und Sterben. Deshalb ist es mir möglich, gewisse Dinge zu sehen und mit dir zu sprechen. Ich habe die Grenze schon überschritten und kann nicht mehr lange bleiben, doch du musst zurück ins Leben. Wach auf, nimm deinen Kopf aus der Asche, bevor du erstickst, und lauf. Viel Zeit bleibt dir nicht mehr. Meine hingegen ist bereits abgelaufen.«

Von all den Worten hatte ich höchstens die Hälfte verstanden, denn ich war an der Stelle hängengeblieben, an der er das mit der Grenze gesagt hatte. Als sich Fabian umdrehte und in den weißen Nebel hineinlief, der auf einmal aufzog, sprang ich auf die Beine.

»Warte, Fabian, bitte warte. Egal, was das hier gerade ist, ich begreife es nicht. Du kannst nicht gestorben sein. Das darfst du nicht, nicht wegen mir. Es tut mir leid.«

»Silke, mach dir keine Gedanken. Nichts muss dir leidtun, erst recht nicht meine eigene Dummheit. Ich hatte dir gesagt, dass dir niemand etwas tun würde, weil sie alle schwul sind. Zumindest das stimmte. Dass sie nur einen Tag später wegen ein bisschen Essen so ausflippen, war nicht abzusehen. Aber es ging nicht darum, dass ich dir irgendwas zugesagt habe. Die Menschen sagen ständig etwas und halten das Wenigste, daran bist du sicher gewöhnt. Ich mag dich eben. Obwohl du vermutlich ein kleines, verwöhntes Gör warst, dem sein Ruhm zu Kopf gestiegen ist, du hast es nie erwähnt, hast nie heraushängen lassen, dass du dich für etwas Besseres hältst als mich oder Linda. Du hast ihr sogar dein Essen geschenkt. Silke, du bist ein netter Mensch und du warst es wert, beschützt zu werden.« Seine Stimme wurde leiser, seine Silhouette begann zu verblassen und der Nebel schmiegte sich immer enger um ihn. Bald würde er ihn komplett verschlucken.

»Fabian!« Er wusste, wer ich war, die ganze Zeit. Trotzdem hatte er sich um mich bemüht. Ich wollte auf ihn zurennen, ihn festhalten und nicht wieder loslassen, doch der Nebel ließ mir keine Chance. Wie Ketten legte er sich um meine Beine, gab keinen Millimeter nach und verdichtete sich immer schneller. »Danke! Danke, für alles, Fabian!«, rief ich über die weißen Schwaden hinweg und wiederholte es, bis sich erst er selbst und dann die Illusion seiner Gestalt, die mein Kopf erschuf, auflöste. Der Nebel lichtete sich und trug diesen seltsamen Ort mit sich fort. Schreiend stürzte ich ins Bodenlose …

… und schlug die Augen auf. Brennende Schwärze ließ sie mich sofort wieder zusammenkneifen und der erschreckte Atemzug endete in einem Erstickungsanfall. Hustend und würgend richtete ich mich auf und versuchte gleichzeitig die Asche, die mir die Atemwege verklebte, loszuwerden und Luft zu bekommen. Schwarzer Schleim löste sich aus meinem Hals und wurde ebenso ausgespuckt wie die Ascheklumpen, welche meine Zunge im Mund zusammenkratzte. Luft! Atmen! Hilfe! Zu mehr Gedanken war ich nicht fähig. Panik überfiel mich und verknappte die Luft in meiner Lunge noch mehr. Ich japste nach Atem, würgte weiter und schnaubte durch die Nase wie ein Stier, nur um

irgendetwas freizubekommen. Mit einer Hand tastete ich über den Boden, griff nach Flaschen und Dosen, warf sie achtlos zur Seite — in keiner befand sich auch nur der kleinste Rest Flüssigkeit. Die Luft wurde immer knapper und vor meinen Augen begannen bereits die Bilder zu verschwimmen. Todesangst ergriff mich, denn mir war klar, wenn ich jetzt in Ohnmacht fiel, wachte ich nicht mehr auf. Voller Verzweiflung rammte ich mir den Zeigefinger in den Rachen und versuchte, meinen Hals damit von der Asche zu befreien. Krampfend und mit lautem Würgen entleerte sich dabei jedoch mein Magen und raubte mir auch die letzten Kräfte. Vornübergebeugt hing ich kraftlos über der Pfütze mit meinem Frühstück und rang um jeden einzelnen Atemzug. War das alles, was das Leben für mich bereitgehalten hatte? War Fabians Opfer nicht nur sinnlos, sondern auch umsonst gewesen? Wenigstens trafen wir uns im Tod vielleicht wieder. Dann konnte ich mich bei ihm entschuldigen. Oder bedanken. Vielleicht lief es dann für uns beide besser. Und ich sah euch endlich wieder, Mama, Papa. Ich würde euch ganz fest in den Arm nehmen und erst loslassen, wenn ich mir ganz sicher sein konnte, dass euch niemals mehr jemand von mir wegholte. Wie lange dauerte es wohl, bis man erstickte? Ob es sehr qualvoll war? Meine Atmung ging inzwischen weniger keuchend. Versagte mein Körper bereits den Dienst? Wegkrabbeln, schoss es mir durch den Kopf. Nur ein paar Meter. Nicht im eigenen Erbrochenen sterben. Während mein Kopf noch versuchte, die Gedanken zu sortieren und zu verarbeiten, bewegten sich meine Arme und Beine von selbst. Auf allen vieren kroch ich die kurze Distanz zum nächsten Brückenpfeiler, dann sackte ich mit dem Rücken dagegen. Warum dauerte das Sterben nur so lange? Müde sank mein Kopf auf meine Schulter und ich lauschte den ruhigen Atemzügen, die meinen Brustkorb hoben und senkten. Fühlte sich sterben so an? Eine Weile horchte ich einfach nur auf die Geräusche meiner Lunge, wartete darauf, dass die Grenze sich erneut zeigte und meine Eltern, meine Großeltern und vielleicht auch Fabian mich abholten. Aber nichts dergleichen geschah.

43. Kapitel

Mein Kopf benötigte eine gefühlte Ewigkeit, bis er zu der Erkenntnis gelangte, dass Gott mich doch nicht zu sich holte. Die Magensäure musste genug Asche aus meinem Hals geschwemmt haben, um mich vor dem Ersticken zu bewahren. Allein die Tatsache, dass ich mich jemals darüber freuen würde, mich übergeben zu haben, ließ mich hysterisch auflachen. Sofort presste ich mir die Hand vor den Mund. Was hatte Fabian gesagt? Eugen und Gunther suchten mich? Es war so absurd, dass ich schon wieder in meine Hand kicherte. Mein Gehirn schien die Strapazen nicht länger zu ertragen, denn ich hatte das Gefühl, dass ich langsam den Verstand verlor. Aber solange zumindest noch ein wenig davon vorhanden war, sollte ich versuchen, von hier wegzukommen. So unwirklich die ganze Begegnung mit Fabian beziehungsweise mit seinem Geist auch gewesen war, ich bezweifelte kein bisschen, dass seine Worte der Wahrheit entsprachen. Schließlich hatte er gewusst, dass mein Kopf in der Asche lag.

Viel länger hätte ich sie sicher nicht mehr atmen können, ohne zu ersticken. Dass er mich gefunden und geweckt hatte, rettete mir das Leben. Darum musste ich ihm bei der Sache mit Gunther und Eugen ebenso vertrauen.

O Gott, wie absurd das alles klang. Heute Morgen Religion und seltsame Träume, jetzt Halluzinationen, auf die ich seltsamerweise hören wollte. Besser ich dachte gar nicht weiter darüber nach, sondern sah zu, dass ich wegkam. Mein Bauchgefühl bestätigte mich darin und zumindest das schien nicht komplett gestört zu sein. Langsam zog ich mich an dem Stützpfeiler hoch und sah mich vorsichtig um. Meine Nase pochte wie verrückt und es fühlte sich an, als füllte sie mein ganzes Gesicht aus.

Niemand zu sehen, soweit ich das mit den tränenden Augen erkennen konnte. Wohin sollte ich denn nun? Zurück zu Gerd? Nein, falls die beiden Vagabunden ebenfalls in diese Richtung liefen, war das viel zu gefährlich. Es reichte, dass Fabian für seine Hilfsbereitschaft so teuer bezahlt hatte. Den Schäfer durfte ich nicht auch in Schwierigkeiten bringen. Also in die andere Richtung. Schwankend lief ich über die Wiese, die inzwischen vollkommen im Dunkeln lag. Mein Kopf dröhnte nach dem vielen Husten und Lindas Tritt, meine Augen brannten von der Asche und der bittere Geschmack von Erbrochenem lag auf meiner Zunge. Ich wünschte mir nichts sehnlicher als ein Glas Wasser und einen Ort, an dem ich zumindest für diese Nacht sicher war. Vielleicht schaffte ich es, morgen die Wegstrecke zur Wärmestube zu bewältigen und mir von Kathrin helfen zu lassen. Oder ich holte mir einfach einen Kaffee und setzte mich irgendwo zum Betteln hin. Egal, irgendwas würde sich schon ergeben.

Im Schein einiger Laternen tauchte das Toilettenhäuschen auf, in dem ich am Vortag mit Fabian zusammen die Lebensmittel gereinigt hatte. Alles war gut gewesen. Wie hatten sich die Dinge nur so schnell so drastisch ändern können? Mit einem mulmigen Gefühl im Bauch bewegte ich mich auf das Gebäude zu. Konnte ich das? Konnte ich so tun, als wäre es nur ein ganz normales Klo mit einem Wasserhahn, um mich zu säubern? Ich wusste es nicht, doch viel weiter würde ich es heute Abend nicht mehr schaffen.

Meine zittrige Hand drückte die Klinke der Damentoilette hinunter und schob die Tür vorsichtig nach innen auf. Das automatische Licht sprang an und grelle Neonröhren flackerten auf. Geblendet hielt ich einen Arm vor meine schmerzenden Augen. Bevor die Lichter mich verrieten, schlüpfte ich in den Vorraum und warf die Tür ins Schloss. Nachdem ich jede Kabine im Nebenraum einzeln kontrolliert hatte, atmete ich erleichtert auf. Niemand da. Hastig schob ich den großen Abfallkorb aus Metall vor die Eingangstür. Wenn jetzt jemand die Tür öffnete, bekam ich es sicher mit und konnte mich in einer Toilette verschanzen. Sicher nicht die klügste Lösung, denn dann saß ich in der Falle, aber irgendwie tat ich das ohnehin. Draußen machten zwei Obdachlose Jagd auf mich, weil ich ihren Mord an Fabian verraten könnte, und Linda wollte ich ebenfalls lieber nicht begegnen, wer wusste, wie das ausging. Hier drinnen gab es kein Entkommen, denn jeder, der reinkam, stand automatisch zwischen mir und dem einzigen Fluchtweg. Wie ich es drehte, es lief immer aufs Gleiche hinaus – am Ende war ich im Arsch. Zu müde, um mir weitere Gedanken zu machen, trat ich ans Waschbecken. Durstig schraubte ich den Wasserhahn auf und wollte gerade den Kopf darunter halten, da fiel mein Blick in den Spiegel. Mit einem spitzen Schrei sprang ich zurück und stolperte rückwärts bis zur gegenüberliegenden Wand. Eine grausige Fratze starrte mir aus dem Glas entgegen. Ängstlich schlang ich die Arme um meine Brust und versuchte, mich selbst zu beruhigen. Das Monster im Spiegel äffte mich nach. Es dauerte ein paar endlose Sekunden, bis mir klar wurde, dass ich mich vor meinem eigenen Spiegelbild fürchtete. Wie peinlich. Oder auch nicht. Jeder, der diesen Anblick nicht fürchtete, musste ein Trottel sein. Die gebrochene Nase und meine von der Asche gereizten Augen waren dermaßen angeschwollen, dass sie mein halbes Gesicht einnahmen. Es grenzte an ein Wunder, dass ich überhaupt noch etwas sah, und in diesem Moment hätte ich gerne darauf verzichtet. Haare und Gesicht bedeckte eine eklige Schicht von angetrocknetem Ascheschlamm. Womit die Frauen ihr Feuer auch gelöscht haben mochten, es verband sich mit der Asche des Feuers und ein bisschen Erde ganz ausgezeichnet zu einer klebrigen schwarzbraunen Masse. In der unteren Gesichtshälfte mischte diese sich mit dem Blut aus meiner Nase, welches zusätzlich meinen Hals verfärbte und mich endgültig wie einen Zombie aus einem schlechten Horrorfilm erscheinen ließ.

Vorsichtig näherte ich mich meinem eigenen Ebenbild und dem laufenden Wasserhahn. Langsam streckte ich meine Hände, die ebenfalls von einer Mischung aus Asche und Blut überzogen waren, nach dem Wasser aus. Unmenschlicher Durst quälte mich und alles in mir gierte nach dem kühlen Nass, aber ich zwang mich zur Vernunft. Ich musste zuerst die gröbste Asche von meinen Händen und meinem Mund waschen. Sie zu trinken konnte nicht gesund sein. Mit welchem Dreck sie sonst noch vermengt war, wollte ich mir lieber gar nicht erst vorstellen.

Es schien unendlich lange zu dauern, bis die Haut meiner Hände zum Vorschein kam, und beim Ausspülen der Augen und Reinigen der Wangen gelang es mir nicht länger, die Schmerzensschreie zu unterdrücken. Doch letztlich stand ich halbwegs sauber im Gesicht und mit genügend Trinken im Magen vor dem Spiegel. Trotz der Katzenwäsche erkannte ich mich selbst kaum wieder. Die Mangelernährung der letzten Tage, die endlosen Wege und die ständige Hitze hatten mich körperlich und seelisch ausgezehrt. Fabians Tod hing mir ebenfalls nach. Heiße Tränen rannen zwischen meinen geschwollenen Lidern hervor. Endlich hatte ich Zeit, um ihn zu trauern, denn obwohl ich keinen Beweis für seinen Tod besaß, mein Bauchgefühl gab dem Traum recht. Er hatte meine Rettung nicht überlebt.

44. Kapitel

Lautes Scheppern und Fluchen riss mich am nächsten Morgen aus dem Schlaf. Hastig zog ich die Beine, die unter der Kabinentür herausragten, an und sortierte mich zwischen der gemauerten Wand und der Toilettenschüssel heraus. Dann sprang ich auf die Beine und ließ mich mit schmerzerfülltem Gesicht auf die Klobrille fallen.

»Verfluchte Scheiße, was soll das? Wer ist da?«, hallte eine gereizte Stimme durch die Räumlichkeiten. Wenig später hämmerte eine Faust gegen die Kabinentür. »Aufmachen. Was soll der Mist? Sehen Sie zu, dass Sie rauskommen und verschwinden, ich muss hier sauber machen und dank Ihnen herrscht hier eine riesige Sauerei.«

Ich zog die Beine enger an mein Kinn, erstaunt, zu welchen Balanceakten man auf so einer Brille im Stande war. Zumindest klang die Stimme nicht so, als hätte ich sie je zuvor gehört. Linda stand also schon einmal nicht vor der Tür.

»Sie haben jetzt genau eine Minute Zeit, um rauszukommen, sonst rufe ich die Polizei und lasse sie in Ihre Kabine.«

Gleich darauf hörte ich Schritte, die sich Richtung Vorraum entfernten, und wie die Frau »Immer diese Junkies. Ich will gar nicht wissen, was für ein Blutbad sie diesmal wieder hinterlassen haben« murmelte.

»Heilige Mutter, was ist denn hier passiert?«, kreischte sie nur einen Augenblick später völlig aufgelöst. Vermutlich war sie nach der Aktion mit dem Abfalleimer zuerst an dem Waschbecken hinter der Tür vorbeigestürmt und stand nun vor dem völlig verdreckten Becken. Ich hatte es gestern in einem Zustand zurückgelassen, der einem Bombeneinschlag gleichkam. Der Wasserhahn wurde aufgedreht und laut fluchend machte sich die Putzkraft ans Werk. Wenn ich ohne Ärger davonkommen wollte, dann war jetzt der beste Zeitpunkt. Meine Zeit lief ab und ich bezweifelte keine Sekunde, dass sie ihre Drohung wahrmachen würde. So leise wie möglich glitt ich von der Klobrille und drehte die Verriegelung auf. Einmal kräftig durchatmen, noch mal nach dem Wasser lauschen, welches weiter vor sich hin plätscherte, und die Tür aufreißen. Woher ich die Energie nahm zu rennen, wusste ich nicht, doch irgendwie gelang es mir. Mehr über die Fliesen schlitternd und rutschend als wirklich laufend, legte ich den Weg zur Eingangstür zurück. Bereits fast am Eingang musste ich einer Frau mit hochrotem Kopf ausweichen, die sich gerade nach dem Mülleimer am Boden bückte.

»Sie verdammte Drecksau«, echauffierte sie sich. »Was fällt Ihnen eigentlich ein? Glauben Sie, ich habe nichts Besseres zu tun, als ...«

Mehr hörte ich nicht, denn die Tür flog mit einem metallischen Krachen hinter mir zu. Das war gerade noch mal gut gegangen. Trotzdem durfte ich nicht stehen bleiben und riskieren, dass die Putzfrau mir folgte.

Noch weitere hundert Meter hielt ich den Laufschritt durch, dann lehnte ich mich schwer schnaufend gegen eine Litfaßsäule. Keuchend rang ich nach Luft und gab mir Mühe, die angeekelten Blicke der morgendlichen Jogger zu ignorieren. Es musste sehr früh am Tag sein, denn der Himmel war in das sanfte Orange der aufgehenden Sonne getaucht. Jeder Knochen in meinem Leib tat weh und meine Nase schien nach dem Sprint vor Schmerzen zu explodieren. Etwas Feuchtes tropfte auf meine Lippen. Blut. Hektisch wühlte ich in meinen Taschen und tatsächlich fand ich den verdreckten Fetzen eines Papiertuchs, mit dem ich mir notdürftig das Nasenloch zustopfte.

Ich musste weiter. Der Weg in die Wärmestube war noch kilometerlang, aber in diesem Zustand brauchte ich überhaupt nicht versuchen zu betteln. Die Leute würden eher vor mir weglaufen, als sich mir freiwillig zu nähern oder gar Geld zu geben. Ob meine Kräfte dafür reichten, die Strecke zur Wärmestube zu bewältigen, bezweifelte ich. Ich war völlig am Ende. Alles, was mir geblieben war, und alles, was ich mir hart verdient hatte, befand sich nun in Lindas Besitz oder als Asche unter einer Brücke.

45. Kapitel

Die Morgendämmerung wich einem weiteren heißen Tag und die Temperaturen stiegen bereits jetzt rasant an. Je weiter ich mich dem Stadtzentrum näherte, desto mehr Menschen bevölkerten die Straßen. Niemand kümmerte sich um mich, während ich langsam den Gehweg hinunterschlurfte, doch wie aus einem Automatismus heraus machten die Leute einen Bogen um mich.

Erschöpft blieb ich stehen und lehnte mich an eine Wand. Die Hälfte des Weges hatte ich geschafft, aber es erschien mir, als läge eine weitere Endlosigkeit vor mir. Ich sammelte meine letzten Reserven und setzte mich wieder in Bewegung. Der Bahnhof tauchte vor mir auf. Hier hatte vor ein paar Tagen alles begonnen. Vielleicht war es ein guter Ort, um alles enden zu lassen. Wenn ich einfach das Gebäude betrat, würden mich die Sicherheitsmänner bestimmt an die Polizei überstellen. Obwohl ich keine Vorstellungen vom

Gefängnis hatte, so konnte es dort auch nicht mehr schlimmer sein als die letzten Tage auf der Straße.

»Guten Morgen«, unterbrach ein dünnes Stimmchen meine Gedanken und jemand zupfte mich am Ärmel. Als ich den Kopf drehte, stand das kleine Mädchen mit den pinken Schuhen und dem viel zu großen Schulranzen vor mir.

»Guten Morgen«, krächzte ich mit ausgedörrter Kehle.

Als ihre Augen mein Gesicht trafen, riss sie diese entsetzt auf. Gleich wird sie weglaufen, dachte ich und wandte mich bereits wieder ab. Natürlich, so wie ich aussah, musste es ein Kind vollkommen verstören. Ich wollte schon weiterlaufen, als ich ihre Hand erneut auf meinem Ärmel spürte.

»Hast du dir wehgetan?«

Schwach nickte ich, zu gerührt, um irgendetwas zu erwidern. So ein winziger Mensch und trotzdem steckte mehr Mitleid in dem kleinen Leib als in jedem ausgewachsenen.

»Warum gehst du denn nicht zum Arzt?«, fragte sie mit einer Selbstverständlichkeit, die nur die Unbedarftheit eines Kindes zustande brachte.

»Ich habe weder eine Versichertenkarte noch Geld. Wenn man nichts hat, dann behandeln einen

Ärzte nicht«, erklärte ich geduldig und versuchte ein schiefes Lächeln. »Danke, dass du dir Gedanken um mich machst.«

Mit großen Kulleraugen sah mich die Kleine an. »Aber wenn du krank bist, muss der Arzt dir helfen. Dafür ist er doch da.« In ihrer Stimme lag so viel Ernsthaftigkeit, dass mir keine Erklärung einfiel, mit der ich dieser bestechenden Logik widersprechen konnte. Hinter ihrem Rücken tauchte derweil eine Gestalt auf, die mich sofort in Unruhe versetzte. Linda. War sie mir gefolgt? Nein, dafür gab es keinen Grund. Sie hatte mir bereits alles genommen, was ich besaß. Vermutlich handelte es sich um einen Zufall, aber dennoch musste ich das Mädchen irgendwie loswerden. Wer wusste, was passierte, falls Linda mich bemerkte und das Kind bei mir sah.

»Solltest du nicht langsam in die Schule?« Diese Taktik hatte bereits das letzte Mal gut funktioniert.

Leider schüttelte die Kleine entschieden den Kopf. »Meine Mama sagt, im Leben muss man sich immer entscheiden. Manchmal gibt es zwei Sachen, die man zur gleichen Zeit erledigen soll, dann muss man das Wichtigere machen. Menschen, denen es nicht gut geht zu helfen, ist ganz wichtig, sagt sie. Und ich glaube, dir geht es gar nicht gut. Schade, dass ich keine Ärztin bin. Ich würde dir helfen.«

»Eine schlaue Mama hast du«, sagte ich und versuchte, mich unauffällig rückwärts zu bewegen, damit Linda uns nicht bemerkte. »Was hältst du davon, wenn ich dich zur Schule begleite? Dann können wir uns unterwegs noch ein bisschen unterhalten und du kommst trotzdem nicht zu spät.« Es war sicherlich die schlechteste Option, denn kleine Mädchen sollten sich nicht mit Obdachlosen herumtreiben. Selbst wenn es offenbar eine tolle Mutter hatte, konnte ich mir nicht vorstellen, dass diese so etwas tolerieren würde. Na ja, aber wenn man mich verhaftete, irgendeine Begründung gab es sicher dafür, erreichte ich das Gleiche wie mit meinen Überlegungen vor ein paar Minuten.

»Oh, ja!« Die Augen der Kleinen begannen zu leuchten. »Das ist eine prima Idee. Dann gehen wir zu Frau Sermann, die weiß alles. Sie kennt bestimmt einen Arzt und kann dir helfen.«

Bei so viel Einfallsreichtum und Hilfsbereitschaft konnte ich nicht anders, ich musste einfach lächeln. Dass mein geschwollenes Gesicht dies sogleich mit einem heftigen Schmerz abstrafte, ignorierte ich. »Na komm, lass uns mal gehen. Ich bin schon gespannt auf deine Frau Sermann.«

Quietschvergnügt und offensichtlich sehr stolz auf ihre Idee setzte sich die Kleine in Bewegung. Immer mit einem Blick aus den Augenwinkeln auf Linda lief ich neben ihr her und hörte ihrem Geplapper gerne zu. Dieser kleine Mensch, der mir bereits einmal neue Hoffnung geschenkt hatte, wärmte mein Herz erneut. Wir kamen ohne einen Zusammenstoß mit Linda vom Bahnhof weg, die mich inzwischen zwar bemerkt hatte, aber sich in der Öffentlichkeit wohl nicht traute, mehr zu tun, als mir ein paar mordlüsterne Blicke zuzuwerfen. Noch einmal sollte ich ihr besser nicht begegnen. Nachdem ich mir sicher sein konnte, dass sie uns nicht folgte, lenkte ich meine Konzentration zurück auf meine Begleiterin. Obwohl ich keine Ahnung hatte, was ich hier tat, spielte es keine Rolle. Es galt ein kleines Mädchen glücklich zu machen und ihm zu zeigen, dass es sein Herz genau am rechten Fleck hatte. Um meine Zukunft konnte ich mich auch später wieder sorgen.

46. Kapitel

»Lauf nicht weg, bevor ich mit Frau Sermann zurück bin«, sagte die Kleine und sah mich dabei mit einer solchen Strenge an, dass man meinen konnte, sie wäre die Erwachsene. »Wenn du wegrennst, bin ich sehr böse mit dir.«

Obwohl mich ihre Worte zum Schmunzeln brachten, hegte ich nach einem Blick in ihre Augen keinerlei Zweifel mehr daran, dass sie es überaus ernst meinte. Ich versprach, genau hier zu warten, und lehnte mich gegen den Zaun. Vermutlich stand ich bis zur nächsten Pause hier. Dann kam sie sicher angelaufen und teilte mir mit, dass ihre Lehrerin keine Lust hatte, mir zu helfen. Vielleicht kam auch vorher jemand anders vorbei und jagte mich fort, weil solche Gestalten wie ich, gefälligst nicht an Schulen herumzulungern hatten.

Stattdessen passierte etwas völlig Unerwartetes: Die Kleine erschien nur wenig später und zerrte eine recht junge Frau mit schwarzem Lockenkopf und einer Nerdbrille ungeduldig an der Hand.

Ein kleines Fünkchen Hoffnung ließ mein Herz schneller schlagen. Hatte das Mädchen tatsächlich das scheinbar Unmögliche geschafft?

»Frau Sermann, nun komm schon. Der Frau geht es gar nicht gut, glaub ich. Ihr Gesicht schaut ganz komisch aus und sie läuft ganz komisch.« Mit der anderen Hand gestikulierte sie immer wieder in meine Richtung, und als ihre Lehrerin mich schließlich sah, hielt sie erschrocken inne.

»Möchtest du nicht lieber in die Klasse zurückgehen? Das hier regle ich besser allein!«

Innerlich seufzte ich. Was das bedeutete, kannte ich inzwischen zur Genüge. Abwehrend hob ich die Hände. »Ich möchte ...«

Eine Kinderstimme fiel mir ins Wort: »Nein, ich bleibe hier. Die Frau hat kein Zuhause und sie schläft im Gras auf meinem Schulweg. Sie hat niemanden, zu dem sie gehen kann, weil ihre Eltern nämlich tot sind. Mama sagt, man muss sich um Leute kümmern, die Hilfe brauchen, und die Frau braucht ganz dringend Hilfe, Frau Sermann.«

Skeptisch musterte die Lehrerin ihre Schülerin. Man sah ihr den Zwiespalt, der in ihr tobte, förmlich an, und wenn ich ehrlich war, konnte ich ihn verstehen. Mein Anblick musste sehr verstörend auf sie wirken und ganz sicher gehörte ich nicht zu dem Umgang, den sich irgendjemand für ein Kind vorstellte.

Daher setzte ich erneut zum Sprechen an. »Entschuldigen Sie, ich möchte niemandem Umstände machen. Die Kleine hat so sehr darauf gedrängt, dass ich mitkomme, weil sie mir gerne helfen wollte, dass ich eingewilligt habe. Bitte sehen Sie sich zu nichts verpflichtet. Ich gehe am besten wieder. Erklären Sie ihr bitte nur, dass sie ein tolles Mädchen ist, aber man eben nicht jedem helfen kann.«

Während meine Stimme ruhig und fest klang, taten mir die Worte in der Seele weh. Selbstverständlich hatte ich nicht ernsthaft damit gerechnet, dass die Lehrerin irgendetwas tun würde, doch der winzige Funken in meinem Herzen hatte sich etwas anderes erhofft. Hastig wandte ich mich ab, damit man mir meine Enttäuschung nicht ansah, und wollte schon fortgehen, als hinter mir kleine Füße in schnellem Lauf auf den Asphalt trommelten. Eine Kinderhand hielt mich am Ärmel fest und große Kulleraugen sahen mich streng an.

»Du bleibst hier. Frau Sermann hilft dir sicher, oder, Frau Sermann?« Der Kopf des Mädchens drehte sich über seine Schulter zu der Lehrerin, die sich nun ebenfalls vorsichtig näherte. »Die Frau sagt, dass sie kein Geld hat und auch keine komische Karte, um zu einem Arzt zu gehen. Können wir ihr den Arzt nicht bezahlen? Oder kennst du einen lieben Arzt, Frau Sermann, der kein Geld möchte?«

»Geh jetzt bitte wieder in die Klasse, Josephine. Ich verspreche, ich rede mit der Frau. Das ist allerdings ein Gespräch für Erwachsene, okay?«

Stirnrunzelnd blickte die Kleine, Josephine hieß sie also, zwischen uns hin und her. »Okay, aber du musst der Frau wirklich helfen, Frau Sermann. Sonst bin ich böse auf dich«, erwiderte sie und sah ihre Lehrerin mit der gleichen kindlichen Ernsthaftigkeit an, die ich schon mehrmals an ihr bewundert hatte.

»Ja, ich versuche ihr zu helfen. Wenn die Dame Hilfe haben möchte. Wir finden eine Lösung und jetzt ab mit dir.« Ein Schmunzeln lag auf ihren Lippen und ich ahnte, was ihr gerade durch den Kopf ging, denn auch ich konnte es mir nicht verkneifen, den Mund amüsiert zu verziehen.

»Danke, Frau Sermann!« Josephine strahlte und rannte dann, mit einem letzten prüfenden Blick auf mich, über den Schulhof davon.

»Ein liebes Kind«, sagte ich, weil mir nichts Besseres einfiel.

»Ja, das ist sie. Ich möchte vermutlich gar nicht so genau wissen, wie Sie das Mädchen aufgegabelt haben, oder?«, fragte die Lehrerin und musterte mich skeptisch. »Wie heißen Sie überhaupt?«

»Silke Hofmeister und eine große Geschichte gibt es da nicht. Josephine hat mir nicht mal ihren Namen gesagt, den habe ich gerade eben erst erfahren. Sie hat mich in der Nähe des Bahnhofs angesprochen und es waren immer viele Leute in unserer Nähe. Ich glaube, sie hat es nur gemacht, weil ihr meine Jacke so gut gefällt.« Nachdenklich fiel der verschwommene Blick meiner brennenden Augen auf den vor Dreck starrenden Teddyplüsch und ich ergänzte: »Als sie mich vor ein paar Tagen das erste Mal ansprach, war ich gerade frisch obdachlos geworden und die Jacke sah noch hübsch aus. Jetzt würde sie das wohl nicht mehr sagen.« Dieses ganze Gespräch wirkte so bizarr und sinnlos auf mich, doch ich wusste nicht, was ich sonst sagen sollte.

»Verstehe. Wie Sie vermutlich mitbekommen haben, mein Name ist Sermann, Amelia Sermann. Ich bin die Lehrerin von Josephines Klasse, und wie Sie sich sicherlich vorstellen können, etwas skeptischer als meine Schülerin. Möchten Sie mir vielleicht erklären, warum eine Erstklässlerin Sie mit zur Schule schleppt, anstatt dass Sie sich professionelle Hilfe holen?« Das Misstrauen und die Ablehnung klang deutlich aus ihrer Stimme heraus, aber zumindest versuchte sie, sich Mühe zu geben.

Darum nickte ich, was mir eine weitere Schmerzwelle einbrachte. Reflexartig griff ich mir an den Kopf.

»Haben Sie Schmerzen?«

Was für eine überflüssige Frage. Sah man das nicht? »Ja, aber entschuldigen Sie bitte, ich möchte damit nicht ablenken.« Einen Augenblick zögerte ich. Konnte ich ihr vertrauen? Was ging sie mein Leben an? Letztlich kam ich zu dem Schluss, dass es schlichtweg egal war. Außer meinem Leben selbst konnte ich nichts mehr verlieren, aber es bestand zumindest die minimale Chance, etwas zu gewinnen. Daher erzählte ich ihr meine Geschichte. Natürlich ließ ich vieles weg. All der Mist mit Maria und der Castingshow schien längst zu einem anderen Leben zu gehören. Lediglich den Tod meiner Eltern, den Jobverlust und die Attacke von Linda schilderte ich genauer, denn letztlich waren es diese Punkte, die mich hierhergebracht hatten.

Frau Sermann hörte mir mit verkniffenen Gesichtsausdruck zu und ließ sich in keiner Weise anmerken, was sie von alledem hielt. Als ich geendet hatte, sah sie mich eine ganze Weile schweigend an. Schließlich seufzte sie tief. »Ich weiß nicht, ob ich das Richtige tue, aber ich habe Josephine versprochen, dass ich versuche Ihnen zu helfen. Versprechen Sie mir, dass Sie keinen Ärger machen, wenn ich Sie mit in die Schule nehme?«

»Selbstverständlich. Ich möchte Ihnen wirklich keine Umstände bereiten. Vielen Dank«, stimmte ich hastig zu und mein Herz machte einen winzigen, kraftlosen Freudensprung.

»Na schön. Obwohl ich keine Ahnung habe, was ich jetzt mit Ihnen tun soll, kommen Sie erst mal mit.«

47. Kapitel

Erschöpft hob ich meinen Kopf aus dem weichen Kissen des Krankenhausbettes und tastete mit der Hand über die ausgeklappte Ablage des Nachtschränkchens. Obwohl sich diese direkt über meinem Bauch befand, stellte allein der Griff nach dem Schnabelbecher eine Herausforderung für mich dar. Schonung für meine beschädigten Hornhäute nannte der Arzt den Salbenverband, den er mir über beide Augen geklebt hatte. Schrecklich war wohl der Begriff, den ich dafür wählen würde. Auch wenn die Schwestern mir die Kompressen stundenweise abnahmen, damit ich zumindest eigenständig essen konnte, verbrachte ich die meiste Zeit des Tages ohne Augenlicht. Dass ich mir dabei das Zimmer mit vier älteren Damen teilen musste, die ständig herumkramten oder Besuch empfingen, machte die Sache nicht angenehmer. Ohne mein Augenlicht und die Möglichkeit, mir einen Eindruck von den ständig wechselnden Leuten zu machen, fiel es mir schwer, darauf zu vertrauen, dass niemand der Anwesenden mir etwas Böses wollte, und so stand ich in meinen Wachphasen stets unter nervlicher Hochspannung. Außerdem klebte ein weiterer Pflasterverband, der meine gerichtete Nase zusammenhielt, in meinem Gesicht. Schick sah das schon nicht aus, wenn ich mich ohne die Augenverbände im Spiegel betrachtete, aber beides gemeinsam dürfte abstoßend wirken. Vielleicht wechselten die sonst so geschwätzigen Damen deshalb kaum ein Wort mit mir.

Mich störte das wenig. In meinem Kopf wirbelte ständig ein Tornado an Gedanken herum, der lautstark danach schrie, endlich sortiert zu werden.

Vorgestern hatte mich Frau Sermann mit einem Krankenwagen einliefern lassen und sich sogar mit meiner Krankenkasse auseinandergesetzt. Zumindest für den laufenden Monat bestand mein Versicherungsschutz noch, sodass ich mir vorerst keine Sorgen machen musste. Hätte ich das mal früher gewusst.

Wie es in ein paar Tagen weitergehen sollte, stand allerdings weiterhin in den Sternen. Dank des Einsatzes einer Krankenschwester war immerhin meine Wäsche in der Klinikwäscherei gereinigt worden und lag nun ordentlich gefaltet auf dem Stuhl neben meinem Bett. Nachdem Josephines

Lehrerin mich gestern unerwartet besucht und mir einen Pyjama und Toilettenartikel geschenkt hatte, besaß ich fast doppelt so viel wie bei meiner Einlieferung. So dankbar ich ihr jedoch war, wir beide waren froh gewesen, als eine angemessene Zeit der Höflichkeit verstrichen war, denn wir hatten kaum ein gemeinsames Thema gefunden. Ich rechnete es Frau Sermann hoch an, dass sie sich so sehr bemühte, mir irgendwie zu helfen, aber ich merkte ihr die Überforderung deutlich an. Außerdem wusste ich sehr genau, dass sie es nur aus Pflichtgefühl Josephine und mir gegenüber tat. Freilich mir sollte es egal sein, solange es die Dinge für mich erleichterte, doch langsam ging es mir zumindest so gut, dass sich mein Stolz wieder meldete. Kein gutes Timing, das musste ich zugeben, aber gleichzeitig half er mir auch, meinen Kopf oben zu halten und nicht zu ertrinken, wenn mir das Wasser bis zum Hals stand.

Wie sehr wünschte ich mir in Momenten wie diesen meinen MP3-Player zurück. Gute Musik auf die Ohren, einfach laut drehen, das belanglose Geschwätz der alten Damen übertönen und nachdenken können. Ganz schwach tauchten leise Tonfolgen des Lieds in meinen Gedanken auf, das mich in den letzten Tagen so sehr begleitet hatte. Allein der Gedanke an den Text ließ mich schlucken. *In the End* schienen die Lyrics meines Lebens zu sein. Am Ende ist es eben egal, wie sehr ich es versucht habe, ich bin gefallen und habe alles verloren. Völlig gleichgültig warum.

Nun lag ich hier und musste das Beste daraus machen und endlich sah ich eine Chance für mich, die Dinge zu ändern. Dass sich an meiner Situation auf die Schnelle nicht wirklich etwas verbessern ließ, war mir sehr wohl bewusst. Durch den Verlust meiner Ausweise und Habseligkeiten stand ich sogar schlechter da als vor einer Woche. Sieben Tage erst, dass ich diesen Mist aushalten musste, und ich lag bereits hier. Wie Fabian jahrelang auf der Straße überleben konnte bei diesen Bedingungen, entzog sich meiner Vorstellungskraft.

Nur eine Sekunde später stieß ich einen traurigen Seufzer aus. Fabian hatte nicht überlebt, dessen war ich mir inzwischen absolut sicher. Obwohl ich niemals eine wirkliche Bestätigung dafür bekommen würde, spürte ich es seit unserem surrealen Zusammentreffen. Zuerst hatte ich versucht es zu verleugnen, doch schließlich glaubte ich meinem Bauch und meinem Herz. Fabian war gestorben, weil er mich beschützen wollte. Ich hatte mich nie wirklich dafür bedanken können, doch ich spürte auf eine unerklärliche Weise immer ein warmes Gefühl in meiner Brust, wenn ich an ihn dachte. Seit meiner Nahtoderfahrung wusste ich eines ganz sicher: Es stand mir nicht zu, seine Entscheidung infrage zu stellen. Stattdessen sollte ich meinen Hintern hochkriegen und überlegen, wie es nach dem Klinikaufenthalt weitergehen konnte, schließlich sollte sein Opfer nicht umsonst gewesen sein. Meine Augen mussten schließlich nicht ewig geschont werden und meine Nase verheilte auch außerhalb des Krankenhauses. Eine so sichere Umgebung würde ich so schnell nicht wiederfinden. Die Bettlaken waren sauber, die Kissen und Decken weich und regelmäßige Mahlzeiten gab es auch. So viel Sicherheit und Sorglosigkeit standen mir bald nicht mehr zur Verfügung, ich wäre dämlich, wenn ich sie nicht zum Pläneschmieden nutzte, statt wie die letzten Tage fast ausschließlich zu schlafen.

Am liebsten hätte ich gleich begonnen, eine Liste zu schreiben, mit all den Dingen, die ich erledigen und neu beschaffen musste, sowie mit den Leuten, mit denen ich reden wollte. Mein erster Weg nach meiner Entlassung würde auf jeden Fall zu Kathrin führen. In der Wärmestube gab es Essen, Beratung, Hilfe bei Problemen mit den Ämtern und mit Glück noch mal einen Schlafsack. Viel wichtiger als dieser waren allerdings die Beratungsgespräche. Nicht nur, dass ich keinerlei Unterlagen wie Zeugnisse, Kontoauszüge, Geburtsurkunde oder Ähnliches besaß, auch sämtliche Ausweise, mit denen ich diese neu beantragen konnte, hatte ich an Linda verloren. Schon wenn ich darüber nachdachte, fühlte ich mich seltsam nackt. Es war, als hätte mir jemand meine Identität gestohlen und mich als namenloses Etwas zurückgelassen, das nirgends mehr dazugehörte.

Um mich nicht weiter in die Konsequenzen dieser Identitätslosigkeit hineinzusteigern, versuchte ich schnell, meine Gedanken auf ein anderes Thema zu fokussieren. Sozialhilfe, Hartz IV, irgendetwas würde Kathrins Hilfe hoffentlich, trotz der vertrackten Lage, für mich ergattern können. Zur Not würde ich noch mal diesem Herz auf die Nerven fallen, irgendeinen Weg musste es doch geben. Ob ich es mir leisten konnte, meine Kündigung anzufechten? Wie das mit Gerichten und Anwälten funktionierte, darüber musste ich mich erst einmal informieren. Hoffentlich ging es meinen Augen bald besser. Ich wollte endlich meinen Lebenslauf schreiben und die nötigen Skizzen dafür zeichnen, die meine Fähigkeiten belegten. Selbstverständlich verschenkte ich damit ein paar neue Entwürfe, denn ich würde keine der alten so gut hinbekommen, dass er Bewerbungsniveau erreichte. Man schuf jedes Kunstwerk nur ein einziges Mal, dann war sein Moment vorbei und man schaffte es nie, es ein zweites Mal auf diese Weise in Szene zu setzen. Doch hier in dieser friedlichen Atmosphäre verlangte es mich ohnehin danach, wieder zu zeichnen. Dass die Krankenschwestern von meiner Idee allerdings begeistert sein würden, geschweige denn mir Zettel und Stift gaben, bezweifelte ich. Schonung für meine Augen sah anders aus. Doch etwas anderes als Modedesign hatte ich nie gelernt und so musste sich am Ende zeigen, wer den größeren Dickkopf bewies. Irgendwie würde es mir hoffentlich gelingen, den Fuß wieder in die Tür der Branche zu bekommen.

Während ich an der Frage herumkaute, ob die Notschlafstätten nun eine Option darstellten, nachdem ich ohnehin nicht mehr besaß als das, was ich am Körper tragen konnte, klopfte es an der Tür.

Obwohl meine Augen auch im Moment unter einem Verband in völliger Dunkelheit lagen, drehte ich meinen Kopf ein Stück Richtung des Geräuschs. Bestimmt wieder irgendeine weitere alte Frau, die eine von den anderen alten Frauen besuchen wollte, mutmaßte ich.

Gerade als ich wieder in mein Wechselbad aus Hoffnung und Verzweiflung eintauchen wollte, legte sich eine warme, kleine Hand auf meinen Unterarm und ließ mich erschrocken aufquietschen.

»Oh, entschuldige, hab ich dich geweckt?«

Josephine.

48. Kapitel

»Keine Sorge, du hast mich nicht geweckt. Ich habe mich nur ein wenig erschreckt. Mich besucht sonst niemand und mit diesen Tüchern auf den Augen ... Na ja, damit sieht man eben nichts.« Bemüht möglichst locker zu klingen und ihre Befürchtungen zu zerstreuen, lächelte ich in die Richtung, in der sie meiner Meinung nach stehen musste.

»Sind deine Augen schlimm verletzt?«, fragte die Kleine und Sorge klang aus der Kinderstimme.

»Nein, das ist nicht weiter schlimm. Der Arzt sagt, wenn ich die Tücher mit den Salben ein paar Tage trage und meine Augen schone, dann werden sie bald wieder ganz gesund.« Es rührte mich zutiefst, dass dieses kleine Mädchen mich besuchen kam, obwohl sie mich überhaupt nicht wirklich kannte. »Entschuldige bitte, Josephine, ich bin schrecklich unhöflich zu dir gewesen. Du hast mir so sehr geholfen und ich habe mich nicht einmal bedankt.« Dieser Umstand war mir in den letzten Tagen bereits ein paarmal in den Sinn gekommen und hatte mich traurig gestimmt. Es gab so wenig Menschen auf der Welt, die ihre Augen nicht vor dem Leid anderer verschlossen, und noch weniger Kinder, die so viel Mut aufbrachten.

»Du brauchst dich nicht bedanken.« Josephine klang fast ein bisschen empört. »Ich habe dir doch erklärt, was meine Mama mir beigebracht hat. Glaubst du, ich habe dir nur geholfen, weil du danke sagst? Das ist Quatsch. Man hilft Menschen, die Hilfe brauchen. Eines Tages geht es mir vielleicht auch mal schlecht und dann möchte ich bestimmt, dass es Menschen gibt, die mir helfen. Mama sagt, man soll teilen. Liebe, Hilfe, Hoffnung, Glück. Man muss alles davon mit offenen Händen teilen, dann kommt es zu einem zurück. Sie nennt das Karma.«

Wie schon so oft, wenn Josephine sprach, blieb mir nichts anderes übrig, als zu staunen. Ihre Mutter musste ein wahnsinnig toller Mensch sein und sie erzog die Kleine zu einem ebensolchen. Von dieser Haltung sollten sich viel mehr Menschen eine Scheibe abschneiden.

»Ich möchte dir trotzdem danken. Du bist ein ganz wundervolles kleines Mädchen und ohne dich wüsste ich nicht, wo ich jetzt wäre. Vielen Dank, du hast mich wirklich gerettet. Deine Idee mit Frau Sermann war große Klasse. Ich hoffe, sie hat dich nicht geschimpft, weil du mich mit zur Schule gebracht hast?« Mit der Hand tastete ich nach dem Arm der Kleinen und drückte ihn leicht.

»Na ja, also ...«, druckste Josephine herum und schien sich nicht so recht wohl in ihrer Haut zu fühlen. »Geschimpft hat sie nicht, aber ich soll in Zukunft bitte keine Obdachlosen mehr zur Schule mitbringen. Sie sagte, dass ich großes Glück hatte, dass du so nett bist. Angeblich gibt es auch welche, die nicht so nett sind. Da man ja nicht weiß, wer nun die lieben und wer die bösen sind, soll man gut aufpassen und das lieber den Erwachsenen überlassen.« Mittlerweile hatte sie sich richtig in Rage geredet. »Als ob die Erwachsenen etwas tun. Da waren ganz viele am Bahnhof und keiner von denen hat dich gefragt, ob dir was wehtut oder ob er dir helfen kann. Die haben doch eh immer alle etwas Wichtigeres zu tun. Wenn ich mal groß bin, werde ich bestimmt nicht so. Dann helfe ich den Leuten erst recht.«

Der kindliche Trotz in ihrer Stimme ließ mich lächeln. Sie war einfach zu süß und besaß ein großes Herz, exakt am rechten Fleck.

»Das wirst du sicher. Du bist ein ganz besonderes Mädchen und du weißt genau, was du willst. Wenn du mal erwachsen bist, wird garantiert eine genauso besondere Frau aus dir. Aber deine Frau Sermann hat schon ein bisschen recht. Du musst vorsichtig sein. Manche Obdachlose sind verzweifelt, haben großen Hunger und versuchen auch nicht so nette Sachen, um an Essen und Geld zu kommen. Das heißt natürlich nicht, dass du Angst haben musst und ihnen gar nicht mehr helfen sollst. Aber ein bisschen Vorsicht und einen Erwachsenen holen und mitnehmen, der auf dich aufpasst, ist eine gute Idee. Darauf, dass die Erwachsenen das allein regeln, kann man wirklich nicht warten, das stimmt. Manchmal sehen Kinder einfach mehr als wir.« Josephines Worte beschämten mich sehr, denn ich war ebenfalls einer dieser Erwachsenen gewesen, die nie Zeit für einen genaueren Blick auf ihr Umfeld hatten. Wäre ich in diesem Zustand, in dem mich das Mädchen aufgelesen hatte, an mir selbst vorbeigerannt, mir wäre das nicht einmal aufgefallen.

»Siehst du, du gibst es zu. Wir Kinder sehen viel mehr, aber ihr Erwachsenen hört uns nicht zu. Außerdem soll ich ja auch keine Fremden ansprechen am Bahnhof. Ihr Erwachsenen habt so viele Regeln für uns Kinder, wir dürfen gar nichts. Meine Mama hätte mir sicher geholfen, nur die ist ja ganz oft an der Uni und im Krankenhaus. Nur nachmittags hat sie Zeit für mich. Da spielen wir und sie erklärt mir die Hausaufgaben. Du hättest bestimmt nicht bis nach der Schule auf mich gewartet, nur damit ich erst Mama fragen kann. Also habe ich mich entschieden, was wichtiger war.«

»Wow«, entfuhr es mir leise, denn ich kam nicht umhin, Josephine wirklich zu bewundern. Das Mädchen besaß trotz oder vielleicht auch gerade wegen seiner Kindlichkeit einen so viel schärferen und klareren Blick auf die Menschheit. Auf jeden Fall musste ich mir daran ein Beispiel nehmen.

»Deine Mama weiß sicher, dass du hier bist, oder?«, fragte ich, weil sich bislang noch kein Erwachsener in unser Gespräch eingemischt hatte. »Nicht, dass du wegen mir Ärger bekommst.«

»Na klar. Mama hat mich hergefahren und wartet vor der Tür. Sie wollte eigentlich auf mich aufpassen, aber ich bin ja wohl alt genug, jemanden zu besuchen. Du bist ja eh lieb ...« Sie senkte verschwörerisch die Stimme und ich spürte, dass sie sich Richtung meines Ohrs beugte. »... und die alten Frauen sind eh viel zu langsam, denen renn ich einfach davon.« Sie kicherte frech, und obwohl jeder Lacher mir Schmerzen verursachte, lachte ich mit. Die Kleine war so herrlich erfrischend, mit so einem Wirbelwind konnte man gar nicht Trübsal blasen.

Nachdem wir uns ausgelacht hatten, stand Josephine von meinem Bett auf. »Duhu, ich muss leider wieder gehen. Nur ein paar Minuten hat meine Mama gesagt und die Uhr sagt, ich war schon zehn Minuten da. Das ist, glaube ich, mehr als ein paar.«

Schade. Ich hätte sie sehr gerne länger um mich gehabt. Dennoch lächelte ich in die Richtung ihrer Stimme. Sie sollte auf keinen Fall merken, dass meine Stimmung drohte zu kippen. »Ja, zehn Minuten ist ganz schön lang. Es hat mich gefreut, dass du mich besucht hast. Du bist wirklich ein prima Kind, lass dir bloß nie von jemandem etwas anderes erzählen.«

»Tschüss und gute Besserung.«

Einen Moment noch blieb es ruhig vor meinem Bett, dann entfernten sich kleine Schritte Richtung Zimmertür. Wenn ich mich nur revanchieren könnte.

Du hast eine schöne Jacke, meldete sich da ein leises Stimmchen in meinem Kopf.

»Josephine, warte. Warte bitte! Bist du noch da? Ich möchte dir etwas geben«, rief ich aufgeregt und setzte mich so ruckartig auf, dass meine Knie gegen die Ablage stießen und meine Nase heftig protestierte. Eine Türklinke wurde losgelassen und die Schrittchen näherten sich erneut meinem Bett.

»Was möchtest du mir denn geben?« Neugier und ein bisschen Aufregung schwangen in der Stimme mit und ich hätte zu gerne ihre Reaktion auf meine nächsten Worte gesehen, doch die Kompressen auf meinen Augen verhinderten es. Das begeisterte Aufquietschen und die Kinderarme um meinen Hals, die mich vor Freude drückten, als müssten sie mich zerquetschen, waren jedoch Antwort genug. Lächelnd legte ich einen Arm um sie und erwiderte kurz diese Geste der Zuneigung.

»Na, dann schnapp dir die Jacke und geh zu deiner Mama. Nicht, dass sie sich Sorgen um dich macht.« Natürlich wollte ich sie immer noch nicht gehen lassen, aber ich musste vernünftig sein, und außerdem lief ich Gefahr, bald vor Rührung zu weinen. Das kam sicher mit den Kompressen auf den Augen nicht gut an.

Nur widerwillig löste sich Josephine von mir und gleich darauf hörte ich, wie sie sich am Stuhl zu schaffen machte. »Bist du dir sicher? Du hast doch sonst gar keine Jacke mehr«, vergewisserte sie sich und ein wenig Besorgnis lag in der Stimme.

»Ja, ich bin mir sicher. Ohne deine Hilfe hätte ich noch viel weniger. Eine Jacke kann man nachkaufen, aber das, was du mir gegeben hast, ist unbezahlbar.« Ein wenig fühlte es sich an, als würde ich die letzte Erinnerung an meine Eltern mit dieser Jacke fortgeben, dennoch wusste ich, dass meine Worte der Wahrheit entsprachen.

»Vielen Dank … wie heißt du eigentlich? Ich habe ganz vergessen, nach deinem Namen zu fragen.« Bestürzung über ihre Verfehlung drang zu mir und ich bemühte mich, diese sofort zu zerstreuen.

»Das ist nicht schlimm. Namen sind nicht wichtig, wenn man das Richtige tut. Aber weil du so lieb gefragt hast, ich heiße Silke.«

»Und ich bin Josephine, aber nenn mich bitte Josie. Josephine nennt mich nur meine Lehrerin und Mama, wenn ich was angestellt habe.« Da war er wieder, der Schalk in ihrer Stimme, und ich konnte mir ihr Grinsen von einem Ohr zum anderen gut vorstellen.

»In Ordnung, Josie. Vielen Dank noch mal für alles und bleib bitte immer so ein toller Mensch«, verabschiedete ich mich zum zweiten Mal.

»Tschüss, Silke. Vielleicht darf ich dich ja morgen wieder besuchen«, rief das Mädchen und schon trippelten die Kinderfüßchen zur Tür. Ein Öffnen, ein Schließen und ich war allein. Mal wieder.

49. Kapitel

Lange blieb mir allerdings nicht, um Trübsal zu blasen, denn nur wenige Minuten später klopfte es erneut an der Tür. Den Schritten nach betraten ein Kind und ein Erwachsener den Raum. Sicherlich wieder irgendein Sohn oder eine Tochter samt Enkel für eine der alten Damen. Erstaunt richtete ich mich etwas auf, als stattdessen neben mir Josies Stimme erklang.

»Schau, Mama, das ist Silke. Sie hat eine Verletzung an den Augen und kann dich leider nicht sehen. Aber ihre Ohren funktionieren total gut, du kannst also einfach mit ihr reden.« Die Kleine wirkte aufgedreht und ihre Worte überschlugen sich fast. Dennoch schien sie sich zu freuen, daher ging ich schon einmal nicht davon aus, einen Fehler gemacht zu haben. Derweil plapperte Josie munter weiter: »Silke, das ist meine Mama. Ich weiß, du kannst sie nicht sehen, aber sie ist ganz lieb. Sie will dich unbedingt kennenlernen, weil du mir deine tolle Jacke geschenkt hast.«

Erstaunt legte ich die Stirn in Falten oder versuchte es zumindest, denn das Leukoplast auf meinem Gesicht verhinderte es weitestgehend. Unbeholfen streckte ich meine Hand zu der Bettseite aus, an der ich neben Josie auch ihre Mutter vermutete. Ein paar kurze Schritte verrieten mir, dass diese allerdings am Fußende des Bettes gestanden haben musste. Dann ergriffen warme, weiche Finger meine und ich drückte sie kurz.

»Sehr erfreut, Sie kennenzulernen. Am Anfang war ich ja etwas skeptisch, mit Josephine hierherzukommen, wie Sie vielleicht verstehen können. Aber als Sie meiner Tochter Ihre Jacke geschenkt haben, habe selbst ich begriffen, was meine Tochter in Ihnen sieht. Mein Name ist Felicitas Erpel und wenn Sie möchten, würde ich gerne sehen, ob ich nicht irgendwas für Sie tun kann.«

Die Stimme war mir bereits bei den ersten Worten bekannt vorgekommen, aber als Josies Mutter ihren Namen nannte, begann das Blut in meinen Ohren zu rauschen. Ich musste eingeschlafen sein und träumen. Das konnte nicht wahr sein. Verdattert zog ich meine zitternde Hand zurück. Am liebsten hätte ich mir gleichzeitig die Kompressen von den Augen gerissen und wäre unter der Bettdecke verschwunden. Mit aufgeklapptem Mund saß ich im Bett, unfähig etwas zu sagen. Sie konnte es nicht sein. Oder doch? Hätte sie mich dann nicht erkennen müssen? Wobei ... das wäre wohl etwas viel verlangt. Die pinke Farbe hatte sich zusammen mit den aggressiven Mitteln, die ich zur Entfernung der klebrigen Aschemasse aus meinen Haaren bekommen hatte, ausgewaschen und so zugepflastert, wie mein Gesicht war, würde mich ohnehin niemand erkennen. Nachdem ich unfassbar dumm aussehen musste, bemühte ich mich um Fassung. Dennoch kamen die nächsten Worte nur stotternd aus mir heraus: »Guten Tag ... kann es sein ... also, entschuldigen Sie die Verwechslung ... aber kennen wir uns? Mein Name ist Silke Hofmeister ... und du, äh, Sie sind ...«

»Silke? O Gott, bist du das wirklich? Ja, ich bin es. Fee. Das gibts doch nicht. Was ist denn mit dir passiert? Ich hatte dir bei der Castingshow die Daumen gedrückt und mich so gefreut, als du gewonnen hast.« Ihre Stimme klang zugleich überrascht und zutiefst bestürzt. Sie bombardierte mich förmlich mit Fragen und spätestens da wusste ich, dass es meine Fee war. Schon zu Schulzeiten war sie, sobald sie ein Thema verunsicherte, dazu übergegangen, ihr Gegenüber mit Fragen zu löchern, um von sich selbst abzulenken. Mit der Zeit hatte ihr Selbstbewusstsein zwar zugenommen, aber ihre Verteidigungsstrategie hatte sich nicht geändert. Höchstens darin, dass sie es wie keine zweite verstand, die Leute mit ihren eigenen Waffen zu schlagen. Wie oft gewann sie einen Streit am Ende dadurch, dass sie ihrem Gegenüber schlicht so lange Fragen um die Ohren gehauen hatte, bis er sich selbst verstrickte und zugeben musste, dass er falsch lag.

Verzweifelt versuchte ich, mich zu sortieren und die Erinnerungen an meine alte Schulfreundin nicht in eine Erwartungshaltung zu verwandeln. Unsere Wege hatten sich getrennt. Nicht, weil wir uns nicht mehr mochten, sondern, weil wir keine Zeit mehr füreinander hatten. Sollte sie mir helfen können, wäre das sicherlich nicht schlecht, aber ich durfte mir nicht zu viele Hoffnungen machen.

Gerade als ich ansetzte, ihr Fragen zu beantworten, kam Josie mir zuvor. Empörung lag in ihrer Stimme und ich schrak zusammen, als sie auf einmal losschimpfte wie ein Rohrspatz.

»Du kennst Silke, Mama? Bei der Fernsehsendung hast du immer erzählt, dass die Gewinnerin deine Freundin ist und du total stolz bist, dass sie ihren Traum verwirklicht hat. Sogar bei den

Abstimmungen hast du angerufen, obwohl ich das bei *Deutschlands schönste Stimme* nie darf. Aber wenn sie deine Freundin ist, warum übernachtet sie nicht bei uns? Papas Freunde tun das dauernd und wir haben so viel Platz. Warum lässt du deine Freunde auf der Straße schlafen?«

Ich konnte Josie nicht sehen, doch in Gedanken stellte ich sie mir vor, wie sie mit in die Hüfte gestützten Händen vor ihrer Mutter stand und sich echauffierte. Dennoch war es mir ein Bedürfnis, Fee in Schutz zu nehmen, sie trug ja nun wirklich keine Schuld.

»Sei bitte nicht so streng zu deiner Mama, wir waren zwar in der Schule beste Freundinnen, aber wir haben uns schon ganz lange nicht mehr gesehen. Ich wusste nicht einmal, dass sie in dieser Stadt lebt. Das letzte Mal, das wir uns unterhalten haben, ist etliche Jahre her und damals haben wir beide in anderen Städten gewohnt. Na ja, und selbst wenn ich gewusst hätte, dass deine Mama hier wohnt, vermutlich hätte ich mich viel zu sehr geschämt, um sie um Hilfe zu bitten.«

Ich senkte meinen Kopf Richtung Bettdecke.

»Aber Freunde sind dazu da, um einem zu helfen, wenn man Probleme hat.« Der messerscharfe Verstand der Kleinen machte mich jedes Mal wieder sprachlos. Wo wir Erwachsenen hin und her überlegten, ob etwas in Ordnung war, und wenn ja, in welchem Maß, nahm sie einfach den direkten Weg.

»Das stimmt, mein Schatz. Hast du ihr gut zugehört, Silke? Du hättest bloß anrufen müssen. Meine Handynummer ist immer noch die gleiche wie zu unserer Schulzeit. Aber was wäre wenn bringt uns auch nicht weiter. Was hältst du davon, wenn ich Josie nach Hause bringe und danach wiederkomme? Die Gespräche, die wir führen sollten, sind für sie sicher langweilig und ...« Fee stockte kurz. »... die Geschichten, die du zu erzählen hast, sind bestimmt nicht unbedingt alle für Kinderohren geeignet.«

»He, das ist unfair. Ich habe Silke gefunden. Ich will auch alles wissen und mitbesprechen. Auf jeden Fall soll sie bei uns wohnen. Am besten in meinem Zimmer. Dann können wir Puppen spielen und sie kann mir zeigen, wie ich so tolle Kleider für Sarah schneidern kann, wie sie das für das Fernsehen gemacht hat.«

Es fiel mir schwer, den Überschwang der Kleinen auszubremsen, aber insgeheim stimmte ich Fee zu.

Meine Geschichte war sicherlich alles andere als kinderfreundlich, besonders die letzten Tage. Bevor ich sie allerdings zu sehr enttäuschen musste, kam mir die rettende Idee. »Pass auf, Josie. Du gehst jetzt brav mit deiner Mama nach Hause. Ich verspreche dir, dass ich dich besuchen komme, und dann schneidern wir deiner Sarah ein tolles Kleid. Genau so eines, wie ich es fürs Finale gemacht habe. Mit ganz viel Glitzer und Schneeflocken. Dann hat sie Weihnachten was Schönes zum Anziehen.«

»Wirklich? Aber bis Weihnachten ist es noch soooo lange. Können wir ihr nicht erst mal einen Bikini schneidern, damit sie im Sommer nicht schwitzen muss?«

Jetzt konnte ich mir ein Grinsen nicht länger verkneifen. Sie wusste schon genau, was sie wollte, und verhandeln lag ihr offensichtlich auch im Blut. »Na klar, dann nähen wir einen Bikini. Das Kleid läuft uns ja nicht weg. Oh ...« Schnell wandte ich meinen Kopf in die Richtung, in der Fee stand. »... irgendwie habe ich mich gerade selbst zum Spielen mit deiner Tochter eingeladen. Entschuldige. Ich hoffe, du hast nichts dagegen?«

»Nein, das hat Mama nicht«, kam es wie aus der Pistole geschossen von Josie. »Oder, Mama? Das hast du doch nicht?«

Fee lachte. »Aber nein, mein Schatz, wie könnte ich? Silke wird uns in Zukunft sicher oft besuchen, und wenn sie will, auch mit dir spielen. Jetzt lass uns gehen, damit ich wieder herkommen und mit ihr alles besprechen kann. Vielleicht kommt sie dann schon ganz bald.«

Mit einem freudigen »Oh, ja«, rannte Josie los. »Tschüss, Silke. Bis ganz bald«, rief sie und öffnete die Tür.

»Bis gleich, Silke. Ich freue mich, dass Josie dich für mich wiedergefunden hat. Auch wenn mir andere Umstände lieber gewesen wären.« Fee drückte kurz meinen Arm und folgte ihrer Tochter.

Ich blieb allein zurück und spürte Fees und Josies Berührungen lange nach. Sie waren so voller Güte und Wärme gewesen und endlich glaubte ich wirklich daran, dass alles besser werden würde.

50. Kapitel

Unruhig rutschte ich zwei Tage später auf dem Beifahrersitz des Kombis hin und her. Fee hatte mich nach meiner Entlassung aus der Klinik abgeholt und mir schon in der Klinik mit der Beseitigung einiger Probleme geholfen. Eines ihrer alten Handys steckte nun samt einer Prepaidkarte in meiner Hosentasche und das Telefonbuch war gut gefüllt mit Nummern, die wir bereits abtelefoniert hatten. Die meisten unserer Telefonate blieben zunächst erfolglos, denn gerade auf dem Sozialamt stellte man sich quer, mir ohne Ausweis und eine gefühlte Million weiterer Papiere zu helfen. Ohne diese Unterlagen eine Klage gegen Maria anzustreben, erwies sich als ebenso sinnlos, doch zumindest kam mir irgendwann noch die zündende Idee, Kathrin nach der Kopie meines Personalausweises zu fragen, die sie vor ein paar Tagen für die Postannahme gemacht hatte. Mit ihr gemeinsam löcherte ich das Standesamt meiner Geburtsstadt, um eine neue Geburtsurkunde zu bekommen. Sobald ich diese in den Händen hielt, würde alles leichter werden. Perso, Arbeitslosengeld, Bankkarten und so weiter ließen sich damit problemlos beantragen.

Die vielen Dinge, die in der letzten Zeit wie ein Kartenhaus ins Wanken geraten waren, bauten sich langsam Karte für Karte wieder auf. Solange ich auf die Ausfertigung der Geburtsurkunde wartete, wollte ich die Zeit nutzen, um weitere Skizzen für eine ordentliche Bewerbungsmappe zu entwerfen. Die ersten zwei lagen bereits zusammen mit meinen anderen Sachen auf der Rückbank des Wagens. Stifte und Zeichenpapier hatte Fee mir auf meine Bitte hin in die Klinik mitgebracht.

Das schönste Geschenk machte sie mir aber gerade in diesem Moment, als sie durch die Einfahrt eines großen, villenartigen Hauses fuhr.

»Willkommen bei uns, Silke. Fühl dich bitte wie zu Hause«, sagte sie feierlich und klang dabei absolut ehrlich.

Obwohl allein der Anblick des Gebäudes mir deutlich signalisierte, dass sie sich den Luxus eines Dauergasts durchaus leisten konnte, blieb trotzdem ein fader Beigeschmack zurück. Einerseits freute ich mich unbändig darüber, wieder ein Dach über dem Kopf und die süße Josie um mich zu haben, andererseits stammte das Geld von Markus, der als weltweit gefeierter Musiker Karriere machte. Natürlich hatte auch er früher zu meinen Freunden gezählt, aber längst nicht so eng wie Fee. Bislang wusste er nicht viel von seinem Glück, da er heute Mittag erst von seiner Welttournee heimgekommen war und Fee am Telefon nur erwähnt hatte, dass ich eine Weile zu Gast sei.

Den Moment, um Fee für das herzliche Willkommen zu danken, hatte ich bereits verpasst. Sie hielt direkt vor einer großen Eingangstreppe und sprang gut gelaunt aus dem Wagen.

»Josie ist noch in der Schule. Das gibt dir ein bisschen Zeit, dich einzurichten. Außerdem sollten wir mit Markus reden, bevor unsere Tochter ihm ihre Version der Geschichte erzählt, die inzwischen kaum weniger abenteuerlich klingt als Robin Hood.« Sie lachte ausgelassen und hakte sich bei mir unter. »Lass uns reingehen. Ich kann es kaum erwarten, dir alles zu zeigen, was ich für dich besorgt habe. Du solltest dich schonen, wie der Arzt es gesagt hat. Und wenn dir das zu langweilig ist, dann laden Josie und ich dich mal zu einem ausgiebigen Shoppingausflug ein.«

»Ach, Fee, das sollst du nicht.« Sofort meldete sich mein schlechtes Gewissen. Auch wenn sie reich war, ich wollte sie weder ausnehmen noch mich von ihr und Markus finanzieren lassen. »Es ist schon so lieb, dass du mir euer Gästezimmer zur Verfügung stellst und mich durchfütterst, aber shoppen können wir gehen, wenn ich wieder selbst Geld verdiene. Dann lade ich dich ein, als Dankeschön.«

Meine Freundin grinste plötzlich von einem Ohr zum anderen. »Du bist immer noch die gleiche Silke wie früher. Immer bescheiden, immer für jede Brotkrume dankbar und dabei hast du das größte und freigiebigste Herz von allen. Genau deshalb mag ich dich so. Das Shoppen darfst du meinetwegen als ein zusammengefasstes Geschenk für alle Weihnachtsfeste und Geburtstage sehen, die wir verpasst haben, aber ich möchte es auf jeden Fall gerne tun. Na ja, und wenn wir ehrlich sind, hast du es auch nötig, oder willst du in den Hosen zu einem Vorstellungsgespräch?« Sie zwinkerte mir zu.

»Okay, du hast ja recht, ein paar neue Kleider könnten wirklich nichts schaden, wenn ich mich irgendwo bewerben möchte. Aber dann kaufen wir Stoffe und ich nähe uns allen, inklusive Josies Puppen, etwas Schönes. Es wird höchste Zeit, dass du und Markus mal wieder Einzelstücke ›Made by Silke‹ tragt. Die Zeiten sind schon viel zu lange her und ...« Grinsend musterte ich sie von oben bis unten. »... das hier müssen wir auch dringend ändern. Dein Styling ist ja grauenhaft. Seit wann bist du denn in den Farbtopf gefallen und wer zur Hölle hat dich beraten? Dass du dich so überhaupt aus dem Haus traust.«

Fee quittierte meine scherzhafte Schimpftirade mit lautem Gelächter und kurz darauf lagen wir uns mitten auf dem breiten Kiesweg im Garten lachend in den Armen. Es störte uns kein bisschen, was die beiden Angestellten, die am Fuße der Treppe auf uns warteten, dachten. Sollten sie uns ruhig für durchgeknallt halten. Das erste Mal seit dem Tod meiner Eltern konnte ich so gelöst und frei lachen. Es war, als wäre ein großes Gewicht von meiner Brust gesprengt worden, und in diesem Moment begriff ich, dass es okay war, Fees Hilfe anzunehmen. Weder Trennung noch der Zahn der Zeit hatten unserer Freundschaft etwas anhaben können und Fee gab mir das von Herzen, was ich auch ihr gegeben hätte. Es würde der Tag kommen, an dem ich mich revanchieren konnte.

Epilog

Lächelnd stand ich am Rand der Tanzfläche und sah Fee und Markus zu, wie sie über das Parkett schwebten. Die beiden passten so perfekt zusammen, dass niemand je auf die Idee gekommen wäre, wie verschieden ihre Naturelle waren. Während Markus' Charisma und Stimme die Menschen auf der ganzen Welt begeisterten, lag Fees Zauber in den leisen Tönen. Nach ihrer schwierigen Jugend studierte sie Psychologie und setzte sich für Mobbingaufklärung an Schulen ein. Jeder der beiden war für sich allein ein starker Charakter, aber gemeinsam glichen sie einem Orkan, der alle Hindernisse einfach davonwehte. Ein wenig melancholisch beobachtete ich, wie immer mehr Paare die Tanzfläche stürmten, doch Alleinsein hatte auch seine Vorteile. Das erste Mal in den letzten vier Monaten gab es keine To-do-Liste, kein Feuer, das gelöscht werden musste. All die Hochzeitsvorbereitungen. Fees Idee, dass ich das Hochzeitskleid für sie entwerfen könnte, weil ihr Brautschneider nur einen langweiligen

Entwurf nach dem nächsten lieferte. Mein Projekt für obdachlose Frauen, das ich mit Kathrin ins Leben gerufen hatte. All die Dinge, die es sonst zu regeln galt. Eine Achterbahn des Lebens, aber eine schöne. Gerade deshalb fühlte sich die Unterbrechung dieser wilden Fahrt im Augenblick etwas merkwürdig an.

Meine immer noch andauernde Arbeitslosigkeit war der einzige Schatten, der mein aktuelles Leben trübte. Nachdem ich den Rechtsstreit gegen Maria Predo mit Pauken und Trompeten gewonnen hatte, wollte sich niemand die Finger an mir verbrennen. Man beschwerte sich niemals über eine Modegröße wie sie und vor allem verklagte man sie nicht. Wer mich anstellte, legte sich mit ihr an, und das würde sicher niemand riskieren. Das jedoch war ein Problem für einen anderen Tag. Heute ging es um Markus und Fee, um die Liebe, das Glück und die Hoffnung. Ein Tag zum Feiern und Glücklichsein, das Morgen zählte erst morgen wieder und das Gestern war längst vorbei.

Warum also mit dem Tanzen warten? Worauf denn? Das ein Mr. Right um die Ecke bog und mich aufforderte? Wer brauchte den schon?

Mit einer schnellen Bewegung streifte ich mir die lästigen hohen Hacken von den Füßen, warf sie in eine Ecke und stürmte das Parkett. Zuerst nur langsam und vorsichtig, dann mutiger bewegte ich mich und ließ all meine negativen Gefühle der letzten Monate aus mir heraus. All die Trauer, all die Angst und all die Verzweiflung. Zurückblieben nur Freude, Freundschaft, Liebe und Zuversicht.

Immer schneller wirbelte ich im Kreis, aufgekratzt und glücklich. Schließlich landete ich direkt vor Fee und Markus und blieb heftig schnaufend stehen. »Darf ich dir deine Braut für einen Tanz entführen, mein Lieber?«, fragte ich den Bräutigam und fasste Fee bereits bei den Händen.

»Aber nur, wenn du danach dem Herrn, der sich die ganze Zeit neben dem DJ rumdrückt, ein Tänzchen schenkst. Der beobachtet dich schon eine Weile«, gab dieser mit einem seltsamen Grinsen zurück.

»Gegenvorschlag«, schaltete sich Fee ein. »Du gönnst mir fünf Minuten Pause und einen Schluck Wasser. Derweil kümmerst du dich um den Herrn. Wir beide haben noch die ganze Nacht und ohne einen Tanz mit dir gehe ich nicht heim.«

Bevor ich protestieren konnte, verschwand sie zwischen den anderen Gästen und Markus grinste mich breit an. »Ich glaub, sie möchte dich verkuppeln. Der Herr heißt übrigens Kalle und ist ein hohes Tier bei unserem Plattenlabel. Soll ich dich eben vorstellen?«

Wenig später standen wir bei besagtem Kalle und ich trat verlegen von einem Fuß auf den anderen, während Markus uns bekannt machte. Irgendwie kam es mir so vor, als wüssten alle etwas, von dem ich nichts wusste.

»Markus behauptet, Sie hätten die Kleider für seine beiden Damen entworfen und geschneidert. Und das alles in Rekordzeit.«

Worauf wollte er genau hinaus? Dass die Kleider mir von der Nadel gesprungen waren, wusste so ziemlich jeder im Saal, weil Josie nicht müde wurde, es allen zu erzählen. Die Kleine war so stolz auf ihren Traum aus pinkem Lamé mit silbernen Sternen darauf, dass sich jeder Stich in meine Finger und jeder Fluch gelohnt hatte.

»Schuldig«, antwortete ich ihm endlich und versuchte dabei, locker zu klingen, während sein Blick zu Fees Brautkleid wanderte.

»Verraten Sie mir, wie Sie auf diese absolut unbeschreibliche Idee gekommen sind?«

Ach, daher wehte der Wind also. Die ewig gleiche Frage, die uns Kunstschaffenden immer wieder gestellt wurde und deren ehrliche Beantwortung am

Ende keinen zufriedenstellte. Meistens kamen die Entwürfe wie von selbst und entschieden, dass ihre Zeit gekommen war. Doch bei Fees Kleid lagen die Dinge ein wenig anders. Es war schulterfrei, besaß ein enges Korsett und einen weitausladenden Rock, der durch ein eingenähtes Drahtgeflecht einem Flügel nachempfunden war. Die Besonderheit lag jedoch nicht im Schnitt allein, sondern in den Federn, welche die gesamte Oberfläche bedeckten. Unendlich viele Stunden hatte ich jede einzelne angenäht, um am Ende den gewünschten Effekt zu erzielen. Während der größte Teil des Kleids ihrem Wunsch nach einem schwarzen Brautkleid entsprach, waren sämtliche Ränder mit einer speziellen Technik und weißen Federn gearbeitet, sodass es aussah, als ob sich ein zweites Kleid unter dem ersten befände. Die wahre Bedeutung dieses Kleids kannten wohl nur Fee, Markus und die Band.

»Ich frage, weil ich gerne wissen möchte, ob Sie in der Lage wären, solche ausgefallenen Stücke öfter zu designen, oder ob dieses Stück eine Ausnahme darstellt«, redete Kalle weiter, nachdem ihm meine Antwort offensichtlich zu lange ausblieb.

Verwirrt sah ich ihn an. »Bieten Sie mir gerade einen Job an?«

Mein Gegenüber lachte herzlich. »Wie könnte ich nicht? So wie Markus Sie mir in den letzten Wochen ständig schmackhaft gemacht hat und bei diesem Kleid, da bleibt mir gar keine andere Wahl. Also natürlich nur, wenn Sie sich von Designermode à la Maria Predo trennen können und es für Sie vorstellbar wäre, für ein Plattenlabel zu arbeiten, das diverse Metal- und Mittelalterbands unter Vertrag hat. Sie würden die Verantwortung für die Touroutfits einiger Bands übernehmen. Was sagen Sie?« Erwartungsvoll sah er mich an.

Für einen Moment schien die Welt um mich herum den Atem anzuhalten, dann dröhnten mir die Klänge von *Smash Mouth's All Star* entgegen und mein Herz begann wie wild zu rasen. Ein Jobangebot! Und was für eins. Ich hatte es früher bereits geliebt, die Outfits für die Band zu gestalten, und nun sollte ich tatsächlich in diesem Bereich arbeiten? O mein Gott, wie geil. Ein Strahlen breitete sich über mein Gesicht bis zu beiden Ohren aus und ich grinste Kalle frech an.

»Einverstanden. Schenken Sie mir diesen Tanz, dann unterschreibe ich Ihnn meinetwegen sofort einen Vertrag. Was das Kleid angeht, das lassen Sie sich besser von Fee und Markus erzählen, denn das ist ihre Geschichte.«

Er lachte ebenfalls, reichte mir die Hand und führte mich zur Tanzfläche. Zu den langsamen Klängen des nächsten Lieds wiegten wir uns im Takt, während eine Discobeleuchtung pinke Sterne an die Decke projizierte.

Man sagte immer, die Wege des Herrn seien unergründlich, und in diesem Augenblick wusste ich, dass es stimmte. Manchmal musste man erst alles verlieren, den Tod der Personen verkraften, die man am meisten liebte, um alles zu gewinnen. Und ich hatte gewonnen – auch wenn der Verlust meiner Eltern und Fabians Opfer gelegentlich noch dunkle Schatten über meine Freude warfen. Bis ich die letzten Monate verdaut hatte, ging sicher noch einige Zeit ins Land, doch derweil startete die Achterbahn meines Lebens in eine neue Runde. Mit meinen Freunden und all den Loopings und Highlights, die das Leben noch für mich bereithielt.

Nachwort

Hallo ihr Lieben,

schön, dass ich euch am Ende des Buches begrüßen darf. Es freut mich, dass ihr bis hierher durchgehalten habt und euch die ernste Thematik nicht abgeschreckt hat. Im wahren Leben ist das ja oft ein Problem, wenn man darüber diskutieren möchte. Doch da wir gerade vom wahren Leben sprechen:

Wie viel Wahrheitsgehalt steckt denn nun in diesem Buch?
Tatsächlich habe ich für dieses Buch eine sehr lange und intensive Recherche betrieben – nicht vom Sofa aus, wo es gemütlich wäre, sondern auf den Straßen sowie in Wärmestuben und anderen sozialen Einrichtungen. Ich habe unendlich viele Gespräche mit Streetworkern, Sozialarbeitern und natürlich Obdachlosen geführt und dabei vor allem eins gelernt: Die Dinge sind meistens ganz anders als sie scheinen.

Diese Recherche hat nicht nur mein eigenes Denken sehr nachhaltig verändert, sondern auch großen Einfluss auf die Entwicklung der Figuren genommen. Da kein Schicksal dem anderen gleicht und jede Stadt ganz verschiedene Optionen und Möglichkeiten für die Betroffenen bietet, stand ich als Autorin natürlich irgendwann vor der Entscheidung, welches Material ich verwende. Es ging daran, all meine Rechercheergebnisse wieder zu sortieren und zu sehen, was kann ich verwenden, was führt zu weit, was passt überhaupt zur Geschichte. Dabei habe ich längst nicht so viel einbringen können, wie ich mir gewünscht hätte, doch das hätte einfach den Rahmen dieser Adaption gesprengt.

Übriggeblieben ist am Ende eine Geschichte aus der Geschichte vieler. Einerseits rein fiktiv, andererseits aber ausschließlich so gestaltet, dass sie auf vielen realen Geschichten basiert. Mein großes Anliegen war es zu jedem Zeitpunkt, die Menschen zu schützen, die so freundlich und offen waren, mir ihre Lebensgeschichten zu erzählen, und dennoch eine Geschichte zu schaffen, die so direkt bei euch um die Ecke passieren könnte.

Könnte sie das wirklich, fragt ihr euch vielleicht. Ist sie nicht total überzogen?
An dieser Stelle muss ich sagen, nein, ist sie leider gar nicht, eher abgemildert. Das Leben auf den Straßen ist hart, die Behandlung dieser Leute oft unterirdisch und das Interesse der Gesellschaft leider

selten gegeben. Einmal richtig abgerutscht ist es schwer, wieder zurück in die Gesellschaft zu kommen, wenn man keinen familiären Rückhalt oder Freunde hat. Ein kleines Wunder, wie Silke es erfahren hat, ist für viele wirklich die einzige Rettung.

Das klingt deprimierend?
Ja, das mag sein, aber jeder einzelne Mensch auf dieser Welt kann einen Unterschied machen. Es gibt so viele Möglichkeiten, wie man helfen kann. Auch wenn jeder für sich nicht allein in der Lage ist, die Gesamtsituation zu ändern, kann doch jeder von uns für die Leute, für die er sich engagiert, das Leben verbessern.

Als Gegenargument für diese Hilfe kam mir sehr oft zu Ohren, dass die Menschen nicht an Bettelbanden geraten möchten, was ich durchaus verstehen kann. Darum ein Tipp von mir: Es gibt Suppenküchen, Wärmestuben, Notschlafplätze, Frauenhäuser und eine Menge andere Einrichtungen, die sich über ehrenamtliche Helfer und Sachspenden sehr freuen. Eure Hilfe kommt dann auch wirklich dort an, wo sie gebraucht wird.

Ich hoffe, dass ich mit meiner Geschichte ein bisschen dazu beitragen konnte, dass ihr ein wenig über das Thema Obdachlosigkeit nachdenkt, denn trotz aller Unterschiede dürfen wir eines niemals vergessen:

Egal, ob arm oder reich, dick oder dünn, alt oder jung, gläubig oder nicht ... Wir sind alle Menschen, haben alle eine Geschichte und ein Päckchen zu tragen. Wir teilen uns diesen einen Planeten, diese eine Welt, und wir alle müssen darauf leben. Es gibt keinen Plan B, kein Back-up. Die einzige Wahl, die wir haben, ist, wie wir miteinander und mit unserer Erde umgehen. Darum entscheidet weise, mit offenem Herzen und so, wie ihr es euch für euch selbst wünschen würdet.

Alles Liebe und Gute für euch
Sabrina Schuh

Danksagung

Bereits Aristoteles wusste, dass das Ganze mehr ist als die Summe seiner Einzelteile, und genau so ist es auch mit diesem Buch. Als Autorin habe ich zwar eine Geschichte geschrieben, doch erst durch das wahnsinnig tolle Team an meiner Seite ist sie letztlich das Werk geworden, das ihr in den Händen haltet.

Mein allerherzlichster Dank geht an …

… all diejenigen, die mir während meiner Recherche ihre persönlichen Geschichten anvertraut und mir jede noch so naive Frage beantwortet haben.

… Silke, die ursprünglich mal eine Nebenrolle in *Unter schwarzen Federn* gewonnen und mir großzügig erlaubt hat, die Figur, die in einigen Punkten auf ihrer realen Person basiert, für einen ganzen Roman zu verwenden.

… Sarah, für dein unglaublich wertvolles Testleser-feedback, die stundenlangen Gespräche und Diskussionen, die meiner Geschichte und unserer Freundschaft sehr gut getan haben, und all die motivierenden Worte, wenn ich wieder mal einen Durchhänger hatte.

… Andrea, für deine wundervollen Illustrationen und dafür, dass du dich extra für mich an eine neue Technik herangewagt hast, nur um mir den Hintern zu retten.

… Pia, für das klasse Lektorat, das wir trotz des Faktors Leben, der gnadenlos zugeschlagen hat, am Ende gut gemeistert haben.

… Marie, für das wunderschöne Cover.

… Rosi, für das tolle Korrektorat und die vielen Diskussionen, wie wir aus den Passagen noch ein klitzekleines bisschen mehr rauskitzeln können.

… die Märchenspinnerei, für die tolle Gemeinschaft.

… meinen Mann, für das Aushalten meiner Schreiblaunen, die dauerhafte Kaffeeversorgung, die viele Arbeit, die du mir an diversen Ecken abgenommen hast, und dafür, dass du mich immer noch erträgst.

… meine Familie und meine Freunde, die für meine Schreibzeit und die Buchproduktion auf viel gemeinsame Zeit verzichten mussten. Tausend Dank, dass ihr immer für mich da seid und mich unterstützt, obwohl ich zwischendurch sehr anstrengend bin.

... alle, die ich vergessen habe. Ja, mir rutschen im Eifer des Gefechts immer mal Leute durch. Das bedeutet allerdings nicht, dass ich eure Arbeit weniger wertschätze, sondern zeigt einfach nur, dass ich eben manchmal ein sehr verpeilter Mensch bin.

... meine Leser. Ohne euch wäre es überhaupt nicht möglich, meinen Traum zu leben. Ihr haucht meinen Geschichten erst Leben ein, redet über sie, teilt sie und seid einfach die Besten. Vielen Dank.

Über Feedback und Rezensionen jeder Art freue ich mich natürlich besonders. Sehr gerne könnt ihr mich persönlich unter *autor@sabrinaschuh.de* kontaktieren.

Über die Autorin

Sabrina Schuh wurde 1987 geboren und gehört damit zu Generation Y – der Generation der Möglichkeiten! Von diesen hat sie gleich eine ganze Handvoll ergriffen. So ist sie nicht nur Fachfrau für das Vermarkten von Büchern und Lektorin diverser Titel, sondern schreibt auch selbst.

Nachdem sie unter verschiedenen Namen Beiträge in einigen Anthologien und einer Hörapp veröffentlicht hat, hat sie 2018 mit *Unter schwarzen Federn* ihr Romandebüt gegeben.

Mit Mann, Kind und Hund lebt sie im schönen Frankenland. Wenn sie sich nicht gerade beruflich mit Büchern befasst, findet man sie im Schwimmbad ... Oder sie liest zum Vergnügen.

Weitere Bücher der Autorin

Titel: Unter schwarzen Federn
Seitenzahl: 312
ISBN: 978-3-96111-701-7
Preis: 9,99€ (Print) / 2,99€ (eBook)

Eine schnatternde Meute Teenager
Eine unscheinbare Außenseiterin
Eine Verwandlung unter Tränen

Fees Leben ist die Hölle. Auch der Wechsel an die neue Schule bringt keine neuen Chancen, sondern nur Psychoterror und Ausgrenzung. Eines Tages spitzen sich die Dinge so zu, dass Fee nur noch einen Ausweg sieht, und der ist endgültig. Statt sie jedoch von ihrem Leben zu erlösen, bringt der von Markus vereitelte Selbstmordversuch sie in die Therapie. Wird sie es mit seiner Hilfe schaffen, ihren Lebensmut wiederzufinden, oder wurde sie bereits zu tief verletzt?

In „Unter schwarzen Federn“ spinnt Autorin Sabrina Schuh mit den Elementen von Andersens hässlichem Entlein eine düster-romantische Geschichte über Ausgrenzung, Todeswünsche und den schweren Weg eines jungen Mädchens auf der Suche nach ihrem wahren Selbst.

Titel: Es war einmal... ...ganz anders
Seitenzahl: 284 Seiten
ISBN: 978-3-95959-075-4
Preis: 10,90€ (Print) / 2,99€ (eBook)
Geschichte „Ein Teil deiner Welt"

Ein echtes Happy End ist harte Arbeit.

Die gute Fee Bridget weiß genau, an welchen Faktoren sie schrauben muss, um dem Königssohn zu seiner Traumhochzeit zu verhelfen. Schwieriger hat es da schon Arife, die als Muslima trotz ihrer herausragenden Leistungen nicht ins Schwimmteam darf, damit sie nicht aus Versehen mit deutschen Jungs in Berührung kommt. Während knallharte Mafiosi um unschuldige Kinder handeln und Prinzessinnen in der Suppenküche aushelfen, verschläft Dornröschen fast ihren Märchenprinzen und König Drosselbart fängt sogar einen Krieg an, um seine Schmach zu tilgen.

In dreizehn Kurzgeschichten verweben die Märchenspinnerinnen altbekannte Märchen mit zeitgenössischen Problemen und füllen fantasie-volle Welten mit neuem Leben.

Titel: Zauber des Winters
Seitenzahl: 168 Seiten
ISBN: 978-3-94695-505-4
Preis: 11,90€ (Print) / 2,99€ (eBook)
Geschichte: „Weihnachtswunder am Hindukusch“

Ob am Hindukusch, in Griechenland oder fantastischen Welten, die Winter- und Weihnachtszeit hat überall ihren ganz besonderen Charme. Einsame Mädchen finden ein Zuhause, Feen werden von Flüchen erlöst und dem Weihnachtsmann ist kein Kinderwunsch zu ausgefallen, um ihn zu erfüllen.

Zehn wundervolle Geschichten warten nur darauf, dich auf Schiffe, Ballnächte und Waldlichtungen zu entführen, dich zu verzaubern und am Ende ein wenig nachdenklich zurückzulassen. Die erste Zeilengoldanthologie vereint in einzigartiger Weise die Geschichten des Winters mit Botschaften, die direkt ins Herz gehen.

Titel: Winterzauber
Seitenzahl: 356 Seiten
ISBN: 978-3-94695-517-7
Preis: 14,90€ (Print)
Geschichte: „Marzipan vs. Weihnachten“

Zwölf zauberhafte Kurzgeschichten bringen euch in winterliche Welten, die so vielfältig sind wie die Schneeflocken am Himmel. Findet euer ganz eigenes Winterwunder, trefft auf mythische Geschöpfe und erlebt magische Abenteuer. Schließt mit uns unwahrscheinliche Freundschaften und begegnet im Winter der Liebe eures Lebens. Trauert gemeinsam mit uns, wenn sie zerbricht. Das Schicksal und höhere Mächte warten nur darauf, euch zu verzaubern!

Eine Anthologie voll märchenhafter und magischer Geschichten!

Bisher erschienen in der Märchenspinnerei

Band 1 von Sylvia Rieß:
„Der Axolotlkönig"
ISBN: 9783961114962

Band 2 von Barbara Schinko
„Ein Mantel so rot"
ISBN: 9781542356527

Band 3 von Tina Skupin
„Hollerbunn"
ISBN: 9783961112968

Band 4 von Susanne Eisele
„Kein Schnee im Hexenhaus"
ISBN: 9781541388475

Band 5 von Janna Ruth
„Im Bann der zertanzten Schuhe"
ISBN: 9783961114672

Band 6 von Valentina Kramer
„Leuchtendschwarzer Rabenmond"
ISBN: 9781521434529

Band 7 von Anna Holub
„Meerschaum"
ISBN: 9781548925000

Band 8 von Katherina Ushachov
„Zarin Saltan"
ISBN: 9781975775254

Band 9 von Julia Maar
„Der siebte Sohn“
ISBN: 9783961114733

Anthologie 2017, Machandel Verlag
„Es war einmal ... ganz anders“
ISBN: 9783959590754

Band 10 von Mira Lindorm
„Herzenswünsche kommen teuer“
ISBN: 9783959590778

Band 11 von Sabrina Schuh
„Unter schwarzen Federn“
ISBN: 9783961117017

Band 12 von Christina Löw
„Träume voller Schatten“
ISBN: 9783961114429

Band 13 von Eva-Maria Obermann
„Tropfen der Ewigkeit“
ISBN: 9783961116423

Band 14 von Susanne Eisele
„Das erste Lied“
ISBN: 9783752848250

Band 15 von Sabrina Schuh
„Unter pinken Sternen“
ISBN: 9783964436535